HEYNE BÜCHER

SCIENCE FICTION

Herausgegeben
von Wolfgang Jeschke

Vom gleichen Autor erschienen außerdem in der Reihe
HEYNE SCIENCE FICTION & FANTASY

Die Eissegler von Tran-ky-ky (06/3591)
Das Tar-Aiym Krang (06/3640)
Die denkenden Wälder (06/3660)
Alien (06/3722)
Der Waisenstern (06/3723)
Der Kollapsar (06/3736)
Die Moulokin-Mission (06/3777)
Kampf der Titanen (06/3813)

ALAN DEAN FOSTER

OUTLAND

Science Fiction-Roman

Romanfassung des Films von The Ladd Company
nach dem Drehbuch von Peter Hyams

Deutsche Erstveröffentlichung

WILHELM HEYNE VERLAG
MÜNCHEN

HEYNE-BUCH Nr. 06/3841
im Wilhelm Heyne Verlag, München

Titel der amerikanischen Originalausgabe
OUTLAND
Erschienen bei Warner Books, New York
Deutsche Übersetzung von Peter Pape

Redaktion: Wolfgang Jeschke

Printed in Germany 1981
Umschlaggestaltung: Atelier Heinrichs & Schütz, München
Gesamtherstellung: Mohndruck Graphische Betriebe GmbH, Gütersloh

ISBN 3-453-30770-4

Für Emery Morris, ehemals Sheriff
im Shackleford County, Texas, den
Mann, den ich von allen Polizisten
am besten leiden kann, weil er sicher
O'Niel versteht . . .

1

Fast alles mußte auf Io importiert werden, sogar die Liebe.

Es war kein Arbeitsplatz, der bei den Leuten, die dort ihren Dienst versehen hatten, angenehme Erinnerungen wachrief. Die Männer und Frauen, die dorthin geschickt wurden, um die Bodenschätze des Planeten auszubeuten, empfanden keine Zuneigung zu ihrer neuen Heimat auf Zeit. Im Gegenteil, um Io zu ertragen, bedurfte es einiger Anstrengungen, weil die menschlichen Gefühle und Gewohnheiten drastischen Umstellungen unterworfen wurden, was, so weit von der warmen Erde entfernt, das Leben sicher nicht erträglicher machte.

›Trotzdem haben mich die neuen Lebensumstände nicht gänzlich umgekrempelt‹, dachte O'Niel.

Natürlich waren die letzten Jahre nicht einfach gewesen. Doch er hatte sich an solche Orte wie Io gewöhnt, so weit man sich eben daran gewöhnen konnte.

Er lag in seinem Bett in dem dunklen Raum, hatte die Hände hinter seinem Kopf verschränkt und starrte zur Decke empor. Die Leuchtanzeige der Digitaluhr neben ihm verbreitete einen sanften, unwirklich grünen Schimmer. Die Zimmerdecke war ein rußiges Dunkel, dem darüber liegenden Weltraum angepaßt, ein dunkler Vorhang ließ die Schatten in diesem Schlafzimmer noch dunkler erscheinen.

Gewöhnlich hatte O'Niel keine Schwierigkeiten, sich auf seine Arbeit zu konzentrieren. Doch heute nacht waren ihm die Schatten in den Kopf gekrochen, verwirrten und beängstigten ihn. Sie störten seine Gedankengänge, hinterließen Unsicherheit und Unentschlossenheit, ließen die Zukunft dunkel erscheinen.

Es war eine Zukunft, die eng mit dem geschmeidigen, schemenhaften Körper verbunden war, der neben ihm ruhte. Er rollte sich auf die Seite und stützte sich auf den Ellenbogen, betrachtete sinnend die vertrauten weichen Rundungen, die sich deutlich unter der dünnen Decke abzeichneten.

›Warum kann ich dir nie sagen, was ich für dich empfinde‹, fragte er sich. ›Weißt du eigentlich, Carol, wie sehr ich dich brauche? Wie sehr ich dich und Paulie liebe? Ich weiß, ich bin kein guter Redner und noch weniger ein Poet. Doch ohne euch wäre ich verloren. Ich wünschte, ich hätte jetzt den Mut, dich zu wekken und dir dies zu sagen.‹

Draußen war es sehr kalt, viel kälter, als es sich die meisten Menschen vorstellen konnten, es wohl auch kaum jemals erfahren würden. Drinnen, hier und jetzt, in diesem weichen Bett, war es warm und bequem, fühlte er sich geborgen. Wie schön wäre es, dieses Gefühl statt nur weniger Stunden an jedem Tag und der Bewußtlosigkeit der Nacht für immer zu haben!

Doch das war unmöglich. Er rief sich zur Ordnung. Er hatte einen nüchternen, aufreibenden Job zu verrichten, eine Arbeit, die der Unwirtlichkeit Ios entsprach. Doch eines Tages vielleicht . . . Das schwor er sich, schwor er der Frau, die neben ihm schlief.

›Nur noch diese eine Verpflichtung, Carol. Nur noch dieses eine Jahr.‹

Er streckte seine Hand aus und streichelte sanft über die Kurve ihrer Hüfte, folgte den weichen Linien ihres Körpers bis zur Schulter und berührte mit den Fingerspitzen leicht ihr üppiges Haar und ihre Wange. Bei der Berührung regte sie sich leicht im Schlaf.

›Sie ist so schön‹, dachte er. ›Selbst wenn sie im Schlaf mir fern ist, ist sie wunderschön. Ich darf sie nicht verlieren, darf kein Risiko mehr eingehen. Ganz bestimmt der letzte Auftrag! Dann können die Gesellschaft und alle anderen meinetwegen zur Hölle fahren. Es gibt wichtigere Dinge als einen lausigen Job.‹

Irgend etwas in ihm erinnerte ihn daran, daß er sich das schon öfter vorgenommen hatte, nur um sein Gewissen zu beruhigen, und dann letztlich doch immer wieder weich geworden war.

›Doch diesmal ist es mir ernst‹, redete er sich ein, ›dies wird das letzte Mal sein.‹

Wieder berührte er sie, seine Hand glitt tiefer, seine Fingerspitzen empfanden die Wärme ihres nackten Rückens wie einen sanften Schock. Sie streckte sich im Schlaf und zog die Decke bis zum Hals empor.

O'Niel rollte sich herum und schloß die Augen. Langsam verflüchtigten sich die Schatten in seinen Gedanken und vereinigten sich mit der Dunkelheit im Zimmer. Er fiel in den leichten, unruhigen Schlaf, der für Leute seines Berufes typisch und notwendig war . . .

Der Mensch hatte seinen Lebensraum über die Grenzen eines einzigen Planeten, über seine ursprüngliche Luftblase hinaus ausgedehnt. Er schickte Bodenproben von den Monden des Neptun, suchte tief unter der Oberfläche des Mondes und des Mars nach Bodenschätzen. Er diente dem blühenden Wohlstand, der sich zwischen dem roten Planeten und dem riesigen Jupiter immer weiter ausbreitete.

Die meisten Planeten waren rauh, öde und gefährlich. Doch von ihnen allen war keiner so schlimm wie Io.

Der Himmel über Io war nur sehr klein und ebenso schwarz wie die dunkle Seite des Pluto. Statt eines Firmaments gab es einen ›Begleiter‹. Touristen hätten den ›Begleiter‹ sicherlich aufregend, schön und ehrfurchtgebietend gefunden, doch nach Io kamen keine Touristen. Auf Io konnte man nur arbeiten und versuchen, auf die bestmögliche Art und Weise zu überleben.

Der ›Begleiter‹ hatte die Form eines monströsen, aufgeblähten Globus, der wie eine gelb- und orangefarbene Hölle schimmerte. Vor langer Zeit hatten die Menschen ihn nach dem Göttervater Jupiter benannt. Die Götter der Menschen erwiesen sich als sehr kurzlebig, Jupiter war es nicht.

Die Männer und Frauen, die sich auf Io abmühten, erfanden andere Namen für den riesigen Planeten, Namen, die ebenso bildhaft waren, häufig anzüglich, manchmal obszön. Für sie war der Planet nichts Bewunderungswürdiges. Er bedeutete für sie die ständige Erinnerung an ihre gefährliche Lage und an die enorme Entfernung von der Geborgenheit ihrer warmen Häuser auf Luna, Mars oder Erde.

Sein umwerfender Eindruck auf Neuankömmlinge wurde von den erfahrenen Ioten immer wieder mit Interesse beobachtet. Sie machten sich einen Scherz daraus, Neuankömmlinge einem ungeschriebenen, zwanglosen Test zu unterwerfen. Maßstab bei diesem Test, den die Bedienungsmannschaften der Fährstation, die die Neuankömmlinge als erste begrüßten, immer wieder heimlich mit ihnen anstellten, war der Grad ihres Erschreckens.

Es ist eine Sache, den Jupiter aus dem Inneren eines Raumschiffes zu betrachten, in dem sicheren Gefühl, daß die starken Schiffsantriebe der unglaublichen Anziehungskraft des Planeten jederzeit entgegenwirken konnten. Eine andere Sache aber ist es, wenn man aus der Fähre die Io-Station betritt, einen Blick durch die durchsichtigen Wände der Zubringerkorridore wirft und plötzlich eine Masse von fast zwei Billiarden Milliarden Tonnen über seinem Kopf hängen sieht, eine Masse, die einen jeden Moment wie ein unnützes, lästiges Insekt zu zerquetschen droht.

Die Stationsbedienung beobachtete jedesmal mit diebischer Freude, wie heftig oder wie häufig ein Neuankömmling bei diesem verheerenden Anblick zurückfuhr oder zusammenzuckte. Je schneller und stärker der Schreck, je häufiger, desto kürzer war die Zeit, die dieser Mensch in der Lage war, auf Io zu ertragen.

Wenn man natürlich einen Zeitvertrag unterschrieben hatte wie die meisten der Wanderarbeiter, dann war man festgenagelt. Man brach keinen Vertrag mit der Gesellschaft.

Es gab noch einen Test, der aber erst später stattfand, den sogenannten Sprungtest. Die Stationsmannschaft versicherte den neuangekommenen Arbeitern, daß man die Anziehung der immensen Schwerkraft des Jupiter tatsächlich auf Ios Oberfläche spüren könne. Bei Ios schwachem Kraftfeld, so behaupteten sie, liefe ein guter und sorgloser Springer Gefahr, durch die Anziehungskraft des Jupiter in den Weltraum gesogen zu werden, wenn er zu hoch springe.

Und das wäre das Ende, denn die Arbeiter auf Io wußten genau, daß die Hölle nicht rot war. Dante hatte unrecht. Die Hölle war gelb-orange, gestreift wie ein Dutzend gereizter Tiger, und sie starrte als riesiges, rotglühendes Auge drohend auf einen nieder.

Ein Meteor hatte vor langer Zeit bei seinem Einschlag einen

riesigen Krater auf dem Jupiter-Trabanten hinterlassen. Vor wenigen Jahren waren dann die Menschen gekommen und hatten in seinem Innern die Mine angelegt. Und diese Mine war der Grund für ihre Anwesenheit an einem ansonsten so abschrekkenden, öden Ort.

Zuerst waren Forscher gekommen, hatten ihre Untersuchungen gemacht, Flaggen ihrer Nationen aufgestellt, feierliche Worte gesprochen und waren dann wieder verschwunden. Andere Menschen folgten, Menschen, die keine Sprüche machten. Die meisten fanden nichts, doch eine Gruppe erschöpfter Prospektoren hatte in diesem Krater eine Entdeckung gemacht, die von bleibendem Interesse war.

Sie stießen auf die riesige Erzader eines Minerals, das unter dem Namen Ilmenit bekannt war. Ilmenit war ein Produkt aus Ios vulkanischer Vergangenheit. Es bildete das Grundelement für das Metall Titanium, aus dem man unter anderem auch die Außenhülle der Raumschiffe herstellte. Die Entdeckung des riesigen Vorkommens auf Io sorgte erst einmal für Streit und Zwistigkeiten unter den Menschen, einige büßten dabei ihr Leben ein. Doch schließlich wurde die Mine errichtet.

Sie war, gemäß ihrer Bedeutung, für das internationale Konsortium, das sie betrieb, eine große Mine. Sie war schnell gewachsen, würde aber mit der gleichen Schnelligkeit wieder verschwinden, sobald das Vorkommen an Ilmenit sich erschöpft hatte. Doch im Moment war sie ein atmendes, funktionierendes Wesen voller Leben.

Die Männer und Frauen, die hier einen Teil ihres Lebens verbrachten, erfanden für die Zeit, die sie hier zu leben gezwungen waren, ebenfalls einen Namen. Die Erfindungsgabe von Menschen in solchen Ausnahmesituationen wie dem harten, gefährlichen Leben auf Io ist, zumindest bezüglich der Sprache, nahezu unerschöpflich und erstaunlich.

Wie ein träges, urweltliches Monster kroch die Mine am steilen Hang des Kraters empor, streckte ihre Metalltentakel nach seinem Rand und trieb Stahlröhren tief in seinen Grund und seine Flanken. Aus der Ferne wirkte sie wie das Kunstwerk eines talentierten Kubisten, ihre hellschimmernden Türme und Leuchten erinnerten an einen festlich geschmückten Weihnachtsbaum. Aus der Nähe jedoch schwand dieser Eindruck, und es blieb eine nüchterne, technische Welt.

Durchsichtige Röhren und Zugangswege bildeten das Gerippe der Mine. Die dünnen Metall- und Plastikstränge schienen kaum in der Lage, dem Druck der kostbaren Atmosphäre, die das Leben auf Io erst ermöglichte, standhalten zu können. Immer wieder gab es Lecks und Bruchstellen, die man hastig ausbesserte und zusammenschweißte. Solche Reparaturen wurden mit großer Sorgfalt ausgeführt, mit mehr jedenfalls, als man auf den Maschinenpark verwendete. Beschädigte Maschinen bedeuteten nur ein bißchen rote Tinte, gebrochene Tunnel und undichte Korridore dagegen den Tod.

Das Minengebäude war zwar nicht schön, aber durchdacht angelegt. Seine Gerüste und Fördertürme erstreckten sich über mehr als hundert Meter an den Kraterwänden hin. Die unteren Abschnitte lagen im Dunkeln. Die Türme schienen zu zierlich, um Menschen tragen zu können, geschweige denn die schwere Förderausrüstung. In dieser Hinsicht erwies sich Ios geringe Schwerkraft als wahrer Segen.

Der Jupiter hing bewegungslos über der Anlage, am Boden des Kraters herrschte Dunkelheit. Bei einer solch ›abwechslungsreichen‹ Beschaffenheit der Umgebung war es leicht, sich ganz auf seine Arbeit zu konzentrieren.

Die Fördertürme bestanden aus einem stark oxidierten Metall. Der orangefarbene Anstrich wetteiferte mit der Farbe des Jupiter, ein unbeabsichtigter Effekt. Die meisten Männer und Frauen, die, wie ihre Vorgänger, auf den Streben und Leitern der Türme herumturnten, kannten nicht den Namen des Metalls, das ihr Gewicht trug. Doch eines war ihnen allen klar: das Gerüst enthielt nur wenig, wenn überhaupt etwas Titanium. Dieses kostbare Metall war zu wertvoll, um für die Sicherheit von ein paar ersetzbaren Minenarbeitern verwendet zu werden.

»Ein Jahr«, erzählten sie einem. Nur ein einziges Jahr harter Arbeit, und man hätte sein Soll erfüllt und könnte reich und zufrieden nach Hause zurückkehren. Wenn man den Vertrag unterschrieb, schien ein einziges Jahr so kurz. Nur ein lausiges Jahr, und dafür mehr Geld, als man in fünf Jahren auf der Erde verdienen konnte. Nach dem ersten Monat begann man sich dann zu fragen, ob man wirklich eine so gute Wahl getroffen hatte. Nach zweien wünschte man dann, man hätte nicht unterschrieben. Doch nach sechs Monaten waren der Vertrag und alles andere nicht mehr so wichtig. Nach neun Monaten erwischte man sich dabei, wie man schon die restlichen Minuten, nicht die Tage, bis zum Ablauf der Vertragsfrist zählte. Nach elf Monaten dann mußte man sich dazu zwingen, nicht laut zu schreien. Sehnsüchtig schaute man hinter jeder Raumfähre her, die ohne einen startete. Voraussetzung dafür war natürlich, daß man das Glück hatte, elf Monate zu überleben.

Es gab keinen Friedhof, keinen Stiefelhügel auf Io. Graben war teuer, und die Stollen in der Mine eigneten sich nicht als Grabstätten. Der bekannteste Witz diesbezüglich besagte, daß die Gesellschaft jedem, der auf Io starb, eine kostenfreie Besichtigung des Sonnensystems und einen Flug ohne Rückkehr in die Sonne garantierte. An diesem Witz war nicht viel Lustiges, doch jede Art von Humor war bei den Minern stets willkommen.

Alle Arbeiter trugen Miniatursonnen, Scheinwerfer mit hellem Strahl, vom Sonnenlicht gespeist, Lampen, die ihre Energie von riesigen Solarsammelzellen bezogen. Die ungeheuren Solarpaneele auf Io waren tatsächlich in der Lage, dem kleinen, weit entfernten Stern Sol Energie abzuzapfen. Die Arbeitslampen, deren Lichtschein ständig über die Kraterwände spielte, ließen aus der Ferne den Eindruck entstehen, als würde die Mine von einer Unzahl von Glühwürmchen betrieben.

Auf der Erde, wo das Arbeitsgerät gebaut worden war, wirkte es gigantisch. Doch der Jupiter änderte diesen Eindruck schnell, wie er alle Maßstäbe verkleinerte.

In der Mine erschienen die schweren Kräne und Raupenfahrzeuge wie Spielzeuge. Sie rumpelten über den immer höher aufsteigenden Kraterrand wie fette graue Käfer, die sich in den Fels fraßen.

Pumpen und Generatoren arbeiteten mit lautem Brummen, das jedoch niemand hören konnte. Dagegen fühlte man ihre Vibration an den Füßen und durch die Handschuhe des Arbeitsanzuges. Die Minenarbeiter entwickelten ein feines Gespür für sie. Verstummte sie einmal überraschend, konnte dies bedeuten, daß ein Raupenfahrer mit seinem Beifahrer eine kurze Rast einlegte. Es konnte aber auch sein, daß ein Bohrer gebrochen war und man wie der Teufel laufen und nach Deckung suchen mußte, wollte man nicht von den umherschwirrenden Stahl- und Plastikteilen getroffen und zerfetzt werden.

Draußen in der Mine hatte jeder einen Kumpel. Man suchte sich ihn oder sie. Tat man das nicht, gab es niemanden, der auf einen achtgab, der einen vor lautlos stürzenden, scharfen Felsen warnte, die den Schutzanzug aufschlitzten, aus dem dann das Vakuum den Körper heraussaugte und wie in Zeitlupe auf den Kratergrund tief unten hinabstürzen ließ.

Ob Kräne oder Schraubenzieher, alles in der Mine hatte seine Bedeutung. Sogar die Farben der Arbeitsanzüge signalisierten eine Einteilung, die nichts mit Ästhetik zu tun hatte.

Die Bergleute im Krater trugen gelbe Anzüge, Kran- und Raupenfahrer rote, während das Wartungspersonal immer blaue Anzüge trug. Die Anzüge für das Management waren weiß, Ursache vieler Späße unter den anderen Arbeitern. Es gab keine Reinheit auf Io, außer der reinen Schwärze des Alls darüber.

Die Identifizierung persönlicher Art war durch das Namensschild gewährleistet, das jeder auf der linken Brusttasche eingenäht trug. Doch für das Management waren die Anzugfarben aussagekräftiger als die Namen.

Erfahrene Arbeiter verschmähten gelegentlich die Aufzüge oder Transportkörbe und sprangen von einer Arbeitsplattform zur anderen hinab, ohne sich etwas aus dem großen Höhenunterschied zu machen. Bei der geringen Schwerkraft war auch der schwächste Arbeiter in der Lage, riesige Sprünge zu vollziehen.

Die Jupiter-Jockeys, wie die langfristig verpflichteten Arbeiter genannt wurden, machten sich einen Spaß daraus, die Grenzen ihrer athletischen Fähigkeiten auszuloten. Sie entsetzten Neulinge mit wagemutigen, gefährlichen Sprüngen von einer Weite, die die an ihren Arbeitsanzügen befestigte Sicherheitsleine gerade noch zuließ, und riskierten dabei Kopf und Kragen.

Von einem Miner, einem Oldtimer mit einem Vierjahresvertrag, der Gomez hieß, kursierte das Gerücht, daß er den Sprung in das lauernde Schwerkraftfeld des Jupiter geschafft hatte. Er war mit einer solchen Kraft in die Höhe gesprungen, daß seine Sicherheitsleine riß. Seine Kameraden waren zusammengeströmt und hatten angeblich beobachtet, wie er immer höher auf seinen gelb-orangefarbenen Tod zutrieb. Sein letztes Wort, so wurde erzählt, soll »Scheiße!« gewesen sein, ausgerufen in dem seltsam weichen, singenden Tonfall seines Heimatortes Chiapas.

Den Kameraden blieb angeblich keine andere Möglichkeit, als das Geschehen fassungslos zu verfolgen. In der Nähe der Mine waren keine Schiffe stationiert, mit denen sich eine solche Rettungsaktion hätte durchführen lassen. Nur die Fähre kam einmal in der Woche.

Die Jupiter-Jockeys gaben die Geschichte von Gomez sehr oft zum besten und reicherten sie jedesmal mit erfundenen Details und Eindrücken an. Die neuen Arbeiter lauschten staunend und kopfschüttelnd und fragten sich, wenn sie alleine waren, was daran wahr sein mochte. Dann starrten sie zu der riesigen, bedrückenden Masse des Jupiter über ihren Köpfen empor, schauderten zusammen und beeilten sich, an ihre Arbeit zurückzukommen. Es war besser, sich auf die Felsen unter ihren Füßen zu konzentrieren.

Jeder farbige Schutzanzug war eine kleine Welt für sich, vollgestopft mit flüssiger Nahrung, Wasser, einer eigenen Atmosphäre und wurde belebt durch die vielen Gespräche, die über die Kanäle des Sprechgerätes hereindrangen.

Auf der neunten Abbauebene fraßen sich hell glühende Schneidbrenner in den Fels, lösten große Erzbrocken aus der Kraterwand. Gelegentlich schaltete einer der Minenarbeiter sein Gerät ab und sprang zur Ebene Zehn empor. Jeder bewegte sich vorsichtig, achtete genau auf die Sicherheitsleinen seiner Kollegen. Die Bewegungen waren langsam und schwerfällig, als befänden sich die Menschen unter Wasser, obwohl sie sich in Wirklichkeit im Nichts bewegten.

Im Gegensatz zu den Körperbewegungen liefen die Unterhaltungen in beängstigender Geschwindigkeit ab. Wie ein ständiger Wasserfall bildeten die Gespräche der Miner eine dauernde Geräuschkulisse. Kommentare über die Herkunft der Meister und Vorarbeiter, rauhe Scherze, Flüche, Klagen und Spitzfindigkeiten wurden untermalt vom Stöhnen und Ächzen der Leute, die gewohnt waren, härter mit ihren Muskeln als mit ihrem Verstand zu arbeiten.

»Aussichtslos«, brummte der Mann, der laut angenähtem Namensschild auf der Brusttasche Walters hieß.

»Ich habe ihnen sofort gesagt, daß sie keinen automatischen Förderbagger hier reinkriegen. Würde zuviele Arbeitsplätze kosten, und außerdem ließen die alten Jockeys sie niemals damit durchkommen.«

Sein Kumpel, ein hünenhaftes Individuum namens Hughes, lachte spöttisch. Das Geräusch klang hohl und blechern über das Anzugsprechgerät und hinterließ ein schwaches Echo.

»Wollen wir wetten? Als sie sie auf den Plattformen Vierzehn und Dreiundzwanzig einführten, behaupteten sie, es sei nur ein zeitlich begrenzter Versuch. Nun, die Dinger sind immer noch da, auf beiden Ebenen, und nehmen den Jungs die Arbeitsplätze weg. Wenn du mich fragst, ist es nur noch eine Frage der Zeit, bis auch wir dran sind.«

Er betätigte den Ausschalter an seinem Schneidgerät und deutete an Walters vorbei nach links.

»Reich mir mal das Verbindungsstück. Mein Brenner spuckt. Ich setze besser eine neue Düse auf.«

Walters wandte sich um, nahm ein dünnes Metallrohr von einem Stapel und reichte es Hughes vorsichtig hinüber. Die Sichtplatte seines Helmes war teilweise beschlagen. Salzige Tropfen perlten von seinen Wangen und seinem Kinn. Schweiß im Anzug rief ein klammes, feuchtheißes Gefühl hervor, so daß der Träger glaubte, er befinde sich inmitten einer Herde dickwolliger

Schafe. Der intensive Körpergeruch verstärkte noch die Bildhaftigkeit dieses Vergleichs.

Doch der Schweiß bedeutete keine Gefahr für den Arbeiter. Aus diesem Grund schien es der Gesellschaft unnötig und überflüssig, zusätzliche Kosten in die Entwicklung besserer Anzüge zu investieren. Und gäbe es nicht die Hitze in den Anzügen, worüber sich die Arbeiter beschweren konnten — jedenfalls begründete man so diese Haltung —, dann fänden sie etwas anderes, über das sie meckern konnten, nicht wahr?

»Was ist mit Wooton?«

Walters hatte sich wieder dem ihm zugeteilten Stück Felswand zugewandt und ließ den Brenner mit einer spielerischen Zielsicherheit über den rauhen, schwarzen Fels gleiten — mit einer Routine, die mehr durch Instinkt als vom Willen gelenkt wurde.

»Er ist doch Betriebsobmann. Was hat er gesagt? Wird die Union alles tun, um die Installation der Förderautomaten zu verhindern?«

»Ich sage dir, wie er sich geäußert hat. Gar nicht!«

Hughes Brenner schnitt eine vertikale Linie in den Fels — ein mit Kohlenstoff und Strom eingebranntes Ausrufungszeichen.

»Nichts hat er gesagt, als ich ihn danach fragte — überhaupt nichts!«

Walter schüttelte den Kopf, um seinen Widerwillen anzudeuten, obwohl diese Geste durch seinen Anzug hindurch nicht einwandfrei zu erkennen war.

»Sie versuchen immer wieder, uns eins auszuwischen. Verfluchte Gesellschaft! Als ob sie noch nicht genug Profit aus diesem Loch hier zögen. Nein, sie suchen immer noch nach neuen Wegen, um ein paar arme Schmocks wie uns um den Job zu bringen.«

»Ja, stimmt, sind alles Gangster da oben.«

Hughes machte über das Interkom ein obszönes Geräusch.

»Doch sie kommen damit nicht durch, glaub mir. Seit sie die Räumgeräte auf Vierzehn und Dreiundzwanzig haben, fahren sie nur noch Sieben-Mann-Schichten. Du kennst die Vertragsbedingungen genausogut wie ich: Acht Arbeiter für jede Schicht. Schwarz auf weiß steht's da, acht Mann!«

Seine Stimme wurde leiser.

»Ich kenne die zwei, die abgezogen wurden. Mariel und Dortmunder. Gute Leute. Es ist, verdammt noch mal, eine Schande!«

Walters Stimme hob sich ein wenig.

»Nun, sie meinen, schlau zu sein, doch auch wir haben Köpfchen.«

Hughes ließ seinen Schneidbrenner sinken und schaute zu seinem Kumpel hinüber.

»Hast du etwas in der Hinterhand?«

»Verdammt richtig geraten! Ich bin's leid, immer herumgestoßen zu werden. Ich werde Wooton sagen, daß ich auf Einberufung einer Versammlung bestehe. Möglicherweise brauchen wir auch einen neuen Betriebsobmann. Rahmenvereinbarungen sind Rahmenvereinbarungen — oder sie sind nur einen Dreck wert.«

Er drückte verschiedene Hebel, die sich im linken Unterarm des Schutzanzuges befanden, doch alle waren schon bis zum Anschlag vorgeschoben.

»Jesus, warum kann man die Temperatur in diesen verdammten Anzügen nicht regulieren. Draußen hat's teuflische einhundertsiebzig Grad minus, und in den verdammten Dingern hier schmoren wir in unserem eigenen Saft.«

Er blickte an Hughes vorbei zu dem dritten Hauer, der mit seinem Schneidgerät den nächsten Felsabschnitt bearbeitete.

»Hab' ich nicht recht, Tarlow?«

Der andere gab keine Antwort. Walters grunzte aufgebracht und wandte sich unzufrieden wieder seiner Arbeit zu. Die Erwähnung der Männer, die durch die Förderroboter ersetzt worden waren, hatte ihn mehr depremiert als alles andere zuvor.

Tarlow schaltete seinen Schneidbrenner aus und stellte ihn vorsichtig in der Halterung ab. Hughes und Walters schenkten ihm keine Beachtung.

»Wo ist dein anderer Anzug?« fragte Hughes seinen Freund.

»Zur Reparatur in der Werkstatt, wo sonst? Sollte schon seit zwei Tagen fertig sein.«

Walters räusperte sich, zögerte einen Moment lang und schluckte dann.

»Weißt du, was das schlimmste an diesen elenden ›Metallüberziehern‹ ist? Man kann nicht einmal darin spucken.«

Hughes kicherte.

»Das hängt nur von deinem Reinlichkeitssinn ab, glaube ich. Einige tun's trotzdem.«

»Ich aber nicht«, antwortete Walters. »So tief bin ich noch nicht gesunken. Doch ich wünschte, sie würden sich etwas mit der Reparatur meines Reserveanzuges beeilen.«

»Das liegt nicht an der Werkstatt. Sie kommen mit der Arbeit einfach nicht nach.«

»Ja, das stimmt. Warum setzen sie da keine Hilfsroboter ein?«

»Die Automaten sind dafür da, Leute zu ersetzen — nicht, um ihnen zu helfen.«

Hughes beugte sich zu Walters' Helmsichtscheibe vor.

»He, dir ist es aber wirklich heiß da drin, nicht wahr?«

»Du hast 'ne ausgezeichnete Beobachtungsgabe!«

»Kleb etwas Mylar-Kunststoff über den Sensor, nimm aber den durchsichtigen, nicht den dunklen. Dadurch wird die Temperatur der Heizspirale gesenkt, ohne daß die Luftzirkulation beeinträchtigt wird. Du beschädigst nichts und hast es kühler.«

»Tatsächlich?«

Walters war überrascht.

»Nein, du Schwachkopf, ich habe mir das gerade schnell ausgedacht!«

Doch Hughes' Sarkasmus verschwand rasch wieder.

»Es hilft tatsächlich. Einer der Flurwarte oben auf der Oberfläche fand es durch Zufall heraus. Er hat es nur nicht gemeldet, weil die Gesellschaft es sonst verbieten würde.«

»Wieso?«

Hughes grinste hinter seiner Sichtplatte.

»Der Anzug braucht dadurch mehr Energie. Was die Gesellschaft davon hält, kannst du dir denken. Der Kunststoff simuliert dem Temperatursensor im Anzug eine höhere Außentemperatur, und die Klimaanlage im Anzug hält die Lufttemperatur niedriger. Die meisten Kumpel machen es so.«

Walters schaltete seinen Brenner ab und warf einen Blick in Hughes' Helm.

»Ja, ich sehe das Zeug«, sagte er schließlich. »Und das ist wirklich alles?«

»Das ist der ganze Trick«, antwortete Hughes. »Du mußt nur daran denken, den Stoff vom Sensor wieder zu entfernen, wenn du Feierabend hast. Der Kontrolleur könnte sonst dahinterkommen. Wirf ihn einfach in den Krater, denn Mylar gibt es in der Mine genug.«

»Tausend Dank«, sagte Walters erleichtert. »Ich kann die nächste Schicht kaum erwarten, um es auszuprobieren.«

Sie lachten beide.

Der dritte Hauer, Tarlow, stand die ganze Zeit zitternd in der Nähe und starrte zu Boden. Er murmelte leise Worte vor sich hin, doch die statischen Entladungen in den Sprechgeräten ließen die Worte untergehen.

»Oh . . . ich hasse Spinnen. Spinnen, überall Spinnen . . .«

Plötzlich begann er mit den Füßen auf der Metallplattform herumzustampfen, als versuchte er etwas zu zertreten, das es nicht gab.

»Acht Arbeiter für acht Jobs«, sagte Hughes, der sich wieder seinem Felsabschnitt zugewandt hatte. »So lautet der Vertrag, den Con-Amalgamated unterzeichnet hat, um hier die Schürfrechte zu kriegen. Es wäre verdammt besser für sie, sich daran zu halten, sonst gibt's Ärger.«

»Vielleicht sollte sich unser Obmann einmal mit dem Vertrag beschäftigen. Er überprüft ja auch schließlich immer sein Gehalt, ehe sie es per Computer seinem Konto gutschreiben.«

Walters schwieg plötzlich und starrte stirnrunzelnd an seinem Freund vorbei.

»He, Tarlow«, rief er, »was juckt dich denn?«

Der dritte Hauer führte mit beiden Füßen einen seltsamen Hüpftanz auf. Mit schriller Stimme schrie er:

»Tötet sie, tötet sie! Um Gottes willen, sie dürfen mich nicht kriegen?«

»Was töten?«

Auch Hughes hatte sich inzwischen umgewandt.

»Was darf dich nicht kriegen, Mann?«

»Gott, wie ich Spinnen hasse!«

»Spinnen . . .?«

Unsicher beobachtete Walters Tarlows seltsames Gebaren.

»Du willst uns wohl verscheißern, was?«

Er warf Hughes einen Blick zu, doch der schüttelte verständnislos den Kopf.

»Himmel, nehmt sie mir vom Bein! Sie krabbeln mir die Beine hoch. Nehmt sie weg!!!«

Tarlow hatte seinen seltsamen Tanz eingestellt. Statt dessen rieb er mit beiden Unterarmen immer wieder über das rechte Anzugbein, als wolle er etwas abstreifen, das nur er sah.

»Tarlow, was ist los mit dir? Was sollen wir wegnehmen?«

Die beiden Miner empfanden die Situation inzwischen nicht mehr als witzig.

»Spinnen! So helft mir doch!«

Tarlow schrie jetzt in panischem Entsetzen.

»Spinnen?«

Hughes' Stimme verriet Sorge, obwohl er immer noch glaubte, daß Tarlow seinen Scherz mit ihnen trieb. Der Humor in der Mine war gewöhnlich ebenso rauh wie die Lebensbedingungen. Hughes hatte keine Lust, zum Gespött der Leute zu werden, weil er auf den Scherz eines anderen hereingefallen war.

»Du bist wohl nicht mehr ganz dicht, wie?« sagte er zu dem sichtlich verzweifelten Miner. »Wie können hier Spinnen sein? Hier gibt es keine Lebewesen. Selbst die kleinste Wanze hätte keine Chance, die häufigen Desinfizierungen auf der Reise hierher zu überleben.«

»Er will uns auf den Arm nehmen«, behauptete Walters jetzt ebenfalls und ging zu seinem Arbeitsplatz zurück.

Tarlows bebende Hände hatten sich an seinem Körper emporgearbeitet und schlugen nun gegen die Brust. Hinter seiner

Sichtplatte quollen ihm vor lauter Furcht die Augen fast aus dem Kopf.

»Herrgott, jagt sie weg!«

»Sehr witzig, Tarlow!«

Hughes kam zu dem Schluß, daß sein Freund recht hatte. Tarlow erlaubte sich einen Scherz mit ihnen. Seine Angst war nur aufgesetzt, sein Gejammer unecht.

»Doch wir fallen nicht darauf herein. Räum besser den Schutt weg und geh wieder an deine Arbeit! Vergiß nicht, wir arbeiten im Akkord, haben ein Schichtsoll zu erfüllen. Wegen dir wollen wir keinen Lohnausfall haben.«

Tarlow gab keine Antwort, sondern griff sich in Höhe seines Halses an den unteren Rand seines Helmes. Seine Entsetzensschreie wurden immer lauter.

»Sie kriechen herein, unter den Anzug!«

Er zerrte mit seiner unförmigen, behandschuhten Hand an seinem Anzug, schlug sich wiederholt auf die linke Schulter.

»Holt sie doch heraus. Großer Gott!«

Plötzlich stürzte er vor und ergriff einen Werkzeugkasten. Unter anderem enthielt der Kasten eine Sammlung von Schweißbrennern, feine Metallspitzen, mit denen das Ilmenit aus dem Gestein herausgeschnitten wurde. Die Düsen dieser Brenner waren sehr fein, sie hatten die Form von Bohrern, deren Spitzen aber nie mit dem Fels in Berührung kamen, den sie heraustrennten.

Tarlow riß eine dieser Düsen aus dem Kasten und stach mit ihr auf seine Schulter ein.

Hughes und Walters waren plötzlich hellwach. Hughes stürzte auf Tarlow zu, seine weit aufgerissenen Augen verrieten seinen Schrecken.

»Bei allen Heiligen . . . Tarlow, hör sofort auf damit!«

Doch er reagierte zu spät. Die fehlende Schwerkraft behinderte ihn — eine höllische Ironie im Schatten des Jupiter mit seiner immensen Schwerkraft.

Die Arbeitsanzüge waren an sich strapazierfähig. Man hatte sie so entworfen, daß sie schon einiges aushalten konnten.

Scharfe Felsbrocken und Gesteinssplitter oder Metallkanten konnten ihnen nichts anhaben. Die Anzüge schützten die Menschen vor der lebensfeindlichen Umwelt. Doch der Selbstvernichtung eines verzweifelten, vor Angst halb wahnsinnigen Mannes, der den Anzug mit einer messerscharfen Metallspitze durchlöcherte, konnte das Material nicht standhalten.

Mit der Düse riß Tarlow unterhalb seines Helmes ein klaffendes Loch in den Anzug. Was folgte, dauerte kaum eine Sekunde. Außerhalb des Anzugs gab es keinen Luftdruck. Über ihre Sprechgeräte hörten Hughes und Walters das schreckliche Zischen entweichender Luft, das tödliche Pfeifen, das eines Tages selbst zu hören jeder Arbeiter fürchtet.

Der plötzliche Blutandrang in seinen Adern ließ Tarlows Gesicht dunkelrot anlaufen. Obwohl er schrie, drang kein Laut über seine Lippen. Der Unterdruck ließ seine Augen zerplatzen, Blut drang aus den Öffnungen seines Schädels, füllte das Innere seines Helmes und spritzte in einer Fontäne durch das Loch im Anzug. Der heftige Sog entweichender Luft ließ den Miner zurücktaumeln, im Zeitlupentempo stürzte er über das dünne Geländer in die Finsternis, die den Boden des Kraters verhüllte.

Der Körper hing immer noch an der Sicherheitsleine, die ihrem Besitzer nun auch nichts mehr nützte. Mit einem heftigen Ruck beendete sie den taumelnden Fall des Leichnams, der wie eine unheimliche Parodie auf das Leben hin und her baumelte und lautlos seine dunkelrote Flüssigkeit versprühte.

Hughes und Walters lehnten sich über das Geländer und starrten entsetzt in die Tiefe, das einzige Geräusch in ihren Ohren war die endlose Unterhaltung von Hunderten anderer ahnungsloser Arbeiter . . .

2

Verglichen mit den Quartieren der Durchschnittsarbeiter war das von O'Niel als geradezu luxuriös zu bezeichnen. Doch auch hier hatte man nichts getan, um die Röhren des Ventilations- und Versorgungssystems ein wenig zu kaschieren. Deutlich sichtbar liefen sie unter der niedrigen Decke entlang, dünne Lebensadern, auf die jeder in der Mine angewiesen war, eine ständige Erinnerung an den unsicheren Halt, den das sauerstoffatmende Leben auf Io gefunden hatte.

Die Wände waren metallfarben, ausgenommen die wenigen Flächen, die man mit farbigem Plastikmaterial verkleidet hatte, um die Eintönigkeit ein wenig abzuschwächen. Es gab künstliche Pflanzen aus Polyäthylen und Blumen aus Seide, doch kein Holz. Metall und Plastikerzeugnisse wurden von in der Nähe auf dem Asteroidengürtel angesiedelten Industrien hergestellt. Doch Holz mußte man vom anderen Ende des Universums, von der Erde, herbeischaffen.

Trotzdem gab es einige kümmerliche Versuche, sich die rauhe Umwelt ein wenig wohnlicher zu gestalten, ihre Sterilität durch Fantasie auszugleichen. Neben den künstlichen Blumen gab es bunte Bezüge für die Sessel, persönlich hergestellte Kunstwerke und gerahmte Fotos. Und Farbe natürlich. Farbe bedeutete hier die ›Vermenschlichung‹ des Metalls. Sie verdeckte zwar nicht die Heizrohre und Kabelschächte, doch sie ließ die kahlen Wände nicht so nackt erscheinen und drängte die feindliche Umwelt ein wenig zurück — wenn auch nur in der Fantasie.

Die Wohnung enthielt zwei beängstigend enge Schlafzimmer, eng im Vergleich zu den Schlafzimmern auf der Erde, aber sehr geräumig im Gegensatz zu den Kojen, die normale Arbeiter auf Io zugewiesen bekamen. Außerdem besaß sie ein eigenes Badezimmer mit einer eingebauten Dusche. Der Wohnraum teilte sich auf in Eßecke, Kochnische, Sitz- und Arbeitsecke. Normale Möbel hätten diesen Raum total überfüllt, so daß den Bewohnern keine Bewegungsfreiheit mehr geblieben wäre. Doch man hatte soviel wie möglich in den Wänden untergebracht.

Auch in diesem Zimmer gab es kaum etwas Farbiges. Farbige Glasuren waren teuer. Außerdem bedeutete eine millimeterdicke Glasur zusätzliches Gewicht, und zusätzliches Gewicht, nach Io transportiert, war für die Gesellschaft verlorenes Geld. Leute wie die O'Niels konnten die Mehrkosten nicht wieder hereinbringen, und ihre eigenen Möbel nach Io zu versenden überstieg ihre finanziellen Möglichkeiten.

Zwei große Videoschirme, ein Computer-Terminal und eine Unzahl kleiner Kontrollgeräte für die Klimaanlage bedeckten die Fläche einer ganzen Wand. Die Tatsache, daß der Raum seine eigene regulierbare Klimaanlage besaß, dokumentierte den Status seiner Bewohner. Die meisten Arbeiter hatten die Temperatur und Atmosphäre zu ertragen, die der Zentralcomputer für sie errechnete und regulierte.

Eine schlanke, dunkelhaarige Frau Mitte Dreißig schob gerade gefrorene Waffeln und eine Tasse Kaffee in den Mikrowellenherd. Ihre Frisur war eine Spur zu perfekt, ihre Kleidung eine Nuance zu jugendlich, um zu der Umgebung zu passen, in der sie sich bewegte. Sie wirkte fremd in dieser kahlen, nüchternen Welt. Man könnte sagen, daß sie mit der einzigen farbigen Wand konkurrierte, die der unpersönliche Raum aufzuweisen hatte.

Die Frau war auf eine herbe Art hübsch. Irgendwann einmal mußte sie eine Schönheit gewesen sein, doch die letzten Jahre hatten bei ihr ihre Spuren hinterlassen. Ihre Augen glänzten noch immer, doch sie blickten abgespannt und gleichgültig.

Langsam ging sie durch das Zimmer, ihre Bewegungen verrieten, daß ihr Geist müde war, nicht ihr Körper. Sie offenbarten eine Art geistiger Trauer, eine kaum wahrnehmbare Melancholie. Doch wirklich traurig war die Tatsache, daß die Frau ihr Bestes tat, diese Melancholie zu verbergen.

Paul O'Niel verfolgte die Bewegungen seiner Mutter mit der üblichen Ungeduld eines aufgeweckten elfjährigen Jungen. Sein Leben war noch einfach und spiegelte nicht wie das der Mutter die Erschöpfung wider. Es bestand noch hauptsächlich aus Essen und Schlafen und den gelegentlichen unangenehmen Unterbrechungen, die gelegentliche Schelte und Schule mit sich brachten. Seine Augen standen nie still, zeigten den erwachenden Wissensdurst, vielleicht schon zu starken Wissensdurst. Seine Intelligenz und Auffassungsgabe waren vielversprechend. Gelegentlich überraschte er seine Gesprächspartner mit seiner Logik. Und selbst einen Erwachsenen kann ein altkluger Elfjähriger so manches Mal aus der Fassung bringen.

Carol O'Niel bemerkte seine erwartungsvollen Blicke. Sie seufzte, wandte sich aber dann lächelnd an ihn:

»Es dauert nur zwei Minuten, Paul. Ich verspreche es dir.«

»Sind das die Buttermilch-Waffeln?«

Die Stimme des Jungen war klar und arglos, ohne die Anzeichen der Reife, die er geistig in den letzten beiden Jahren erreicht hatte. Irgendwie war sie froh darüber. Er würde noch schnell genug erwachsen. Sie wußte, wie schnell sich der Übergang vom Knaben zum jungen Mann vollzog. Sie wünschte, daß es langsam gehen möge, wollte, daß er noch für eine gewisse Zeit ein Kind blieb.

»Leider ja«, beantwortete sie seine Frage.

»Mist!«

›Eine typische Antwort für einen Elfjährigen‹, dachte sie dankbar. Rasch wandte sie dem Tisch, an dem er saß, den Rücken zu und gab vor, die Zeit auf der Skala des Herdes zu kontrollieren. In Wirklichkeit aber verbarg sie ihr Gesicht vor ihm, damit er nicht ihre Gedanken erraten konnte.

›Es ist peinlich, einen Sohn zu haben, der den Erwachsenen aus dem Gesicht abliest, was sie denken. Andererseits aber ist es typisch für Kinder, die nur mit Erwachsenen Umgang haben und lernen, durch die Sichtplatten der Helme hindurch Worte von Augen und Mund abzulesen!

»Ich habe versucht, die mit Ahornsirup-Geschmack zu kriegen«, besänftigte sie ihn, »doch man sagte mir bei der Versorgungsstelle, sie seien ihnen ausgegangen. Sie hatten auch keine anderen mehr.«

Gott sei Dank haben Elfjährige noch die wunderbare Fähigkeit, Gedankensprünge ohne Übergang von einem Thema zum anderen zu vollziehen. Paul sprach die nächsten Worte zischend aus, weil er mit den Fingern an seinen Zähnen herumspielte.

»Mami, mit dieser Zahnklammer kann ich kaum sprechen. Und wenn die Fährstation Funksprüche an weit entfernte Schiffe absetzt, schmerzen mir die Zähne.«

»Nein, Paul, das bildest du dir nur ein«, beruhigte sie ihn.

»Das ist keine Einbildung«, protestierte er. »Und selbst wenn, ich kann nicht richtig sprechen. Während des Unterrichts versteht mich die Lehrsektion kaum.«

»Ich weiß, und es tut mir leid.«

Sie drehte den Kopf und lächelte ihm ermutigend zu.

»Sobald die Dentalsektion uns Bescheid gibt, brauchst du die Klammer nicht mehr länger zu tragen.«

Er hob den Kopf, Schmerzen und Buttermilch-Waffeln waren vergessen.

»Wirklich? Wie lange wird das noch dauern?«

»Es wird schon bald sein.«

Mit den Fingern strich sie sich eine Locke ihres schwarzen Haares aus der Stirn.

»Wie bald?« fragten sie beide gleichzeitig, wobei Carol die nächste Frage ihres Sohnes vorwegnahm.

Der Junge lachte hell.

›Er ist ein sehr lieber, ausgeglichener Junge‹ sagte sie sich. Fast nie gab er ihnen Anlaß zur Sorge, obwohl er manchmal durchaus das Recht dazu hatte. Während der üblichen Tests, die der Umsiedlung vorausgingen, hatte ihn der Doktor als eines der anpassungsfähigsten Kinder bezeichnet, die ihm je begegnet seien.

Doch Io war dabei, ihn zu erdrücken, das wußte sie genau. Geistig ebenso wie körperlich. Korridore und Zubringer waren die geeigneten Plätze für die Aufzucht von Ratten, aber keine Spielplätze für junge Menschen. Auch das zögernde, aufmunternde Lächeln des Arztes hatte sie über diese Tatsache nicht hinwegtäuschen können.

»Was ist wie bald?« fragte plötzlich eine vertraute Stimme.

William Thomas O'Niel schritt in den Raum. Er hatte tatsächlich einen schreitenden Gang, ging nicht wie die anderen Leute.

›Wie ein Vollblüter, der jeden Moment in Galopp verfallen würde‹, dachte sie manchmal.

Sein Gang hatte die spielerische Leichtigkeit, die flüssigen Bewegungen des geborenen Athleten. Seinem anmutigen, elastischen Schritt nach zu urteilen, hätte er zwanzig Jahre jünger sein müssen, als er in Wirklichkeit war. Er war hochgewachsen, ohne hünenhaft zu wirken, obwohl seine Gestalt zu massig für den kleinen Raum oder die Möbel darin schien. Sein Haar war voll weißer Strähnen, und man hatte das Gefühl, daß jedem einzelnen dieser silbrig schimmernden Haare ein bestimmtes Ereignis zugrunde lag. Auch sein akkurat gestutzter Bart war weiß. Er sah aus wie ein Mann, der den Großteil seines Lebens im Freien verbracht hat, obwohl genau das Gegenteil richtig war. Seine Bildung ging weit über das übliche Allgemeinwissen hinaus, was man an seinen klug blickenden Augen und an seiner ganzen Art ablesen konnte.

Er besaß die typische Art von Männern, die sehr lange Zeit auf Außenwelten verbracht hatten.

»Wie lange es noch dauert, bis ich meine Zahnspange loswerde«, antwortete sein Sohn zugleich ängstlich und hoffnungsvoll.

O'Niel lächelte nicht mit den Lippen. Sein Gesichtsausdruck veränderte sich nur ein wenig. Ein Beobachter mußte dadurch zu der Annahme kommen, daß dieser Mann niemals richtig lachen gekonnt hatte. Oder er hatte es wegen irgendwelcher Dinge verlernt.

O'Niel ging an dem Tisch vorbei zu einer schmalen Nische, die wie ein Wandschrank ohne Tür wirkte, und schaltete einen der Videoschirme ein. Seine Finger fanden automatisch die Bedienungstasten, ohne hinzuschauen gab er sein persönliches Rufzeichen in den Computer.

»Möchtest du unbedingt schiefe Zähne haben?«

»Es würde mir nichts ausmachen«, antwortete Paul mit selbstsicherer, herausfordernder Stimme, wie sie nur ein heranreifender Junge offenbaren kann. Trotzig verschränkte er die Arme vor der Brust.

»Dir werden gleich ein paar Zähne fehlen, wenn du nicht sofort dein Frühstück ißt.«

O'Niel wandte seine Aufmerksamkeit wieder dem Monitor zu, der eingehende Botschaften aufzeichnete — eine technische Einrichtung, die nur wenige private Terminale auf Io besaßen. Direkte Sprechleitungen waren teuer. In leuchtenden Buchstaben erschien auf dem Schirm das Wort: EINGABE. Er schaltete auf Eingabe um und tippte seine Antwort über die Tastatur in den Computer: O'NIEL, W. T. IRGENDWELCHE NACHRICHTEN FÜR MICH?

Der Computer lieferte prompt die Antwort: O'NIEL, W. T. POSITIV. VIDEO- UND AUDIONACHRICHTEN. ANWEISUNGEN?

Wieder gab O'Niel seine Antwort ein: BOTSCHAFTEN ÜBERMITTELN, VIDEO UND AUDIO. GERINGE LAUTSTÄRKE.

Das leise Glockenzeichen des Mikrowellenherdes riß Carol, die ihren Mann beobachtete, aus ihren Betrachtungen. Sie ging zum Ofen und entnahm ihm das Essen.

Paul verfolgte mit angewidertem Gesichtsausdruck, wie die Buttermilch-Waffeln wie fremde Eindringlinge auf seinen wehrlosen Teller herabschwebten. Sie waren mit einer feuchten Schicht bedeckt, die auch nicht die entfernteste Ähnlichkeit mit Ahornsirup hatte. Er starrte sie an, als wünschte er, seine Augen hätten die Fähigkeit, sie unbemerkt verschwinden zu lassen. Doch stur blieben sie auf dem Teller liegen, warteten, wußten, daß sie gewonnen hatten.

Carol seufzte und versuchte es auf die einschmeichelnde Tour.

»Nimm doch einfach an, sie seien die mit Ahornsirup.«

Er schaute zu ihr auf.

»Nimm doch einfach an, ich hätte sie schon gegessen.«

»Das ist mir eine Annahme zuviel«, sagte sie, und ihre Stimme klang eine Spur schärfer. »Du hast sie früher schon gegessen, und sie haben dir geschmeckt.«

»Wollen wir wetten, daß das nicht stimmt?«

»Vorwärts, junger Mann! Ich weiß, daß du sie essen kannst, wenn du nur willst.«

Resignierend zuckte er die Achseln und ergriff seine Gabel.

»Mein Verstand hat ja auch nichts dagegen, nur mein Magen sträubt sich.«

Widerwillig begann er zu essen, stocherte aber weiterhin planlos in den Waffeln herum. Sein Verhalten war das gleiche, das die Miner dem Fels gegenüber an den Tag legten, den sie bearbeiteten.

O'Niel hatte im Schnelldurchlauf die Routinemeldungen überflogen. Plötzlich erhaschte er ein paar Wortfetzen, spulte das Band zurück und ließ es mit Normalgeschwindigkeit ablaufen. Er lehnte sich in seinem Sessel zurück, verschränkte die Arme vor der Brust und betrachtete den jungen Mann, der nun über den Bildschirm zu ihm sprach.

»Marshal, hier spricht Lowell. Die Nachtschicht verlief ruhig.«

Während er sprach, senkte der junge Polizist seinen Blick auf das Nachrichtenbord aus Plexiglas in seiner Hand, auf dem er sich Notizen gemacht hatte.

›Was mag es gegeben haben?‹ fragte sich O'Niel ungeduldig.

Doch sogleich erhielt er von seinem Untergebenen, dessen Bild das Band aufgezeichnet hatte, die Antwort, als hätte er seine Frage laut gestellt.

»War nicht viel los«, fuhr der Polizist fort.

Seine Stimme klang gelangweilt.

»Ein paar Betrunkene randalierten. Ach ja, die Tür des Beschwerdebüro in Kuppel Neun wies Kratzspuren an den Scharnieren auf. Vielleicht ein Einbruchsversuch. Es besteht aber auch die Möglichkeit, daß sich jemand aus Langeweile einen Scherz mit uns erlaubt. Wir werden das Büro nächste Nacht auf jeden Fall im Auge behalten.«

Er legte die Tafel zur Seite und schaute wieder auf seinen Bildschirm.

»Das war alles. Wirklich eine ruhige Nacht, wie ich sie gern habe.«

Er grinste.

»Ich werde um achtzehn Uhr wieder im Büro sein. Wenn Sie wollen, können wir die Überwachungsmaßnahmen dann im einzelnen besprechen.«

Carol betrachtete über die Schulter ihres Gatten das Gesicht von Lowell, der sich gerade ausschaltete. Sie reichte O'Niel seine Tasse Kaffee. Er fragte sie heute nicht danach, ob es richtiger Kaffee war oder nicht, inzwischen ein in der ganzen Mine bekannter Scherz. Vermutungen über die Herkunft dessen, was hier als Kaffee bezeichnet wurde, ergaben in der Station eine nahezu unerschöpfliche Quelle von Spekulationen, von denen einige recht bizarr waren. Geschmacklose Leute behaupteten sogar, er stamme von einem Produkt, das als einziges nicht durch die Wiederaufbereitungsanlagen der Station transportiert wurde, weshalb er auch so stark sei und diesen seltsamen Geschmack habe.

Auf dem Schirm war das Bild von Lowell durch das eines untersetzten älteren Mannes ersetzt worden.

»Hier spricht Montone, Marshal. Über den Unfall gestern in der Mine gibt es nichts Neues. Sieht so aus, als hätte der Junge durchgedreht.«

Der Hilfsmarshal schien nicht sonderlich an dem Fall interessiert. Tödliche Unfälle in der Mine waren nichts Ungewöhnliches.

»Die Gesellschaft hat veranlaßt, daß der Leichnam — oder besser gesagt das, was von ihm übriggeblieben ist — sofort mit der Fähre heute morgen abtransportiert wurde. Ich vermute, die neu angekommenen Arbeiter sollten ihn nicht unbedingt zu Gesicht bekommen. Was ich auch verstehen kann.«

Er verzog das Gesicht.

»Jesus, Sie hätten diese Schweinerei sehen sollen. Sie konnten die Leiche nur in einer Vakuumflasche transportieren, nicht in einem Sarg. Die ganze restliche Ladung wäre verdorben worden.«

Paul, der gerade widerwillig seine gefüllte Gabel zum Mund hob, hielt mitten in der Bewegung inne und legte dann vorsichtig die Gabel zurück auf den Teller. Das Gesicht, das er zog, ließ keinen Zweifel daran, daß sich Gespräche über Leichen und Buttermilch-Waffeln nicht miteinander vertrugen.

Montone, der einen Moment lang geschwiegen hatte, fuhr fort.

»Es handelt sich dabei nicht um Mord. Es gab Zeugen direkt in seiner Nähe. Zwei Männer haben die ganze Sache miterlebt.«

»Gibt es Zeugen, die deren Zeugenaussage bestätigen können?«

»Ich weiß, woran Sie denken, Marshal. Nein, sie haben nicht seine Sicherheitsleine durchgeschnitten und ihn dann über das Geländer geworfen. Ein paar Arbeiter auf der nächsttieferen Plattform, die sich zufällig auf der gleichen Frequenz über die Anzugsprechgeräte miteinander unterhielten, konnten alles mithören und haben den letzten Akt des Dramas beobachtet. Sie sagen einstimmig aus, daß die beiden anderen Hauer dem Mann noch zu helfen versuchten.

Ich habe mit beiden Zeugen selbst gesprochen. Die Angelegenheit scheint ihnen ziemlich an die Nieren gegangen zu sein, denn schließlich gehörte der Tote zu ihrer Schicht. Sie schlugen sogar selbst vor, das Wahrheitsserum zu nehmen. Doch ich hielt es für unnötig.«

»Ich auch«, murmelte O'Niel. »Sie haben es selbst vorgeschlagen, sagten Sie? Der Vorschlag kam nicht von Ihnen?«

»Nein, warum auch? Die Aussagen der anderen Zeugen entlasten die beiden von jeglicher Schuld.«

Wieder schwieg er einen Augenblick lang und fügte dann achselzuckend hinzu:

»So etwas kommt leider immer wieder vor. Doch das brauche ich Ihnen sicherlich nicht zu sagen.«

»Nein, das ist unnötig.«

»Einige Leute lassen sich eben von dieser Hölle hier auffressen.«

Nachdenklich kaute Montone auf der Unterlippe herum.

»Trotzdem ist es eine Schande. Hätte nicht sein müssen, gab keinen Grund dafür. Der Bursche ... sein Name war Tarlow, glaube ich.«

Er zog seine Notizen zu Rate.

»Stimmt, Tarlow. Verdammtes Pech, er hatte sein Jahr fast um.«

»Wurde eine Autopsie veranlaßt?«

Montone schüttelte bedauernd den Kopf.

»Unmöglich, ich sagte es Ihnen schon. Der Leichnam sah böse aus.«

Nochmals überflog er seine Notizen.

»Das war's auch schon. Ach so, sagen Sie Ihrer Frau bitte, daß die Tickets, die sie bestellt hat, bei der Transportsektion für sie bereitliegen. Wir sehen uns im Büro. Und denken Sie nicht soviel über den Unfall nach, früher oder später gewöhnt man sich daran.«

Sein Lächeln war nur Routine. Der Schirm wurde dunkel, die Worte ENDE DER AUFZEICHNUNG, O'NIEL, W. T. erschienen.

Als Montone die Tickets erwähnte, wich jegliche Farbe aus Carol O'Niels Gesicht. Doch sie erlangte mit bewundernswerter Schnelligkeit ihre Fassung wieder, wenn auch der Grund dafür sicher nicht bewundernswert war.

Der Marshal starrte noch einen Moment lang mit ausdruckslosem Gesicht auf den Schirm, dann schaltete er ihn ab. Das seltsame Gebaren seiner Frau war ihm entgangen.

»Welche Tickets?« fragte er beiläufig.

»Oh, sie sind für Mr. und Mrs. Reynolds«, antwortete Carol ebenso beiläufig, während ihre Hände sich mit den Tellern beschäftigten. »Das nette Ehepaar von der Bäckerei. Ein paar Freunde von ihnen benötigen Tickets für die Fähre.«

Sie lächelte leicht.

»Du weißt doch, daß sie sehr weit unten auf der Prioritätsliste stehen, und ich versprach ihnen, zu sehen, was sich machen ließe. Doch es war ganz einfach.«

»Das war sehr nett von dir.«

Er stürzte den letzten Schluck Kaffee, oder was immer es sein mochte, hinunter.

»Ich muß jetzt gehen.«

Er erhob sich und ging zum Tisch.

Obwohl der Bart wie immer kratzte, ließ sein Sohn den Abschiedskuß seines Vaters reglos über sich ergehen.

»Wir sehen uns beim Mittagessen, Sportsfreund. Vergiß nicht, deine Rechenaufgaben zu machen.«

Paul nickte.

»Ich verspreche es.«

Dann grinste er spitzbübisch.

»Ich hoffe, daß die Lehrsektion überhaupt meine Zahlen verstehen kann.«

»Immer noch wegen deiner Zahnklammer? Nun, mach dir keine Sorgen. Du wirst sie nicht mehr lange tragen müssen. Aber du möchtest doch sicher nicht mit schiefen Zähnen aufwachsen, nicht wahr?«

»Ich habe noch niemanden hier gesehen, der Zahnklammern trägt.«

»Das ist ganz natürlich, weil . . .«

O'Niel hielt mitten im Satz inne. Er hatte sagen wollen: ›Weil es keine anderen Kinder hier gibt.‹ Statt dessen sagte er: »Weil niemand sonst in unserer Nähe sie braucht. Du bist der einzige. — Davon einmal abgesehen, die ganze Mine trägt eine Klammer.«

Unsicher schaute Paul zu ihm auf.

»Ist das wahr?«

»Natürlich. Du hast doch schon die aufgeschweißten Stützen und Streben an den Außenwänden aller Gebäude und den Gerüsten für die schweren Förderanlagen gesehen?«

Paul nickte interessiert.

»Nun, das sind eben die Klammern der Mine, sie erfüllen den gleichen Zweck wie deine. Ohne sie wären alle Wände schief und wacklig, und das gleiche geschähe mit deinen Zähnen, wenn du deine Zahnspange nicht lange genug trägst.«

»Dann behalte ich sie wirklich besser noch eine Zeitlang.«

»Das ist sicher besser.«

O'Niel wandte sich um und ging zur Tür.

»Vergiß nicht deine Rechenaufgaben.«

»Nein, Dad.«

Carol beobachtete die Szene zwischen Vater und Sohn aufmerksam und versuchte krampfhaft, ihre Gefühle unter Kontrolle zu halten. Sie eilte zur Tür, um ihren Mann zu verabschieden.

»Mach's gut«, sagte er und küßte sie leicht.

Sie erwiderte seinen Kuß und murmelte:

»Das werde ich.«

In vielen Dingen war O'Niel ein sehr sensibler, gefühlsbetonter Mensch. Kleine Veränderungen bei seinem Gegenüber wie Anspannung, plötzliche Regungen oder Blicke bemerkte er sofort. Das war auch der Grund, weshalb er in seinem Beruf so erfolgreich war. Er schob seine Frau ein wenig zurück und betrachtete ihr müdes Gesicht.

»Hör zu«, sagte er sanft, »ich weiß, es ist eine trostlose Aufgabe. Ich kann mir denken, wie schwer es für dich sein muß. Ich bitte dich, es trotzdem zu versuchen. Du wirst sehen, in Wirklichkeit ist es doch nicht so schlecht.«

Sie hob den Blick, schaute ihm ins Gesicht, verbarg ihre Gefühle vor seinen Augen.

»Ich weiß. Es ist nur alles so . . . so . . .«

Er wartete. Doch die Worte kamen nicht, oder sie brachte es nicht fertig, sie auszusprechen. Schließlich gab sie es auf, ihre Empfindungen zu erklären, hob statt dessen hilflos die Schultern. Wieder küßte er sie, eine Antwort, die weit tröstender war als alle Worte, dann wandte er sich zum Gehen.

»Will!«

Über die Schulter schaute er zurück. Rasch lief sie zu ihm hin, legte beide Arme um seinen Hals und küßte ihn leidenschaftlich.

»Ich liebe dich.«

»Auch ich liebe dich.«

Er hielt sie eng an sich gedrückt, lächelte kurz.

»Versuch es. Wir sind gerade erst zwei Wochen hier. Es wird bald besser sein, glaub mir. An einem fremden Ort ist in der ersten Zeit alles ungewohnt und ein wenig furchteinflößend. Denk daran, es ist nur für ein Jahr, und die Bezahlung ... du weißt ja, was ich bei meinem letzten Job verdient habe. Das ist auch einer der Gründe, weshalb ich diesen hier angenommen habe. Nur noch ein einziges Jahr, und dann trete ich in den Ruhestand.«

Sie beugte sich zurück, schaute ihm tief in die Augen und schüttelte dann den Kopf. »Du wirst dich nicht zurückziehen, du nicht, Will. Jedenfalls nicht freiwillig. Dafür hängst du viel zu sehr an deiner Arbeit.«

»Daran hängen?«

Er lachte leise.

»Nein, Liebling, ich hänge nicht daran. Aber ein Beruf ist auch eine Verpflichtung, und ich tue alles, um sie voll und ganz zu erfüllen.«

›Du hängst doch daran‹, dachte sie bitter, sagte jedoch nichts, sondern hielt ihn nur umklammert und wünschte inbrünstig, die Dinge würden sich wie durch einen Zauber schlagartig ändern.

»Ich muß gehen. Du riechst gut.«

Er streichelte ihre Wange, ließ seine Fingerspitzen langsam über ihre weiche Haut gleiten. Sie ergriff seine Hand und preßte sie gegen ihr Gesicht.

Dann war er fort. Carol trat durch die Eingangstür und schaute hinter ihm her, wie er den Korridor hinunterging und dann um die nächste Ecke bog. In ihren Gedanken verfolgte sie seinen Weg von draußen durch die durchsichtigen Tunnelwände und glaubte tatsächlich, stechenden Schwefelgeruch und andere Düfte, die aus Ios Innerem an die Oberfläche drangen, wahrzunehmen. Es gab eine Atmosphäre auf Io, sie war dünn und ungesund, für Leben jeglicher Art ungeeignet, eine Atmosphäre, die von plötzlich aufbrechenden Vulkanen ausgespuckt und in den Raum geblasen wurde.

›Sogar die Gase haben's besser‹, dachte sie.

Langsam ging sie in die Wohnung zurück, um nach ihrem Sohn zu sehen ...

Die Cafeteria war ein riesiger, schmuckloser Raum, der ständig mit Menschen gefüllt war. Arbeiter in den verschiedenen Stadien der Erschöpfung schoben ihre Tabletts über den Gleitsteg einer langen Essenstheke, an der heiße Mahlzeiten ausgeteilt wurden. Wie Tische und Stühle bestand die Theke aus grauem Metall und stumpfem Plastik. Das Licht war grell und stach in die Augen, strahlte mit unbarmherziger Helligkeit aus Leuchtstäben, die unter der Decke angebracht waren.

Nur das Stimmengewirr in dem Raum milderte etwas die Einförmigkeit der sterilen Einrichtung. Die Minenarbeiter schoben sich in kleinen Grüppchen an der Theke entlang und erzählten sich schmutzige Witze oder verzehrten an den Tischen ihre Mahlzeiten — das übliche Zusammenspiel von Nahrung und Sex, seit Jahrtausenden unverändert.

Die meisten der Witze waren auch beinahe ebenso alt. Nur die Art der Wiedergabe variierte, die Slangausdrücke änderten sich, paßten sich im Ausdruck der Schwerelosigkeit und künstlicher Atmosphäre an. Es gab auch einige weibliche Arbeiter, die mit ihren männlichen Kumpanen im Witze-Erzählen wetteiferten. Andere Frauen wiederum bildeten im hinteren Teil des Raumes eine Gruppe für sich. Auf den Tischen standen Flaschen mit Soßen und Gewürzstreuer. Die Mahlzeiten waren meist einförmig und fad, und den Arbeitern blieb nichts anderes übrig, als die Speisen selbst nach ihrem Geschmack zu würzen. Hackfleisch bleibt Hackfleisch, egal wo man es ißt, doch Salz und Pfeffer geben ihm einen bestimmten Geschmack, Curry wiederum einen anderen. Und ebenso vielschichtig wie die Menge der Kontraktarbeiter war auch ihr Geschmack.

Ständig kamen neue Männer und Frauen herein, ergriffen ein Tablett und reihten sich in die Schlange ein. Nur ein Mann verhielt sich anders. Er betrat die Cafeteria und ging an der wartenden Menschenschlange vorbei hinüber zu den Tischen, an denen die Leute aßen. Er war groß und schlank, hatte dunkle Haare und war im Gegensatz zu den anderen Arbeitern hier, die einen Bart trugen, glatt rasiert. Er besaß dunkle Augen, die tief in den Augenhöhlen lagen und ständig umherhuschten, als hielten sie nach etwas Bestimmtem Ausschau. Der Mann hatte eine Stirnglatze, das restliche Haar war kurz geschnitten.

Er überflog die Anwesenden, suchte offensichtlich eine bestimmte Person. Schließlich entdeckte er den kleingewachsenen, drahtigen Miner allein an einem Tisch. Die Blicke der beiden Männer kreuzten sich zufällig, dann schaute jeder in eine andere Richtung. Nur ein scharfer Beobachter hätte gemerkt, daß da irgend etwas zwischen ihnen vorging.

Mehrere Minuten verstrichen. Der Arbeiter am Tisch beendete die belanglose Unterhaltung, die er mit ein paar anderen Männern in seiner Nähe geführt hatte. Er trank seinen Kaffee aus, erhob sich langsam und ging dann ohne Eile auf den Hinterausgang der Cafeteria zu, durch den er verschwand. Wenige Augenblicke später folgte ihm der Mann mit den tiefliegenden Augen, bahnte sich seinen Weg durch die lärmende Menge, ignorierte die Begrüßung einiger Leute und die an ihn gerichteten Fragen. Auch er verschwand durch den Hinterausgang.

Nicht weit hinter der Speisehalle lag der zentrale Umkleideraum, ein Labyrinth von engen Gängen zwischen endlosen Reihen hoher Metallschränke. Die Bänke, Kleiderbügel und Regale waren aus dem gleichen Material wie die Tische und Stühle in der Cafeteria. Wenn auch die Funktion des Raumes eine völlig andere war, und die Gebrauchsgegenstände andere Formen besaßen, so waren sie doch ebenso wie die Einrichtung der Cafeteria aus einem riesigen Nickel-Eisen-Klumpen, der ziellos im Raum zwischen Jupiter und Mars trieb, gefertigt worden. Es wäre vermessen, zu glauben, dieser Asteroid wäre Milliarden von Jahren durch den leeren Raum gereist, nur damit eines Tages ein Ameisenhaufen erfinderischer Zweibeiner aus ihm Dinge wie Kanalisationsrohre und Kleiderspinde herstellte.

In diesem Raum war es etwas ruhiger als in der Cafeteria. Es gab hier kein Essen, bei dem man zur Unterhaltung angeregt wurde. Der Umkleideraum diente der Förderung des Geschäftes, nicht der Erholung.

Männer hantierten an ihren Schränken, stiegen in ihre Arbeitsanzüge oder legten sie ab. Ganz in der Nähe hatten die Frauen ihren eigenen Umkleideraum.

Die Männer, die sich ihre schweren Monturen überzogen, redeten hastig mit einem nervösen Beiklang in der Stimme, versuchten hinter den Worten ihre Furcht davor zu verbergen, sich jetzt wieder für eine Schicht den Gefahren außerhalb der Station draußen auf Io aussetzen zu müssen. Die anderen, die ihre Anzüge auszogen, redeten ebenso hastig und mit dem gleichen nervösen Beiklang in ihren Stimmen, um hinter den Worten ihre Erleichterung darüber zu verbergen, eine weitere Schicht erfolgreich und unbeschadet hinter sich gebracht zu haben.

Die Gänge zwischen den Schränken boten kaum genügend Bewegungsfreiheit, um mit den sperrigen Anzügen fertig zu werden. Doch jeder schaffte es. Hier auf Io war es ein Vorteil, klein und schlank zu sein. Im Innern der Station konnte man sich besser bewegen, und draußen im Vakuum reichte im Notfall die Sauerstoffreserve länger.

Der Mann, der an dem Tisch gesessen hatte, eilte einen leeren Gang hinunter zu seinem eigenen Schrank. Er brauchte nur wenige Sekunden, um die Kombination für den Öffnungsmechanismus einzustellen, dann sprang die Tür mit einem Klicken auf.

Der Mann mit den eingefallenen Gesichtszügen, der dem kleingewachsenen Mann in der Cafeteria mit den Augen ein Zeichen gegeben hatte, kam nur wenige Sekunden später. Sie standen dicht bei dem offenen Schrank und unterhielten sich ruhig, wenn auch nicht gerade freundlich, miteinander. Dann wechselte ein Päckchen den Besitzer.

Der kleine Arbeiter ließ es rasch in seinen Schrank verschwinden und stieg dann in seinen Arbeitsanzug, um nach draußen zu gehen. Der andere folgte dem Gang weiter hinunter und bog dann in einen anderen ein, um zur Cafeteria zurückzukehren. Das alles dauerte nur wenige Minuten . . .

3

Der Speisesaal für die Arbeiter war nicht der einzige Ort in der Mine, wo Essen ausgegeben wurde. Der andere befand sich ganz in der Nähe, und doch unterschieden ihn Welten von dem Speisesaal für die Arbeiter. Der Raum hatte kaum ein Viertel der Größe der Cafeteria.

Die Tische waren leicht und schlank in ihrer Form, gaben dem Raum einen Eindruck von großzügiger Geräumigkeit, die dem Arbeiter-Speisesaal fehlte. Auf den Tischen standen Gedecke, Servietten lagen daneben. Man mußte schon die Frachtkosten im interplanetaren Transportverkehr kennen, um die Bedeutung zu ermessen, die solche typisch irdischen Accessoires wie Silberbestecke und Servietten für einen Ort wie Io besaßen.

Raffiniert angebrachte Beleuchtungskörper sorgten für gedämpftes, wohltuendes Licht, das die Offiziersmesse gleichmäßig erhellte.

Hier gab es sogar Bedienungspersonal, das auch die Tische abwischte.

Im Augenblick bevölkerten etwa vierzig Leute die Messe. Sie tranken Kaffee (richtigen Kaffee), Tee oder Sprudelwasser. Man hatte drei Tische U-förmig zusammengestellt, und die Leute saßen an ihren Längsseiten, tranken, rauchten und unterhielten sich. Ein paar studierten die große Anzeigentafel, die ständig die genaue Position der Fähre, die einmal wöchentlich Io anflog, angab. Am hinteren Ende des Raumes prangte das riesige Firmenzeichen, eine Reihe von konzentrischen Kreisen, die nach links und rechts in ein Rechteck ausliefen und in ihrem Innern die Buchstaben CON-AM trugen.

Am oberen Ende eines Tisches saß ein Mann, den auf den ersten Blick nichts von den anderen Menschen in diesem Raum unterschied. Er war etwas größer als die meisten und versteckte seine Glatze unter einer Arbeitskappe der Gesellschaft. Sein Bart und seine Augen waren dunkel, er benahm sich bewußt unauffällig. Seine Gestalt war im Verhältnis zu seinem feisten Kopf viel zu klein, wodurch seine Gesten erzwungen wirkten.

Der Mann sah nicht aus wie ein Athlet, trotzdem hatte man den Eindruck, daß er blitzschnell reagieren konnte. Ihn umgab eine Aura der Bereitschaft. Man konnte ihn vergleichen mit einem zu groß geratenen Fuchs oder einer Hyäne, beide gleichermaßen gefährlich, wenn es darauf ankam, und doch in der Lage, ihre Wildheit zu kontrollieren.

Doch im Moment wirkte der Mann gelöst, nur sein Gesichtsausdruck verriet seine gespannte Erwartung. Abschätzend musterte er die hier Versammelten, die pflichtschuldig dem Mann neben ihm lauschten. Der Mann war O'Niel, und im Moment war er mit etwas beschäftigt, das er nur sehr ungern tat: mit Reden.

»... und abschließend«, sagte er gerade, »möchte ich feststellen, daß ich hier neu bin. Sie müssen sich erst einmal an mich gewöhnen, und umgekehrt ist es ebenso. Es wird bestimmt Zeiten geben, in denen wir nicht einer Meinung sind, doch ich hoffe, daß das nur selten geschieht. Ich bin sicher, daß wir bei unserer gemeinsamen Arbeit miteinander gut zurechtkommen werden.«

Bei diesen Worten lächelte er, doch das Lächeln wurde nicht erwidert.

»Ich hoffe nur, daß ich Ihr Vertrauen in mich rechtfertigen kann.«

Er schwieg. Die Stille im Raum war fast greifbar, wurde nur unterbrochen von einem unterdrückten Hüsteln.

»Ich danke Ihnen für Ihre Aufmerksamkeit.«

O'Niel setzte sich. Wie dichter Nebel hing die Stille in der Luft.

Er beugte sich nach links zu seinem Sergeant hinüber.

»Ich habe sie wirklich von den Stühlen gerissen mit meiner Ansprache.«

»Sie fressen Ihnen aus der Hand«, antwortete Montone flüsternd und grinste.

»Sie sind so begeistert wie immer bei solchen Anlässen. Vergessen Sie nicht, die Leute hier würden alles andere lieber tun, und wenn es nur darum ginge, den neuesten Klatsch auszutauschen. Schließlich ist es ihre Freizeit, die sie hier opfern müssen.«

»Sonst noch Fragen?«

Die Frage kam von dem hünenhaften Mann, der zur Rechten O'Niels saß. Sheppard, so hieß er, besaß ein durchdringendes Organ, seine Frage hallte im Raum wider. Er schreckte nie davor zurück, das Eis zu brechen, den nächsten Schritt zu tun. Wenn er wollte, brach er noch etwas ganz anderes . . .

Ein paar Leute in den hinteren Reihen rutschten unruhig auf ihren Stühlen hin und her. Trotz all der Talente und Fähigkeiten, die in der Offiziersmesse versammelt waren, benahmen sich ihre Besitzer wie eine Horde Schulkinder, die darauf wartete, daß einer aus ihrer Mitte des Lehrers Frage beantwortete.

Schließlich hob eine ältere Frau die Hand.

»Marshal, mein Name ist Flo Spector, ich arbeite in der Buchhaltungs-Sektion.«

Sie schaute sich um, als ob sie von ihren schweigenden Nachbarn Unterstützung erwartete.

»Sicher spreche ich für alle hier, wenn ich Sie und Ihre Familie hier willkommen heiße. Sollte es Mrs. O'Niel oder Ihrem Sohn an irgend etwas mangeln, richten Sie ihnen aus, daß sie sich jederzeit an mich wenden können. Wenn ich ihnen selbst nicht weiterhelfen kann, weiß ich aber bestimmt jemanden, der es gerne tun wird.«

O'Niel lächelte dankbar, war im Innern froh darüber, daß wenigstens ein Mensch eine freundliche Geste offenbart hatte. Natürlich konnte er keinen Ausbruch allgemeiner Zuneigung erwarten, das verhinderte schon sein Beruf. Trotzdem hatte er sich nie an die kalte Zurückhaltung der Menschen gewöhnen können, obwohl er schon mehrere solcher Begrüßungsveranstaltungen hinter sich gebracht hatte.

»Ich danke Ihnen, Mrs. Spector. Ich bin sicher, Mrs. O'Niel und Paul werden gerne davon Gebrauch machen.«

Er ließ seinen Blick über die Versammlung schweifen, doch niemand stellte mehr eine Frage. Langeweile stand in jedes Gesicht geschrieben, die Leute hier sehnten sich spürbar danach, an ihre Arbeit oder in ihre Freizeit zurückgehen zu können, begrüßten jede Möglichkeit, die sie aus der Offiziersmesse von der unwillkommenen Vorstellung des Neuen abberief.

Sheppard ergriff wieder das Wort.

»Nun, anscheinend gibt es keine Fragen mehr.«

Lächelnd schaute er zu O'Niel hinüber — zumindest hatte sein Gesichtsausdruck gewisse Ähnlichkeit mit einem Lächeln.

»Ich möchte es ebenfalls nicht versäumen, Marshal O'Niel willkommen zu heißen. Sicher werden Sie mir alle beipflichten, wenn ich behaupte, daß er hier eine gute und nicht aufreibende Arbeitsatmosphäre vorfinden wird. Er hat seine Arbeit bei uns gerade erst begonnen, und man braucht einige Zeit, um sich an Io zu gewöhnen, selbst wenn man vorher schon bei anderen CON-AM-Projekten Erfahrungen gesammelt hat. Doch ich bin überzeugt davon, daß er sich hier in Outland sehr schnell einleben wird, zumal es bei uns wenig Probleme und kaum Ärger gibt.«

»Das freut mich zu hören«, gestand O'Niel. »Ich mag keine Schwierigkeiten.«

Montone rutschte unruhig auf seinem Stuhl hin und her und schaute, als Sheppard fortfuhr, ostentativ in eine andere Richtung.

»Marshal, Sie sollten nur stets daran denken, daß diese Männer und Frauen alle hart arbeiten, sehr hart arbeiten. Ich bin stolz darauf, eine solche Feststellung treffen zu können, und werde alles dafür tun, die Leute in jeder Hinsicht zu ermutigen und zu unterstützen. Seitdem ich hier General-Manager bin, hält diese Mine den Produktionsrekord von allen Förderstätten der Gesellschaft. Wir sind Con-Amalgamated erfolgreichstes Abbauunternehmen. Der beste Beweis dafür ist der Prämienscheck, den jeder hier bekommen hat. Es gibt keine andere Mine oder Produktionseinheit jenseits des Mars, die unsere Ertragsrate überbieten kann. Und ich werde alles tun, daß es auch so bleibt. Denn es dürfte allgemein bekannt sein, daß nur zufriedene Leute gute Arbeit leisten.«

Dieses Mal schien sein Lächeln weniger gezwungen.

»Ich verlange viel von meinen Leuten, bin aber andererseits auch recht großzügig und lasse ihnen viel Freiheit.«

O'Niel antwortete darauf nichts, sondern beobachtete Sheppard schweigend. Der Manager fuhr fort:

»Wenn Sie also von Zeit zu Zeit etwas Dampf ablassen müssen, so ist das nur natürlich, und man sollte ihnen den nötigen Spielraum dazu gönnen. Man braucht nur daran zu denken, wie hart ihre Arbeitsbedingungen da draußen sind« — bei diesen Worten zeigte er auf den Gang hinaus, durch dessen transparente Hülle man die gelb-orange schimmernde Oberfläche des Jupiters sehen konnte — »und man gönnt ihnen gerne diesen Spielraum.«

Er beugte sich zu O'Niel vor.

»Seien auch Sie großzügig, drücken Sie manchmal ein Auge zu.«

Er lächelte noch immer.

»Verstehen Sie, was ich damit sagen will, Marshal?«

Ein peinliches, lastendes Schweigen folgte auf diese Frage, und Montone wünschte sich insgeheim weit weg von diesem Ort. Doch seine Befürchtung war unbegründet. O'Niels Antwort war zwar kühl und unverbindlich, schien Sheppard jedoch durchaus zufriedenzustellen.

»Ich danke Ihnen für den Rat, Mister Sheppard.«

»Wir sind ja alle Profis«, meinte der General-Manager noch hinzufügen zu müssen, bevor er sich entspannt zurücklehnte.

»Davon bin ich überzeugt.«

»Besuchen Sie mich mal in meinem Büro«, schlug Sheppard vor, ganz offensichtlich mit sich und der Welt zufrieden. »Dann unterhalten wir uns weiter miteinander.«

»Das werde ich bestimmt tun.«

O'Niel erhob sich.

»Es ist wohl besser, wenn ich jetzt wieder an die Arbeit gehe.«

Die Versammlung löste sich auf, in Grüppchen verließen die Leute die Offiziersmesse. Niemand kam nach vorn, um O'Niels Hand zu schütteln und ihm Glück zu wünschen. O'Niel war darüber nicht verwundert, denn er kannte solche Situationen inzwischen zur Genüge.

»Auf Profis wartet immer viel Arbeit.«

»Darin stimme ich mit Ihnen völlig überein.«

Sheppard war sitzen geblieben und gab nun einem jüngeren Mann ein Zeichen, ihm noch eine Tasse Kaffee zu bringen.

Kaum hatte O'Niel den Raum verlassen, machte er seinem Ärger Luft. Er trat dabei nicht voller Wut gegen die vorfabrizierten Metallwände des Gangs, stampfte auch nicht zornig mit dem Fuß auf den Boden oder stieß unbeherrscht eine Reihe von Flüchen aus. Statt dessen blieb er ganz ruhig, nur sein Gesichtsausdruck war ein wenig gespannter als gewöhnlich. Das Ausmaß seines Ärgers zeigte sich aber ganz deutlich an seinem Gang. Seine Schritte waren raumgreifender, und ihr Echo hallte laut von den Gangwänden wider, der Boden vibrierte unter ihnen. Montone hatte Mühe, mit seinem Chef Schritt zu halten.

»Nehmen Sie's nicht zu tragisch«, versuchte der Sergeant O'Niel zu beruhigen. O'Niel antwortete nicht, verlangsamte auch nicht seinen Schritt. Seine Augen starrten geradeaus, ohne im grellen Lichtschein zu blinzeln, der gelegentlich aus den Lichtschächten in der Ecke fiel.

»Was, zum Teufel, sollte das?« fragte er schließlich. Mit seiner Stimme ahmte er Sheppards Sprechweise nach: »›Verstehen Sie, was ich damit sagen will, Marshal?‹«

»Das ist so seine Art.«

Montones Stimme klang besänftigend.

»Ein kleines Schauspiel für die guten Leute, das ist alles. Man hat mir erzählt, daß er das mit jedem Marshal veranstaltet, der neu hierher kommt, nicht nur mit Ihnen. Er kann eben nicht aus seiner Haut. Sie wissen doch genau, welch seltsame Allüren diese Top-Manager manchmal haben.«

»Jedenfalls mag ich seine Art nicht«, knurrte O'Niel leise.

Montones Stimme klang ernst.

»Viele Leute mögen ihn nicht. Nur die Bonzen in den gehobenen Posten, die Mitglieder des Vorstandes, die mögen ihn. Er erzielt gute Produktionsergebnisse, und das ist alles, was die da oben interessiert. Legen Sie sich nach Möglichkeit nicht mit ihm an.«

»Der Mann ist ein Arschloch.«

»Aber ein mächtiges Arschloch. Fordern Sie ihn nicht heraus, reagieren Sie sich lieber an den Rowdys im Club ab, halten Sie sich von Sheppard fern.«

Schweigend legten sie den Rest des Weges zurück. Der Gang endete schließlich vor einer Schleusentür. O'Niel drückte auf den Knopf des Öffnungsmechanismus. Das Schott glitt zur Seite und öffnete ihnen den Zugang zu Gebäude C. Überall in der Mine gab es diese Schleusentore, um jederzeit ein Leck in der Anlage hermetisch abriegeln zu können.

Der Kombinationsschalter an dieser Schleuse war von besonderer Art. Die meisten Schleusen waren durch einfachen Knopfdruck zu betätigen, doch der Gebäudeteil C war durch zusätzliche Kontrollvorrichtungen besonders gesichert. Dieser Teil der Mine galt als Sicherheitszone, denn in ihm lagen die lebenswichtigen Anlagen wie das Schwerkraftzentrum und die Sauerstoffwiederaufbereitungsanlage zur Herstellung der Atmosphäre in der Station. Außerdem befanden sich hier das riesige Computer-Rechenzentrum, die Polizeiwache mit einem Vernehmungsraum, das Gefängnis und eine Reihe von Büros mit durchsichtigen Trennwänden, so daß der ganze Gebäudekomplex gut zu übersehen war. An der Tür eines dieser Büros stand in großen Buchstaben zu lesen:

BUNDES-DISTRIKT-MARSHAL, W. T. O'NIEL.

Die beiden Männer betraten die Sicherheitszone, Montone ging immer noch ein paar Schritte hinter seinem Vorgesetzten.

»Er versucht nur, Sie auszuschmieren.«

Montone nahm kein Blatt vor den Mund, seit sie den Sicherheitsbereich betreten hatten.

»Der letzte Marshal hatte hier alles ganz gut im Griff. Und das ist alles, was Sheppard will. Oder die anderen da oben. Wenn alles glatt läuft, macht jeder sein Geld und alle sind zufrieden. Niemand ist hier zur Kur oder der schönen Aussicht wegen. Machen Sie sich keine Gedanken um die Schiffsleitung, wie ich das Management immer zu nennen pflege. Halten Sie immer nur genügend Abstand davon, und Sie werden sehen, daß Sie mit der Mannschaft recht schnell warm werden. Mit Sheppard ist das ohnehin nicht möglich, mit ihm wird niemand warm. Aber die Sturköpfe aus der Offiziersmesse werden schnell weich werden. Im Moment sind sie noch ein wenig unsicher, kennen Sie noch nicht genug.«

Sie betraten die Polizeiwache. Mehrere jüngere Beamte saßen hier herum. Als O'Niel eintrat, erhoben sie sich. Er nahm keine Notiz von ihnen und ging weiter. Wahrscheinlich bemerkte er sie nicht einmal. Seine Gedanken waren sonstwo, als er sein Büro betrat und die Tür ruhig hinter sich schloß. Es gab genügend Arbeit, er hatte Berichte durchzusehen, Informationen zu prüfen, Dienstpläne zu unterschreiben und einiges andere zu tun, um möglichst schnell mit den Eigenheiten und der Anlage dieser Mine vertraut zu werden. Und er wollte allein sein, um so seinen Zorn unbeobachtet verrauchen zu lassen.

Einer der jüngeren Beamten, der durch die transparente Wand den ruhig arbeitenden O'Niel beobachtete, redete Montone an.

»Welchen Eindruck haben Sie von ihm, Sergeant?«

»Von O'Niel?«

Montone trat neben den Polizisten und betrachtete ebenfalls den neuen Marshal.

»Es ist noch zu früh, um irgend etwas sagen zu können. Er macht einen ruhigen, zurückhaltenden Eindruck. Ist nicht von der Sorte, die man zu einem Kartenspiel einladen könnte. Andererseits aber ganz sicher nicht ungesellig oder irgend etwas in der Richtung. Eben — ruhig.«

Er wandte sich ab und überflog den Computerbericht des jungen Polizisten.

»Jetzt aber Schluß mit der Psychoanalyse. Was sagen denn die Protokolle?«

Der Name des Miners war Cane. Er war ein schlanker, blonder Mann, dessen Kinn ein dünner, gleichmäßig gestutzter blonder Bart umrahmte, der ihm das Aussehen eines frisch gesalbten Bischofs verlieh. Die Farbe seiner Augen war von einem blassen, wäßrigen Blau. Das Haar, die Augen und die Gesichtszüge verrieten die skandinavische Abstammung des Mannes, was jedoch bei der vielschichtigen, aus allen Weltteilen zusammengewürfelten Arbeiterschaft Ios nichts Außergewöhnliches war. Es kam nicht auf die Abstammung an, nicht darauf, wer deine Verwandten waren, es war unwichtig, was man bisher gemacht hatte. Das einzige, was hier auf Io zählte, war eine gute Arbeitsleistung.

Canes Gesichtsausdruck offenbarte eine ungewöhnliche Heiterkeit, die schon nahe an Glückseligkeit grenzte. Sein Mund war zu einem kindischen Lächeln verzogen, er sah aus wie jemand, der gerade eine Woche im Harem eines türkischen Sultans verbracht hatte, aber nicht bereit war, jemandem davon zu erzählen.

Draußen war es immer noch hell. Der Umkleideraum war fast menschenleer, die Tagschicht hatte ihre Arbeit beendet und war, von einigen wenigen Nachzüglern abgesehen, von der Nachtschicht abgelöst worden. Niemand begegnete Cane, während er lächelnd einen der Gänge zwischen den Spinden entlangschlenderte.

Am unteren Ende des Umkleideraumes befand sich der weite Geräteraum. An einer Wand, an der Stahlhaken, die aussahen wie die Hörner von Longhorn-Rindern, befestigt waren, hingen Anzüge und Helme und warteten auf ihre Besitzer. In die gegenüberliegende Mauer war eine momentan geschlossene, doppelwandige Schleuse eingelassen, an deren Seite Kontrollanzeigen und Warnschilder angebracht waren. Auf der Tür hatte man in großen Buchstaben die Worte VORSICHT — VAKUUM-ZONE OHNE ATMOSPHÄRE — DRUCKANZÜGE UND SAUERSTOFFTANKS VORSCHRIFT! — aufgemalt.

Cane beugte sich vor, er hielt seine Hände hinter dem Rücken verschränkt, während er durch das kreisrunde Bullauge, die einzige Sichtscheibe in dem Schott, in das Innere der Luftschleuse spähte. Sie war leer, das Licht brannte. Mit raschen Bewegungen, die Übung verrieten, betätigte er den Öffnungsmechanismus der Schleuse. Das Schott glitt zur Seite. Er betrat den Innenraum,

überflog rasch die Bedienungsleiste an der Seitenwand und schloß die Tür.

Es dauerte immer einen Moment, bis eine solche Schleuse wieder luftdicht versiegelt war. Die gefährlichen Lebensumstände auf Io machten es nötig, daß sämtliche Sektionen der Mine, die eine Atmosphäre enthielten, doppelt und dreifach gesichert wurden. Cane befolgte die Bedienungsvorschriften sehr sorgfältig. Als er sicher sein konnte, daß er die Anleitung genau befolgt hatte, ging er zur gegenüberliegenden Wand, an der ebenfalls eine Reihe von Bedienungsknöpfen angebracht war, und drückte auf einen. Ein leises Zischen verriet ihm, daß der Minenaufzug sich nach oben in Bewegung gesetzt hatte und sich seinem Standort näherte. In diesem Moment kam eine kleine Gruppe von Männern und Frauen, die im Umkleideraum die Vorräte an Nahrung und Luft ihrer Anzüge überprüft und sich umgekleidet hatten, auf die Schleuse zu. Die Helme hielten sie in der Hand. Wie üblich erzählten sie sich ihre dummen Scherze oder beklagten sich über die Zustände auf Io, bis einer von ihnen neugierig durch die Sichtscheibe ins Innere der Schleuse spähte und Cane darin entdeckte. Nicht Canes Anwesenheit in der Schleuse ließ das Gespräch verstummen, sondern die Tatsache, daß er keinen Anzug trug. Sofort begannen die Arbeiter mit den Fäusten gegen das Schott zu hämmern und wild durcheinanderzurufen.

Drinnen bemerkte Cane ihre Aufregung und lächelte ihnen gelassen zu. Dann schaltete er den Lautsprecher in der Schleuse ab, und das erregte Geschrei verstummte. Selbst wenn er die Worte verstanden hätte, hätten sie an seinem Vorhaben nichts geändert.

Doch die Minenarbeiter fuhren fort, mit den Fäusten gegen das Schott und die Sichtscheibe zu schlagen. Ihre gedämpften Rufe und das dumpfe Hämmern ihrer Fäuste veranlaßten Cane zu der Annahme, daß er ihnen eine Antwort schuldig sei. Also grinste er und winkte ihnen mit den Händen zu.

Ein Summton signalisierte ihm die Ankunft des Aufzuges. Die Aufzugtür glitt zur Seite, und ohne Hast betrat Cane das Innere.

Den entsetzten Gesichtern hinter der Sichtscheibe der Schleuse schenkte er ein letztes Lächeln, dann schloß sich die Aufzugtür, und nur noch einmal tauchte Canes Gesicht für einen Augenblick hinter der Sichtscheibe auf.

Ruhig studierte Cane die Schalttafel im Innern, bevor er auf einen Knopf drückte. ›Ein hübscher Knopf‹, dachte er. ›Ein hübscher Knopf in einem schönen Aufzug.‹

Jenseits der Schleusentür beobachteten die Miner hilflos, wie der Aufzug in die Tiefe sank. Sie konnten nichts tun, denn die Notrufanlage befand sich im Innern der Luftschleuse, deren Schott von innen verschlossen war. Einer von ihnen kam auf die Idee, die Energiezentrale anzurufen und den Diensthabenden dort zu bitten, den Strom abzustellen. Zögernd erinnerte ihn sein Freund daran, daß die Aufzüge eigene Stromkreise besaßen, damit sie in Notfällen funktionsfähig blieben. Doch die Ironie dieser Tatsache entging ihnen allen.

»Verdammt, bin ich geschafft«, stieß der untersetzte Hauer hervor, seine Stimme hallte laut in den Helm-Radios seiner Kumpane wider. Er hob die Hand und wischte sich damit über die Sichtplatte.

»Wäre schön, wenn die da oben sich endlich etwas einfallen ließen, damit man sich in diesen Dingern auch mal die Nase putzen kann.«

»Das wäre ein Wunder«, schnaubte ein anderer erschöpfter Arbeiter. »Das würde nämlich bedeuten, daß sie noch einen zusätzlichen Servo-Arm im Innern des Anzugs anbringen müßten. Man muß denen da oben ja schon dankbar sein, daß sie in den Anzügen Wasser- und Nahrungsbehälter vorgesehen haben.«

»Nahrung?«

Ein dritter Arbeiter lachte sarkastisch.

»Du nennst das komische Zeugs, das sie einen aus den Helmmundstücken saugen lassen, Nahrung?«

Mit solchen Gesprächen vertrieben sie sich die Zeit, während sie ungeduldig darauf warteten, nach oben zu kommen. Vor etwa zehn Minuten hatten sie ihre Schicht beendet. Jeder Moment, den sie länger in ihren Anzügen ausharren mußten, war ein verlorener Moment, bedeutete eine Minute des wirklichen Lebens verschwendet. Eine Minute, in der sie statt dessen wirkliche Nahrung zu sich nehmen, sich in der wirklichen Luft des Erholungsraumes oder des Clubs entspannen konnten, anstatt hier im Gestank ihres eigenen immer wiederaufbereiteten Schweißes zu stehen. So warteten sie also ungeduldig, während der Aufzug langsam zu ihnen herabsank, um sie aufzunehmen. Die Kontrolleiste neben der Tür zeigte seinen jeweiligen Standort an. Lämpchen glühten auf, während der Lift herabsank, das unterste Stockwerk passierte, die Dekompressions-Kammer hinter sich ließ, die Erste Arbeitsplattform erreichte, dann die Zweite und die Dritte. Er verlangsamte seine Fahrt, und die Anzeige der Arbeitsplattform Vier blinkte auf.

Der Aufzug kam zum Stehen. Irgendein Witzbold schien sich mal wieder einen Scherz erlaubt und rote Farbe oder sonst etwas über das Bullauge geschmiert zu haben. Einige der Arbeiter fluchten. Langsam glitt die Aufzugtür zur Seite, der Anblick im Innern der Kabine ließ die Miner ihre Ungeduld vergessen. Sie waren allesamt vollauf damit beschäftigt, sich der aufsteigenden Übelkeit zu erwehren ...

O'Niel war erschöpft. Es war erstaunlich, wie einen die Verantwortung für die Sicherheit einer solch kleinen, isolierten Lebensgemeinschaft wie die der Mine ermüden konnte. Den reibungslosen Ablauf einer solchen Gemeinschaft wie Io zu erhalten, war wie die Fahrt auf einer Achterbahn mit einer Thermosflasche voll Nitroglycerin in der Hand. Man mußte in der Lage sein, jederzeit die Stöße aufzufangen, ja, man mußte sie sogar vorausahnen, ehe sie spürbar wurden. Besaß man diese Fähigkeit nicht, reagierte man falsch, wurde man unweigerlich aus der Bahn geworfen und machte eine Himmelfahrt. Und das war der Grund, warum O'Niel keinem, am wenigsten sich selbst, Unachtsamkeit und Müdigkeit gestattete. Doch jetzt hatte er seine Tagesarbeit vollbracht und konnte die Schicht beenden.

Die Tür zu seiner Wohnung glitt zur Seite, gab den Eingang

frei. Gedämpftes Licht erhellte das Wohnungsinnere, alles erschien wie immer. Es war ruhig und friedlich in der Wohnung, sie war sein Zufluchtsort, und er freute sich über diese Feststellung.

Während sich die Tür leise hinter ihm schloß, furchte er die Stirn. Die Wohnung war *zu* ruhig.

»Paul?«

Keine Antwort, nicht der erwartete freudige Aufschrei:

Daddy!

Das einzige Geräusch in der Wohnung war das kaum wahrnehmbare Flüstern der Klimaanlage.

»He, Paulie?«

Er zögerte, rief dann:

»Carol?«

Wieder keine Antwort. Rasch durchsuchte er die einzelnen Räume, doch auch im Schlafzimmer befand sich niemand. Nun, zum Teufel, vielleicht waren sie ausgegangen, um jemanden zu besuchen. Er erinnerte sich an die Einladung, die die ältere Frau während der Begrüßungsversammlung ausgesprochen hatte. Spector, ja, Mrs. Spector war ihr Name gewesen. Vielleicht hatte sie Carol angerufen und sie und Paul eingeladen. Obwohl sie selbst keine Kinder hatte. Vorposten-Siedlungen wie Io waren kein Ort für Kinder. Genau dieser Gedanke erweckte seine Besorgnis. Trotzdem, sie konnten auch anderswo sein. Vielleicht war Carol nur mit Paul einkaufen gegangen. Es gab ein paar konzessionierte Läden auf Io, wie zum Beispiel die private Bäckerei. Diese Läden waren sehr beliebt, bildeten sie doch gleichermaßen für Miner wie für Verwaltungsleute eine willkommene Abwechslung. Ganz bestimmt waren die beiden einkaufen gegangen! Sollte er ihnen deswegen böse sein?

Bis sie kamen, konnte er gut die zwischenzeitlich eingegangenen Nachrichten durchsehen. Er ging in den Wohnraum zurück, schaute sich zum letztenmal um. Er wollte sich vergewissern, daß sie sich nicht versteckt hatten, um ihn zu überraschen, ging dann zum Monitor hinüber und schaltete das Aufzeichnungsgerät ein. Stehend tippte er seine Kennung ein. ›EINGABE‹, besagte die Leuchtschrift auf dem Schirm. Ohne auf die Tastatur zu blikken, tippte er: O'NIEL, W. T. IRGENDWELCHE NACHRICHTEN? Die Leuchtschrift antwortete: O'NIEL, W. T. POSITIV! Er schaltete auf ›ABRUF‹ um. Der Bildschirm erwachte zum Leben. Wie er insgeheim gehofft hatte, erschien Carols Gesicht. Er kannte sie gut genug, um zu wissen, daß sie nirgendwo hinging, ohne ihm eine Nachricht zu hinterlassen.

Trotzdem bestürzte ihn ihr Gesichtsausdruck. Sie schien nahe daran, zu weinen, schluchzte ständig und hielt ihren Blick vom Objektiv des Aufzeichnungsgerätes abgewandt, versuchte krampfhaft, einen Gefühlsausbruch zu verhindern.

»Ich . . . ich versuche, Haltung zu bewahren«, sagte ihr Bildnis vom Schirm herunter, »was mir aber ebensowenig wie alles andere zu gelingen scheint.«

Sie holte tief Atem, das halbe Lächeln auf ihrem Gesicht verzerrte sich noch mehr zu einer Grimasse.

»Ich hasse diese Aufzeichnungsgeräte. Sie machen einem eine solche Sache wie diese viel zu leicht. Es ist nur . . . ich . . . ich bin eben ein Feigling, das weißt du. Ich könnte dir nicht ins Gesicht schauen und dir sagen, was ich dir sagen muß. Ich könnte es einfach nicht. Wenn du jetzt vor mir stündest, würde ich sicher wieder umfallen, würde meine Meinung ändern. Ich möchte meine Meinung nicht ändern.«

Wieder schniefte sie in ihr Taschentuch.

O'Niel tastete nach dem Stuhl hinter sich, zog ihn heran und ließ sich langsam darauf niedersinken. Er wandte keinen Blick von dem Bildschirm. Wie war das noch, was Montone gesagt hatte? Ein paar Worte, denen er, O'Niel, kaum Bedeutung zugemessen hatte.

»Sie werden sich daran gewöhnen . . . Wie wir alle.«

Stimmt, genau das hatte der Sergeant gesagt. Doch er hatte es einfach überhört. Die Ereignisse in diesem Moment betrafen sicher jemand anderen, nicht ihn.

»Ich liebe dich«, drang Carols weit entfernte Stimme in sein Bewußtsein.

»Ich möchte, daß du das weißt.«

Wieder folgte eine ungemütliche Pause, während sie mit dem Taschentuch die Tränen von ihren Wangen wischte.

»Glaub mir, ich habe das nicht gewollt. Ich wollte es wirklich nicht so weit kommen lassen.«

Sie beugte sich zu ihm vor.

»Schau mich an. Ich sehne mich nach dir!«

Nervös schaute sie umher, richtete den Blick zur Decke, betrachtete ihre Fußspitzen, ohne wirklich etwas zu sehen, wagte kaum, in die Linse der Videokamera zu schauen.

»O Gott, ich halte es einfach nicht mehr aus, das ist der wahre Grund. Wir haben dieses leidige Thema schon so oft durchgesprochen. Häufig habe ich deswegen geweint, und du versichertest mir jedesmal, daß unser nächster Aufenthaltsort besser sein würde. Nun, wieder einmal sind wir an einem anderen Ort, und er unterscheidet sich in nichts von den anderen, Bill. Sie sind immer gleich, höchstens noch schlimmer.«

Ihre Augen hoben sich zur Kamera, blickten anklagend auf ihn herab.

»Gestern ist etwas in mir zerbrochen. Ich konnte es einfach nicht mehr ertragen, Paulie weiter an solch trüben Orten aufwachsen zu sehen. Er hat keine Freunde. Seit seiner Geburt haben wir ihn von einer verdammten Erzgrube zur nächsten geschleppt, wo er jedesmal für ein oder zwei Jahre leben mußte. Er ist ein Kind, ein Kind, das noch nie seinen Fuß auf die Erde gesetzt hat. Er verschlingt die Beschreibungen und betrachtet den ganzen Tag Bilder von der Erde, und wenn du dann abends nach Hause kommst, versteckt er sie vor dir, löscht den Wiederholungs-Code, um dir nicht weh zu tun.«

Sie lächelte düster.

»Weißt du, wovon er die ganze Zeit redet? Von Bäumen. Nicht von Afrika, von Sportereignissen, Raketen oder Spielen. Nein, einfach von Bäumen. In seinem ganzen Leben hat er noch nie einen Baum zu Gesicht bekommen, Bill!

Und doch, er ist wie sein Vater! Egal, wie elend er sich fühlt, gleichgültig, wie schwer es ihm fällt, er beklagt sich nie. Weiß Gott, darin ähnelt er nicht seiner Mutter.«

O'Niel beugte sich vor, stützte schwerfällig das Kinn in die Hand. Die Helligkeit des Schirms spiegelte sich in seinem Gesicht wider, ließ es maskenhaft erscheinen. Seine Muskeln waren zum Zerreißen gespannt, straften seine entspannte Haltung Lügen.

»Merkst du nicht«, fuhr Carol fort, »daß er seine Kindheit verpaßt? Und er braucht eine richtige Kindheit, bevor er heranwächst. Er verdient eine Gelegenheit, einmal wirkliche Luft zu atmen. Echte, nicht wiederaufbereitete Luft, an einem Ort, wo man nicht vor Hitze oder Kälte umkommt. Luft, die nach Leben schmeckt, nicht nach dem Schmieröl der Klimaanlage ... Glaubst du wirklich, daß solch ein Leben, wie wir es führen, all diese Entbehrungen wert ist? Du gehst immer dahin, wohin man dich schickt. Du versuchst immer, deinen Job zur Zufriedenheit aller und ohne Komplikationen zu erfüllen. Nun, ich habe nicht eine solch selbstlose Art wie du. Mein Vertrauen in ›Was-auch-immer‹ ist eben nicht so grenzenlos wie deines.«

Eine lang unterdrückte Bitterkeit schlich sich nun in ihre Worte.

»Ich sehe die ganze Sache anders, Bill. Ich sehe nur eine gottvergessene Minensiedlung nach der anderen, und jede neue ist schlimmer als die vorherige. Auch die Gesellschaft ist immer die gleiche, die Gier der Menschen, ihre Rücksichtslosigkeit — alles immer das gleiche. Ich bin nicht so stark wie du. Ich glaube nicht, daß es sich dafür zu leben lohnt.«

O'Niel preßte hart die Zähne aufeinander, seine Wangenmuskeln begannen nervös zu zittern. Doch Carol war noch nicht zu Ende. Ihre Stimme wurde eine Spur sanfter.

»Deshalb, und nur deshalb bringe ich Paulie nach Hause. Nach einem Zuhause, das er nie gehabt hat, nach einem Zuhause, nach dem er sich sehnt, das er braucht. Ein wirkliches Zuhause. Ich liebe dich, Bill. Du hättest wahrhaftig etwas Besseres verdient — ja, nur das Beste, aber ich muß einfach gehen, Liebling. Ich werde mich in wenigen Tagen wieder melden.«

Bei diesen Worten hielt sie ihren Blick starr auf die Kamera gerichtet, erweckte den Anschein, als wolle sie noch etwas hinzufügen. Doch sie brachte es nicht heraus. Ihre Augen verschleierten sich, Tränen rannen wieder ihre Wangen hinab, sie schluckte, versuchte krampfhaft zu lächeln, was ihr jedoch nicht gelang, zuckte dann hilflos die Achseln — eine stumme Geste als Ersatz für die Worte, nach denen sie vergeblich gesucht hatte.

Der Bildschirm verdunkelte sich, Buchstaben erschienen, strahlten eine gleichgültige Kälte aus:

ENDE DER NACHRICHT FÜR O'NIEL, W. T.

In kurzen Intervallen blinkten diese Worte auf, verschwanden wieder. O'Niel bemerkte es nicht, machte keine Anstalten, den Bildschirm abzuschalten. Er saß nur da, starrte blicklos auf die aufblinkenden Schriftzeichen, seine Augen verschleierten sich . . .

Wie jeden Morgen ging Montone die Anwesenheitsliste durch. Diese Überprüfung war im Grunde nicht notwendig, war mehr Formalität als alles andere. Wenn jemand nicht zum Dienst erschien, war es eine Kleinigkeit, seinen Aufenthaltsort festzustellen. Nur wenige Orte auf Io luden zum Verweilen ein.

O'Niel saß allein im hinteren Teil der Wachstube, nahm nur gelegentlich zur Kenntnis, was gesprochen wurde. Seine Gedanken waren weit weg.

»Okay«, brummte der Sergeant kurz angebunden, »was steht an?«

Er überflog rasch seine Plexiglastafel mit den Notizen und richtete dann seinen Blick auf einen jungen Beamten.

»Ballard, was ist mit dem Beschwerdebüro? Das war doch Ihre Aufgabe, nicht wahr?«

Der junge Mann nickte.

»Wir haben die gesamte Umgebung seit sechsunddreißig Stunden unter Monitorüberwachung, doch es hat sich nichts gerührt. War alles so still wie in einer Kirche. Auch die Fußstreife brachte keine neuen Erkenntnisse. Die Spurensicherung hat nichts ergeben, keine Fingerabdrücke, keine Hautfett-Rückstände um die Kratzer herum, keine Körpergeruchsspuren, rein gar nichts.«

»So hab' ich's gern«, brummte Montone ungehalten.

»Setz die Monitorüberwachung zwei Wochen lang fort, die Fußstreife wird abgezogen. Vielleicht haben wir den Täter durch den ganzen Rummel verscheucht. Bist du sicher, daß der Monitor gut versteckt ist?«

Ballard nickte überzeugt.

»Um ihn zu finden, braucht jemand schon die geeigneten Geräte. Ich habe ihn selbst aufgestellt.«

»Ausgezeichnet.«

O'Niel kaute auf seinem Bleistift, schenkte dem Geschehen um sich herum keine Aufmerksamkeit. Montone, der ihn kurz beobachtet hatte, schüttelte unmerklich den Kopf und fuhr fort:

»Nelson, was ist mit den Zündern?«

»Man hat sie gefunden«, antwortete der angesprochene Beamte.«

»Wo?«

»Das weiß ich nicht.«

Der junge Polizist war verunsichert.

»Der Schichtleiter von der Arbeitsplattform, von der die Dinger abhanden gekommen sind, sagte nur, daß sie wieder aufgetaucht seien, und zog seine Anzeige zurück.«

»Nelson, wir sprechen von Atomsprengköpfen. Solche Dinger gehen nicht einfach verloren und finden sich dann wieder. Man kann einen Kamm verlieren und ihn wiederfinden, aber keine Sprengköpfe. Ich bin zwar froh, daß sie wieder aufgetaucht sind, doch das genügt mir nicht. Ich möchte genau wissen, wer sie wo gefunden hat, und wer dabei war, als man sie fand. Haben wir uns verstanden?«

Er starrte den jungen Beamten bedeutungsvoll an.

»Jawohl, Sergeant.«

Nelsons Aufmerksamkeit war von einem Moment auf den anderen um fünfzig Prozent gestiegen.

»Um so besser für dich, Nelson.«

Montones Blick senkte sich wieder auf seine Notizen.

»Was ist mit dem Club?«

»Nichts Ungewöhnliches.«

Die junge Beamtin, die Montones Frage beantwortete, strich eine Haarlocke aus der Stirn und fuhr dann bedächtig fort:

»Der übliche Haufen. Ach ja, Sheppard bat darum, die Spätschicht um ein paar Beamte zu verstärken. Sie wissen schon, nur um die Kerle und die Frauen davon abzuhalten, daß sie über die Stränge schlagen. Sieht ganz so aus, als ob sie diesmal ein wenig hitziger wären, und Sheppard dachte, ein paar Mann von uns mehr würden die Gemüter vielleicht schneller abkühlen lassen.«

»Die kann er haben«, brummte Montone zustimmend. Sein Blick wanderte weiter zu dem Nächsten in der Reihe.

»Slater, irgendwelche Neuigkeiten über den Unfall im Aufzug der Mine?«

»Gibt nicht viel dazu zu sagen, Sergeant.«

Der Beamte zog eine Grimasse.

»Dieser Spinner — er hieß übrigens Cane — hatte anscheinend Lust auf einen Spaziergang ohne Druckanzug. Im Moment sind sie immer noch dabei, seine Überreste von den Aufzugwänden abzukratzen. Ein paar Leute von der Freischicht, die ihn gefunden haben, sind wohl leicht grün im Gesicht geworden und mußten sich danach krank melden, was die ärztliche Station bestätigt. Kann ich ihnen auch nicht verdenken, ist ein verdammt häßlicher Anblick, besonders dann, wenn man nicht darauf gefaßt ist.«

All dies sagte Slater in beiläufigem, gefühllosem Ton und erreichte damit etwas, das all seine Kollegen nicht geschafft hatten: Er weckte O'Niels Interesse. Des Marshals weit in die Ferne gerichteter Blick wurde klar und heftete sich auf den Beamten. Ansonsten deutete nichts darauf hin, daß er die Worte des Beamten mitbekommen hatte.

»Irgendwelche Einzelheiten?« wollte Montone wissen.

»Kaum welche.«

Slater durchforschte sein Gedächtnis.

»Er war allein. Niemand befand sich in seiner Nähe, der ihn in den Aufzug gestoßen haben könnte. Eine Gruppe von Leuten kam nur wenige Sekunden später zur Luftschleuse, doch er hatte das Schott von innen verriegelt. Hätte es jemanden gegeben, der ihn auf diese Weise umbringen wollte, hätte man ihn sicherlich bemerkt. Es waren genug Leute in der Nähe.

Die Personen, die ihn zuletzt gesehen haben, bevor er mit dem Aufzug nach unten fuhr, um sein Körperinneres nach außen zu kehren, sagten aus, daß er nicht den Eindruck eines Menschen machte, der gegen seinen Willen zu etwas gezwungen wurde. Sie behaupten, er habe die ganze Zeit gelächelt, sogar dann noch, als der Aufzug sich nach unten in Bewegung setzte. Auf keinen Fall sei es Mord gewesen, sondern glatter Selbstmord.

Selbst wenn ihn jemand hineingestoßen hätte, wäre der Mann jederzeit in der Lage gewesen, den Aufzug anzuhalten, bevor er den Dekompressions-Bereich passierte. Ich habe das nachgeprüft. Der Aufzug war auf manuelle Bedienung geschaltet, und niemand hat sich daran zu schaffen gemacht. Der Mann hätte sich jederzeit retten können.«

»Hat er eine Nachricht hinterlassen?«

Die plötzliche Frage O'Niels überraschte die Anwesenden. Der Marshal sprach leise und gleichmäßig, und doch zog seine Stimme sofort die Aufmerksamkeit aller an sich. Es war eine selbstsichere, achtungsgebietende Stimme.

»Verzeihung, Sir?«

O'Niel wiederholte seine Frage.

»Ich fragte Sie, ob er eine Nachricht hinterlassen habe?«

»Einen Moment, bitte . . .«

Die Gedanken in Slaters Hirn überschlugen sich, er überlegte sich seine Worte genau, um nichts Dummes zu sagen.

»Uns ist nichts davon bekannt, Sir.«

»Hat jemand daran gedacht, das zu überprüfen?«

Slater schaute sich hilfesuchend um. Ein anderer Beamter antwortete für ihn:

»Ich war dabei, als er die Sache aufnahm, Sir. Ich habe Canes Schrank und sein Quartier durchsucht. Eine Nachricht habe ich nicht gefunden. Auch nicht auf seinem Aufzeichnungsgerät. Niemand wußte etwas von seinem Vorhaben, zumindest keiner der Leute, mit denen wir gesprochen haben. Sollte er aber doch jemanden eingeweiht haben, so hat es dieser bisher noch nicht gemeldet.«

O'Niel wandte sich wieder an Slater.

»Woher wissen Sie dann, daß es Selbstmord war?«

»Tja, es war ... es gibt wohl kaum eine andere Erklärung«, antwortete Slater stockend. »Jedenfalls wußte er genau, was er tat, das steht fest. Niemand fällt unbeabsichtigt zuerst in eine Luftschleuse und dann noch in einen Aufzug. Man muß das Schott öffnen, Knöpfe drücken, die Luftschleuse verriegeln, den Aufzug rufen und die Plattform drücken, zu der man will. Und das geschieht alles mit der Hand. Keine dieser Kontrollen ist vorher einstellbar. Also ist das ganze kein Zufall. Die einzige Erklärung ist und bleibt Selbstmord.«

O'Niel betrachtete den Beamten einen Augenblick lang und sagte dann leise:

»Vielen Dank.«

»Jawohl, Sir.«

Slater wirkte keineswegs mehr gelangweilt oder desinteressiert. Auch seine bis zu diesem Augenblick schläfrigen Kollegen waren hellwach, jeder beobachtete O'Niel vorsichtig, um nicht seinen Blick auf sich zu lenken. Das Ergebnis war ein Dauerfeuer versteckter Blicke, und O'Niel erschienen seine Leute wie eine Gruppe respektabler Geschäftsleute, die an einem Porno-Schuppen vorbeiging und verstohlen die Auslage betrachtete.

Montone ergriff wieder das Wort, nachdem er sicher war, daß O'Niel keine weiteren Fragen stellte.

»Also gut, so viel zu der Sache mit dem Aufzug. Fanning, du bist dran.«

Der aufgerufene Beamte bewegte sich unruhig auf seinem Platz, mußte sich zwingen, nicht nach links, in Richtung des Marshals, hinüberzuschauen.

»Was war los auf der Pumpenstation?«

»Nur ein kleiner Streit. Wir nahmen beide Burschen mit, damit sie sich hier abkühlen konnten. Der Streit wurde beigelegt, sie schüttelten sich die Hände und gingen Arm in Arm wieder an ihre Arbeit.«

Irgend jemand machte einen groben Witz und kicherte, riß sich aber sofort zusammen, als er den mißbilligenden Blick des Sergeanten bemerkte.

»Hill?«

»Gibt nicht viel zu sagen, Sergeant, war ziemlich ruhig. Ein paar Verwaltungsleute haben angerufen und sich über den Lärm auf den Korridoren ihres Wohnbereiches beschwert. Von dort kam auch eine Meldung über den Diebstahl von Aufzeichnungsbändern letzte Nacht.«

»Hat man sie vielleicht in irgendeinem Abspielgerät vergessen?«

Hill nickte lächelnd.

»Daran habe ich auch gedacht, trotzdem bin ich der Sache nachgegangen.«

»Guter Junge. Ich möchte die Verwaltung nicht dauernd wegen ein paar Kleinigkeiten am Hals haben.«

Mit diesen Worten ging er zu einer großen Wandtafel hinüber und drückte einen Schalter an der Seite der Plexiglasscheibe. Buchstaben flimmerten in rascher Folge vorbei, verlangsamten dann ihre Fahrt an einer bestimmten Stelle.

»Diensteinteilung für heute. Fanning, du kümmerst dich um die Verwaltungsgeschichte.«

Der genannte Beamte erhob sich und ging zur Tür.

»Slater übernimmt den Club und Morton geht Streife in der Mine.«

Nacheinander bestätigten die Beamten ihre Aufträge und verschwanden. O'Niel beobachtete sie, versuchte, ihre Fähigkeiten anhand ihrer Rapporte zu klassifizieren. Doch in erster Linie dachte er an Carol und Paulie und daran, daß sie sich mit jedem Tag weiter von ihm entfernten, auch im übertragenen Sinne . . .

Aber da war noch etwas anderes. Es zwickte und quälte ihn, ließ ihn nicht zur Ruhe kommen. Er konnte nichts dagegen machen, mit welchen Argumenten er auch aufwartete. Deshalb schwor er sich, der Sache auf den Grund zu gehen . . .

4

Die Schlafkojen, jeweils zu mehreren übereinander, bildeten lange, hohe Reihen. Jede Schlafkoje bedeutete für den Mann oder die Frau, die darin schlief, ihr Zuhause. Die einzige Zuflucht, die einem Arbeiter auf Io zugestanden wurde.

Die Menschen und Computer, die die Kojen entworfen hatten, waren nur auf Zweckmäßigkeit und auf Raumersparnis bedacht gewesen, und dementsprechend fielen ihre Schöpfungen aus. Die Kojen boten ihren Inhabern gerade genug Raum, um sich liegend auszustrecken oder aufrecht darin zu sitzen. Die Rückwand und die beiden Seitenenden bestanden aus festem Material, wogegen die Vorderseite mit einem schweren Vorhang gegen die Blicke Neugieriger abgeschirmt werden konnte. Auf diese Weise versuchte man den Inhabern der Kojen ein Gefühl der Sicherheit und ein wenig Privatsphäre zu vermitteln. Die Kojenwände waren dick gepolstert, um das Innere so weit wie möglich gegen Geräusche abzuschirmen.

Doch zumindest waren die Betten sehr bequem, was sie auch sein mußten, weil ihre Benutzer sehr viel Zeit in ihnen verbrachten. Schubfächer, Ablagen und Regale am Kopf- und Fußende jeder Koje boten den Arbeitern die Möglichkeit, ihre wenigen Habseligkeiten dort aufzubewahren. Neben Nahrungsmitteln, Wasser und Luft war jeder Kubikzentimeter umbauten Raums auf Io kostbar, durfte nicht verschwendet werden.

Am Ende jedes Gangs waren Videoschirme für die Allgemeinheit installiert. Jeder Monitor besaß genau einhundertdreiundzwanzig verschiedene Kanäle, mit denen die Arbeiter jede Art von Unterhaltung abrufen konnten. Die Programmauswahl reichte von klassischer Musik (die nur wenige Liebhaber fand) über Nachrichten, Pornos (die sich überraschenderweise weniger Leute anschauten, als man anfänglich glaubte), Sportsendungen (bei weitem die beliebteste Unterhaltung), bis hin zu jeder Art aufgezeichneter Unterhaltung.

Ein weiterer Monitor zeigte immer die genaue Zeit, nicht nur für Io, sondern ebenfalls für über hundert ähnliche Minenprojekte oder Forschungsstationen auf Luna, Mars, der Erde und den verschiedenen Nachschubbasen im tiefen Raum. Ebenso konnte man auf ihm die innere und äußere Temperaturanzeige abrufen.

Die Temperatur im Innern war immer Gegenstand ausführlicher Diskussionen. Um die Außentemperatur kümmerte sich kaum jemand, weil sie ebensowenig wie die Angaben über die atmosphärischen Bedingungen an der Oberfläche für den begrenzten Bereich menschlichen Lebens relevant waren.

Ein dritter Schirm vermittelte Struktur-Informationen und Voraussagen. Er war verbunden mit den Instrumenten an der Oberfläche, die ständig Ios instabilen Kern beobachteten und die Daten an den Hauptcomputer weitergaben, der mit ihrer Hilfe langfristig Beben und Vulkanausbrüche vorausberechnen konnte.

Auch geistig erbauende und zur Arbeit ermunternde Filme wurden von Zeit zu Zeit ausgestrahlt. Doch die Arbeiter ignorierten diese penetrante Propaganda der Gesellschaft, schenkten auch den Bilanzen, die in regelmäßigen Abständen übertragen wurden, wenig Beachtung. In bezug auf Zahlen erwachte ihr Interesse nur, wenn es um die Höhe des Bonus ging. Dann jedoch drängte sich alles um die Schirme.

Die Schlafräume waren nie gänzlich verlassen. Gewöhnlich gab es immer ein paar Leute, die sich die Videoprogramme anschauten, auf ihren privaten, tragbaren Monitoren oder in einem echten Buch lasen, ihre Kleider wechselten oder hinter geschlossenen Vorhängen in ihren Kojen schliefen. Andere Männer standen gerade auf und schlurften zu den Duschen oder Baderäumen, an die die Unterkunft für die Frauen grenzte, die sich nur durch ein wenig mehr Farbe und gelegentliche künstliche Blumensträuße an den Kojen von dem Schlafsaal der Männer unterschied.

Es war unmöglich, einen Kojen-Gang hinunterzugehen, ohne sich an mehreren Nachbarn vorbeizwängen zu müssen. Doch seltsamerweise rief diese Unbequemlichkeit nicht den von Planern und Psychologen bei den Arbeitern befürchteten Unmut hervor. Denn schon Dekaden vor dem Raumzeitalter hatten die Matrosen der U-Boote in solcher Enge leben müssen, und das gesamte japanische Volk schlug sich während seiner ganzen Geschichte mit diesem Problem herum. Davon abgesehen war es auch nicht schwer, sich daran zu gewöhnen. Man errichtete einfach eine unsichtbare Schutzmauer, eben seine Privatsphäre, um sich herum, und niemand wagte es, in diesen Bereich einzudringen. Hinzu kam, daß eine große Anzahl der Jupiter-Jockeys japanische Vorfahren besaßen, weshalb ihnen das Gefühl der Beengtheit durchaus vertraut war. Die Mine bot keine Bequemlichkeiten, doch sie funktionierte. Sie mußte einfach funktionieren.

Der Mann mit den eingefallenen Gesichtszügen, der am vergangenen Morgen die Cafeteria aufgesucht hatte, betrat nun den Schlafsaal. Er blieb am unteren Ende eines Gangs stehen und warf über die Köpfe einiger zuschauender Arbeiter hinweg einen Blick auf den Videoschirm am anderen Ende des Gangs. Die Arbeiter verfolgten die Aufzeichnungen eines Baseball-Oberligaspiels, das kürzlich stattgefunden hatte. Leise kommentierten sie das Spiel, fluchten gelegentlich oder begeisterten sich an einem gelungenen Spielzug. Dabei hoben sie die Spieler in den Himmel und wünschten die Schiedsrichter zum Teufel.

Spota, so hieß der Mann mit den scharfen Gesichtszügen, beteiligte sich eine Weile an der Unterhaltung und ging dann den Gang hinunter. Im gleichen Augenblick schwang um ein paar Kojenlängen entfernt ein Arbeiter seine Beine über den Rand der vierten, obersten Koje und kletterte herunter. Nur wenige Sekunden später, nachdem Spota unter ihm vorbeigegangen war, erreichte er den Boden.

Mit etwa zwanzig Fuß Abstand gingen die beiden Männer den Gang hinunter, wobei sie den entgegenkommenden Arbeitern ebensowenig Beachtung schenkten wie sich gegenseitig. Kurz hintereinander betraten sie den Baderaum.

Dampf erfüllte den großen Raum, Dampf von dem heißen, wiederaufbereiteten Waschwasser, das für die Arbeiter eine der

O'NEIL
5

wenigen wirklichen Annehmlichkeiten auf Io war. Laute Stimmen schallten durch den Raum. In den offenen Duschkabinen wuschen Männer ihre nassen, eingeseiften Körper, wobei sie sorgfältig darauf achteten, die freiliegenden Heißwasser-Rohre nicht zu berühren. Andere wiederum unterhielten sich vor den Spiegeln an den Waschbecken.

Die Toiletten lagen am Ende des Raumes. Spota betrat eine Kabine und verriegelte die Tür sorgfältig hinter sich. Wenige Sekunden später schloß sich der Mann, der ihm gefolgt war, in der Nachbarkabine ein. Nachdem die übliche Zeit verstrichen war, verließ er die Kabine und verschwand. Kurz darauf kam Spota heraus und ging zum Ausgang. Der Arbeiter kehrte zu seiner Koje zurück, während Spota den Schlafsaal durch einen anderen Gang verließ. Niemand schenkte ihnen Beachtung, und genau das bezweckten sie.

Die medizinische Sektion wirkte sauberer als die Schlafräume der Arbeiter, war aber trotz des in die Wände eingebauten Instrumentariums dafür auch wesentlich beengter. Diese Vielzahl an Geräten war aber auch notwendig, denn dieser kleine Bereich diente als Arzneiausgabe, Krankenrevier, Unfallstation, Operationssaal, Apotheke, Labor und Diagnose-Zentrum.

Die medizinische Sektion war in keiner Weise mit den großen, vor Sauberkeit blitzenden Krankenhäusern zu vergleichen. Grob vereinfacht könnte man sagen, daß diese Station hier nur der ›Reparatur‹, nicht der Genesung diente. Hier wurde nicht beobachtet, sondern nur ›geflickt‹. Die medizinische Abteilung war weniger mit den Quartieren der Arbeiter zu vergleichen als mit den riesigen Werkzeugschuppen, in denen die Ersatzteile für die Mine gelagert wurden. Bei den Arbeitern war es ein offenes Geheimnis, daß ›Reparaturen‹ an Maschinen sorgfältiger und dauerhafter ausgeführt wurden als an Menschen.

Tatsächlich war dies die vordringliche Aufgabe des Hospitals: Die organischen Teile der Mine funktionsfähig zu erhalten. Darüber hinaus war der Aufgabenbereich der Sektion sehr begrenzt, was man deutlich an Ausrüstung und Personalbestand ablesen konnte. Insgesamt bestand die Besatzung aus acht Personen, für die Minenleitung waren sie jedoch weniger wichtig als die Diagnosemaschinen. Das Personal wußte um diese Einschätzung, störte sich jedoch nicht weiter daran. Im Gegenteil, es war froh darüber, denn es war viel einfacher, die Maschinen die wichtigen Entscheidungen treffen zu lassen.

Das Personal bestand aus vier Krankenschwestern, drei Pflegern und Dr. Marian L. Lazarus, die der Witz, von den Toten auferstanden zu sein, kaum mehr berührte.

Nur für die Neuankömmlinge war sie immer kurze Zeit Zielscheibe ihres Spottes. Doch auch sie kamen schnell dahinter, daß man mit Lazarus nicht scherzte. Möglicherweise fand man sich eines Tages mit einem gebrochenen Bein oder einer schlimmeren Verletzung im Krankenrevier wieder, und der Spott fiel dann auf einen selbst zurück. Der Doktor war dafür bekannt, keinen Sinn für Humor zu besitzen. Sie war eine runzlige ältere Frau, die wie eine Zwölfjährige lächeln konnte, meistens aber die drohende Miene eines Racheengels zur Schau stellte. Sie hatte graue Augen, und ihr Gesicht mußte vor langer Zeit einmal schön gewesen sein. Ihre Kleidung war weniger ordentlich als ihr Haar. In ihrem Arztkittel wirkte sie schlampig. Man hatte den Eindruck, daß nichts sie aus der Ruhe bringen konnte.

Ihr persönlicher Wirkungsbereich beschränkte sich auf den hinteren Teil der Hospital-Sektion. Trotz der nüchternen Aura, hervorgerufen durch die kalte Funktionsmäßigkeit der Instrumente und der eingebauten Betten, schaffte sie es, ihrem Arbeitsplatz ihre persönliche Note aufzudrücken, indem sie überall Dinge herumliegen ließ, die man durchaus als medizinischen Abfall bezeichnen konnte. Für den Anthropologen sind Abfälle höchst brauchbare Hinweise zur Bestimmung des kulturellen Niveaus der verschiedenen Menschenrassen. Das Laboratorium von Lazarus und ihr Arbeitsbereich wären für ihn eine wahre Fundgrube gewesen.

O'Niel betrat die Hospital-Sektion, übersah geflissentlich den bewundernden Blick der Aufnahmeschwester. Rasch schaute er sich um, streifte mit seinen Blicken die Instrumente und nickte dem einzigen Patienten in seinem Bett zu. Befriedigt stellte er fest, daß es hier zumindest einigermaßen sauber war.

Schon seit jeher hatte er für die Krankenstationen ein besonderes Interesse, denn seine Arbeit brachte es häufiger mit sich, die Leistungsfähigkeit der jeweiligen Sektion in Anspruch nehmen zu müssen. Manchmal wurde er selbst verletzt, doch weit häufiger benötigten widerspenstige Besucher seiner eigenen Sektion vorher ärztliche Hilfe, ehe sie für längere Zeit ein Gastspiel in seiner eigenen Abteilung gaben.

Soweit er das beurteilen konnte, war die Station sehr gut ausgerüstet. Die Instrumente waren modern und verhältnismäßig gut gepflegt. Die Transportkosten dafür mußten immens gewesen sein. ›Schade‹, dachte er, ›daß die Gesellschaft nicht den gleichen Aufwand betreibt, um Verletzungen ihrer Arbeiter vorzubeugen.‹

»Er fand Lazarus im hinteren Teil der Station, wo sie Berichte durchging und über einen Monitor graphische Darstellungen und chemische Formeln aus dem Bereichscomputer abrief. Im Augenblick teilte sich ihre Aufmerksamkeit zwischen dem Bildschirm und einer Krankenschwester, die neben ihr stand. Die Krankenschwester wirkte verstört.

»Wer, zum Teufel, hat eine solche Menge Kompressen bestellt«, fragte die Ärztin gerade zornig. »Gibt es denn hier keinen Menschen mit einem Funken Verstand? Wir sind ein Minenhospital, kein Kriegslazarett.«

»Sie haben sie bestellt, Doktor.«

Vergeblich versuchte die Schwester, ihre Verwirrung zu verbergen.

»Ja, aber nur einhundert, nicht tausend.«

»Sie sagten aber tau . . .«

»Ich sagte einhundert.« Die Stimme der Ärztin wurde scharf. »Klar und deutlich habe ich einhundert gesagt, ein Mißverständnis ist unmöglich. Das Wort einhundert hat nicht die geringste Ähnlichkeit mit eintausend.«

Sie schaute von dem Schirm hoch, in ihren Worten schwang ein sarkastischer Unterton mit.

»Wenn Sie mir aufmerksam zuhören, merken Sie genau, worauf ich hinaus will. Ein*tauuusend* — ein*huuundert!* Klingt doch ganz anders, stimmt's? Die beiden Worte haben nicht die geringste Ähnlichkeit miteinander.«

Sie warf einen Blick über die Schulter auf O'Niel, der geduldig wartend hinter ihr stand.

»Habe ich nicht recht?« Dann runzelte sie unwillig die Stirn. »Wer sind Sie eigentlich?«

»Sind Sie Dr. Lazarus?«

»Jawohl. Nehmen Sie zwei Aspirin und kommen Sie morgen früh wieder. Das ist ein Mediziner-Scherz.« Ihre Blicke glitten über ihn hin, blieben an seinen Rangabzeichen auf den Schulterklappen und den Kragenspiegeln seiner Jacke hängen. »Sie sind sicher der neue Marshal, wie-heißt-er-doch-gleich?«

»Jawohl, ich bin ›Wie-heißt-er-doch-gleich‹. Ich hätte mich gerne kurz mit Ihnen unterhalten.«

»Ich habe ein Alibi. Vier Leute können beschwören, daß ich mit ihnen gepokert habe.«

Sie lächelte nicht, als sie sich von ihrem Stuhl am Bildschirm erhob und ihr kleines Labor ansteuerte. Die Schwester und die Kompressen hatte sie offensichtlich schon vergessen. O'Niel folgte ihr, der ›Sie-werden-schon-noch-merken-mit-wem-Sie-es-zu-tun-haben‹-Blick der Schwester entlockte ihm ein leichtes Lächeln. Hinter der Ärztin schlängelte er sich an Labortischen und Wandbänken vorbei.

»Ich habe diesen Witz noch nie gehört«, murmelte er. »Er ist wirklich sehr lustig.«

»Entschuldigen Sie.«

Doch Lazarus' Stimme klang absolut nicht entschuldigend.

»Gestern ging ein Mann absichtlich ohne Druckanzug nach draußen.«

Die Ärztin hob eine Flasche, betrachtete den Inhalt und setzte sie dann auf den Tisch zurück.

»Ja, ich weiß.«

Während sie langsam weitergingen, hielt die Ärztin Inventur ab, verglich die Inhalte von Wandschränken und Regalen mit den Listen in ihrer Hand. O'Niel paßte es gar nicht, während ihrer Unterhaltung hinter ihr herlaufen zu müssen. Er redete ungern mit jemandem, der ihm den Rücken zuwandte.

»Nur wenige Tage zuvor«, fuhr er fort, »zerfetzte ein anderer Arbeiter während seiner Schicht seinen Druckanzug. Absichtlich, wie es scheint.«

Lazarus zuckte die Achseln, machte jedoch keine Anstalten, sich zu ihm umzuwenden.

»Das kommt ab und zu vor.«

»Wie oft?«

»Ich weiß es nicht.«

Ihre Stimme klang ablehnend, ganz offensichtlich wünschte sie ihn mit seinen lästigen Fragen sonstwohin.

»Es passiert eben.«

»Und wieso?«

»Ich bin kein Psychiater. Ich habe genug zu tun, um die Körper der Leute intakt zu halten. Woher soll ich wissen, was in ihren Köpfen vorgeht? Ich kann Ihnen nicht sagen, warum sie sich umbringen. Ich vermute jedoch, daß ein paar Leute das Leben hier nicht mehr ertragen.«

Sie grinste humorlos.

»Was ich absolut nicht verstehen kann. Io im Frühling ist wunderschön. Der Vorhof zur Hölle, wenn Sie so wollen. Hätte nie geglaubt, daß man da arbeiten kann. Bisher nahm ich an, die Hölle sei ein permanentes Fanal.«

»Die beiden Selbstmorde«, erinnerte O'Niel sie. »Wurden Autopsien vorgenommen?«

»Nein.«

»Warum nicht?«

Die Frau blieb abrupt stehen und wandte sich mit ungläubigem Gesicht zu ihm um. Als sie jedoch feststellte, daß er seine Frage ernst meinte, erklärte sie langsam und deutlich, als spräche sie zu einem Kind:

»Erstens hat die Gesellschaft darauf bestanden, die Leichen so schnell wie möglich auszufliegen. Man hat mir nicht gesagt, warum. Möglicherweise ist man der Meinung, daß herumliegende Leichen von Selbstmördern die Moral der Arbeiter untergraben könnten. Zweitens gibt es nicht mehr viel zu untersuchen, wenn jemand seinen Körper dem Vakuum aussetzt. Man kann keine Autopsie an einem Körper vornehmen, der in einen Fleischwolf geraten zu sein scheint. Und drittens werden Sie mir langsam lästig.«

O'Niel zog das Schubfach eines Arbeitstisches heraus, und hinderte die Frau so daran, sich an ihm vorbeizuzwängen.

»Ich weiß, das ist eine schlechte Angewohnheit von mir.«

Sie seufzte, warf ihm einen gelangweilten Blick zu und wartete. Mit freundlicher Stimme fuhr O'Niel fort:

»Ich wünsche von Ihnen eine Aufstellung aller ähnlich gearteten Unfälle in den letzten sechs Monaten, und ich wünsche sie verdammt schnell, sonst werde ich Ihre anscheinend etwas langsam gewordenen Gehwerkzeuge ein wenig in Trab bringen.«

Er lächelte dünn und schob die Lade wieder zu.

»Das war ein Scherz, wie er unter Marshals üblich ist.«

Er machte auf dem Absatz kehrt und verließ das Krankenrevier. In seinem Rücken spürte er förmlich den entgeisterten Blick der Ärztin.

Sagan erwartete sehnsüchtig die Nacht. Er hatte seine Schicht glatt hinter sich gebracht, es hatte keinen Ärger, keine Probleme gegeben. Der Vorarbeiter hatte diesmal sogar ein paar lobende Worte gesprochen, und sein Assistent, La Ville, hatte schließlich seine verdammte Erkältung soweit in den Griff bekommen, daß sein Niesen, über die Helmsprechgeräte übertragen, nicht mehr jedermanns Trommelfell erbeben ließ.

Wie üblich hatte er sich schnell seines Anzugs entledigt und sich im Waschraum den Schweiß vom Körper gewaschen. Um ihn herum bereiteten sich seine Kollegen gemäß dem Dienstplan entweder auf ihre Freizeit oder auf ihre neue Schicht vor.

Er verteilte die Enthaarungs-Creme auf seinem Gesicht, ließ sie einen Moment lang in die Haut einziehen, wischte dann ihre Überreste und die Bartstoppeln mit einem sauberen Handtuch ab. Abschließend besprühte er sich mit einem stark duftenden

Rasierwasser, das einen erotischen Namen trug, und warf noch einen prüfenden Blick in den Spiegel. ›Nicht schlecht‹, dachte er. Einem vorbeikommenden Freund rief er ein Scherzwort zu, unterhielt sich mit einem anderen über die Tagesereignisse und ging dann in den Raum, in dem sich seine Koje befand. Er trug nur seine Unterhose.

Die Gänge in dem großen Schlafsaal waren relativ verlassen, nur hie und da sah man einen Menschen. Von den Videogeräten drangen schwache Geräusche zu ihm herüber, hie und da hörte er leise Musikfetzen aus geschlossenen Kojen.

Sagans Koje, seine kleine private Welt, befand sich auf Ebene Zwei in Gang Sieben. Ihre Lage dokumentierte gleichzeitig seine verhältnismäßig kurze Anwesenheit in der Mine. Die Arbeiter, die die längste Zeit auf Io verbracht hatten, bewohnten die obersten Kojen auf Ebene Vier. Diese Kojen waren die ruhigsten und boten ihren Inhabern ein Maximum an Privatsphäre. Ein Bewohner der Ebene Vier konnte in seinem Bett liegen und in der Gewißheit nach oben starren, daß niemand über ihm herumturnte. Dieses System hatten die Arbeiter selbst eingeführt, und die Gesellschaft hatte es stillschweigend geduldet.

Die Männer mit der längsten Verpflichtungszeit, die Jupiter-Jockeys, bewohnten jeweils die obersten Kojen an den Gangenden im hinteren Teil des Schlafsaales. Die Kojen lagen am weitesten entfernt von den Videoschirmen und dem ständigen Lärm, der aus den Waschräumen drang. Hier herrschte beinahe friedliche Stille.

Sagan beneidete die Oldtimer so manches Mal um ihre Quartiere, beabsichtigte aber andererseits nicht, solange hierzubleiben, bis er sich ein Anrecht darauf erworben hatte. Sobald er seine einjährige Verpflichtungszeit hinter sich gebracht hatte, würde er seinen Bonus kassieren und nach Hause zurückkehren. Doch das war noch Zukunftsmusik. Im Moment war ihm der vor ihm liegende Abend wichtiger.

Mit raschen Bewegungen, die die tägliche Übung verrieten, kletterte er in seine Koje und schaltete die Leselampe ein. Auf Knopfdruck schlossen sich die Vorhänge der Koje automatisch.

Sagan öffnete ein Schubfach am Fußende seines Bettes und tastete suchend zwischen den Wäschestücken darin umher.

Schließlich zog er eine Impfpistole hervor, die nur entfernte Ähnlichkeit mit einer echten Waffe hatte und hauptsächlich aus Mündung und Abzug bestand. Der Besitz einer solchen Pistole war nicht illegal. Die meisten Arbeiter besaßen dafür eine Zulassung, die ihnen den Besitz eines solchen Gerätes gestattete. Für die Gesellschaft war es wesentlich einfacher und kostengünstiger, irgendwelche Medikamente in Form von Kapseln auf die Kojen zu verteilen, als die Arbeiter nacheinander ins Krankenrevier zu rufen, um sie ihnen dort zu verabreichen. Ein solches Vorgehen kostete nur unnötig Zeit.

Die winzige, halbtransparente Phiole, die Sagan aus dem Schubfach zutage förderte, war kleiner als sein Daumennagel. Er entfernte die Verschlußkappe und schob die Phiole in die Ladekammer der Pistole. Ein rascher Blick überzeugte ihn, daß der Luftdruckzylinder vorschriftsmäßig angeschlossen war.

Dann preßte er die Mündung fest gegen den inneren Oberschenkel und betätigte den Abzug. Der starke Luftdruck schoß den Inhalt der Phiole in sein Bein.

Sagan lehnte sich zurück, atmete tief ein und schloß die Augen. Wenig später verbarg er die Pistole wieder unter der Wäsche und schob die Lade zu. Dann öffnete er das eingebaute Kleiderspind und nahm ein Hemd heraus. Fröhlich pfeifend begann er sich anzukleiden.

In O'Niels Quartier war es dunkel. Er liebte die Nacht, ihre Ruhe, für ihn war sie ein vertrauter, alter Freund, der ihn nie enttäuscht hatte, wo er auch immer stationiert gewesen war. Doch diesmal war die Stille anders, war sie eine Reflektion der Wunde in seinem Herzen. O'Niel saß auf der Couch, die sich gehorsam seiner Gestalt anpaßte.

›Ich bin in so vielen Dingen dieser Couch ähnlich‹, dachte er. ›Eine hübsche, hohle Fassade, flexibel, durchaus in der Lage, mit mehreren Leuten gleichzeitig fertig zu werden, und doch im Kern weich.‹

Der Vergleich war nicht ungewöhnlich. O'Niel besaß die Eigenart, Menschen mit Möbelstücken zu vergleichen. Für ihn waren beides Objekte, die überall in Zimmern und Kammern Raum für sich beanspruchten.

Er begann über einige seiner neuesten Bekanntschaften nachzudenken und lenkte auf diese Weise seinen Geist von anderen, weniger angenehmen Gedanken ab — spielte in dem stillen Raum das alte, wohlvertraute Gedankenspiel.

Da war einmal Montone, sein erster Sergeant, ein Mann wie ein frischpolierter Stuhl. Glänzend und leuchtend, auf den ersten Blick sehr beeindruckend in seiner Wirkung, jedoch unerprobt. Farbe konnte eine Menge anderer Fehler überdecken. Vielleicht mußte er ihm erst einmal ein wenig Farbe abkratzen, um zu wissen, wie weit er sich auf Montone verlassen konnte.

Sheppard ... Sheppard erinnerte ihn an einen großen Schreibtisch, einen aus knorriger, alter Eiche. Solide und unverrückbar, bereit, alles zu tragen, was auf ihn herabfiel. Nur hegte O'Niel den Verdacht, daß das meiste an Sheppard aus Furnier bestand. Entfernte man es, fand man sicher kein massives Eichenholz darunter, sondern nur Preßspan. Billig ...

Dr. Lazarus ... nun, das war ein solides Möbelstück, echt bis ins Innerste, kein Furnier. Ein wenig abgenutzt und angenagt vom Holzwurm, äußerlich unattraktiv, doch im Kern gute Handarbeit. Möglicherweise! Solche Möbel waren auf den ersten Blick schwer zu taxieren. Mit einem Pferd vermochte man sie kaum von der Stelle zu verrücken, doch konnten sie auch unter dem leichtesten Druck zusammenbrechen. Außerdem standen bei diesem Möbelstück an allen Kanten die Nägel ab, und wenn man nicht vorsichtig war, konnte man sich daran verletzen ...

Jemand klopfte an die Tür. O'Niel bewegte die Füße auf dem kleinen, glänzenden Kaffee-Tisch und versuchte, sich aus seiner selbstgewählten Lethargie aufzurappeln, jedoch mit geringem Erfolg.

›Zum Teufel damit‹, dachte er ungehalten. Für wen sollte er höflich sein?

»Die Tür ist offen!«

Montone trat ein. Er trug ein großes Tablett mit gefüllten Speisebehältern, das er auf dem Tisch abstellte und O'Niel dadurch zwang, seine Füße herunterzunehmen.

»Ich weiß nicht, was Sie gern essen, deshalb habe ich von allem etwas mitgebracht. Einiges davon hat tatsächlich einen anderen Geschmack als der Rest.«

O'Niel warf einen Blick auf die Speisebehälter und versuchte, dem Sergeant ein dankbares Lächeln zu schenken. Doch die Grimasse, die dabei herauskam, war wenig überzeugend. Montone zog sich einen Stuhl heran. Seine Stimme klang ehrlich besorgt.

»Hören Sie, Sie müssen etwas essen. Schon allein, um die Langeweile zu vertreiben. Ich kenne mich da aus. Nicht umsonst zieht man mich ständig wegen meines Namens durch den Kakao. Was dagegen, wenn ich Ihnen Gesellschaft leiste? Vielen Dank!«

Er ließ O'Niel überhaupt keine Gelegenheit zur Antwort, sondern erhob sich, ging zur Kochnische hinüber und durchstöberte die Schränke, bis er die Gläser fand.

Für Uneingeweihte mochte der Besitz von Gläsern wie unerwarteter Luxus erscheinen, doch das war es nicht. Die ersten Ingenieure, die die Mine errichteten, hatten in ihrer Freizeit eine Maschine zur Glasherstellung gebaut. Io war reich an Rohstoffen. Glas war eine der wenigen Haushaltswaren, die am Ort hergestellt werden konnten.

Montone kam zurück, setzte sich wieder O'Niel gegenüber und begann die Behälter zu öffnen.

»Es gibt sogar Schokoladenkuchen zum Nachtisch, doch Sie kriegen keinen, bevor Sie nicht Ihr Fleisch aufgegessen haben.«

O'Niel mußte unwillkürlich lächeln. Er wußte, daß Montone ihm seine Freizeit opferte. Er hätte nicht hier zu sein brauchen.

»Ich kann mir vorstellen, wie Sie sich fühlen«, erklärte der Sergeant ernsthaft. »Wirklich!«

O'Niel starrte ihn verblüfft an.

»Sie glauben, ich rede das nur so daher?«

Montone beugte sich vor und probierte von dem Essen. Kauend fuhr er fort: »Als ich nach meiner zweiten Verpflichtung nach Hause zurückkam, war meine Frau mit einem Computer-Programmierer durchgebrannt. Mit einem kleinen, fischäugigen Kerl, dem schon die Haare ausfielen.«

O'Niel beobachtete ihn aufmerksam.

»Ich habe zwei Töchter«, erzählte Montone weiter, während er auf einem Stück echten Steakfleisches herumkaute.

»Sie sagen ›Vater‹ zu dem Programmierer. Meine Frau behauptet, sie sei glücklich. Dabei sieht der Bursche so langweilig aus. Doch sie sagt, er sei zwar kein Supermann, dafür aber zu Hause.« Er hielt inne und schaute zu Boden. »Damit kann ich nicht konkurrieren.«

Er schob O'Niel das Tablett zu.

»Kosten Sie doch mal — schmeckt nicht schlecht. Das Essen für die Verwaltung hier ist recht gut. Jedenfalls besser als manches andere, was ich schon vorgesetzt bekam. Manchmal gibt es sogar richtiges Fleisch.«

Er deutete auf die Behälter.

»Für seine Spitzenleute ist Sheppard das Beste gerade gut genug, das muß man ihm schon lassen.«

Hatte Montone eine Reaktion O'Niels erwartet, wurde er enttäuscht.

»Das Steak ist richtiges Fleisch. Probieren Sie's doch mal.«

»Das werde ich.«

Montone redete weiter, vermied aber sorgfältig O'Niels Blick.

»Wissen Sie, die Bumsmädchen hier sind hübsch. Io ist bekannt für seine schwere Arbeit, aber auch für seinen Freizeitwert. Wenn man einsam ist, können solche Frauen durchaus sehr hilfreich sein. Die meisten von ihnen sind ausgesprochene Könner auf ihrem Gebiet. Die Gesellschaft hat da eine gute Auswahl getroffen.«

»Dessen bin ich sicher.«

Montone schwieg eine Weile und stocherte in seinem Essen herum. Schließlich schaute er auf.

»Spielen Sie gerne Karten?« Er grinste. »Ich mogele, bin aber dabei so ungeschickt, daß Sie mich sicher erwischen werden.«

»Nein, vielen Dank.«

Montone schien enttäuscht.

»Ich fürchte, ich falle Ihnen lästig.«

»Nein, durchaus nicht.« O'Niel versuchte, seiner Stimme einen dankbaren Klang zu geben. »Ich freue mich wirklich über Ihre Anteilnahme, wirklich. Es ist nur so, daß . . . daß ich im Moment lieber alleine wäre.«

Montone erhob sich sofort.

»Ich verstehe, Marshal.« Er wandte sich zur Tür. »Ich werde noch die Berichte der nächsten Schicht durchsehen und den Dienstplan fertigmachen. Möchten Sie ihn sehen? Ich könnte ihn Ihnen auf dem Monitor durchgeben.«

Er deutete auf die Computer-Konsole in der Ecke.

O'Niel schüttelte verneinend den Kopf.

»Nicht nötig, Sergeant.«

»In Ordnung. Wenn Sie etwas brauchen oder sich gerne unterhalten möchten . . . rufen Sie mich einfach.«

Er lächelte.

»Meine Gebühren sind erschwinglich . . .«

»Vielen Dank, sehr nett.«

»Machen Sie das leer.«

Montone deutete mit dem Kopf auf die immer noch dampfenden Speisen.

»Ich lasse Ihnen sogar den Schokoladenkuchen, weil ich selbst Diät halten muß.«

Leise zog er die Tür hinter sich ins Schloß.

O'Niel lächelte, als Montone ihn verließ, doch er lächelte nur, um den Mann zu beruhigen. Das Lächeln war nicht echt und verschwand, kaum daß Montone gegangen war.

O'Niels Blick streifte die Speisen auf dem Tablett. Montone war gegangen, damit er in Ruhe essen konnte, doch O'Niel hatte keinen Appetit.

Wie eine aufgezogene Spielzeugfigur erhob er sich und trat an die Computer-Konsole heran. Er schaltete einen Monitor an und tippte einen Befehl ein. O'NIEL, W. T. DIE AUFZEICHNUNGEN VON MITTWOCH WIEDERHOLEN . . . Der Schirm begann zu flimmern. O'Niels Befehl verschwand, wurde durch die mechanische Antwort ersetzt: O'NIEL, W. T. POSITIV. WIEDERHOLE MITTWOCHAUFZEICHNUNGEN ...

Ein Schatten wurde auf dem Schirm sichtbar, entpuppte sich schließlich als Montone.

»Marshal, wir haben eine Antwort auf Ihre Anfrage ...«

O'Niel drückte einen anderen Knopf. Der Bildablauf beschleunigte sich, die Sprache verzerrte sich zu einem unverständlichen Zwitschern. Nach wenigen Sekunden verlangsamte sich der Bandlauf wieder, ein Summen ertönte, und O'Niel drückte auf einen anderen Knopf. Ein neues Gesicht erschien auf dem Schirm.

»Marshal«, begann das Bild zu sprechen, »hier ist Caldwell vom westlichen Sicherheitsbezirk. Wir haben hier ein kleines Problem. Nichts Ernstes, doch ich wollte trotzdem erst Ihre Meinung dazu einholen, bevor wir etwas unter ...«

Wieder beschleunigte O'Niel den Bandlauf und normalisierte ihn beim nächsten Summton.

Auf dem Schirm erschien Carols Gesicht.

»Ich ... ich versuche, Haltung zu bewahren ...«

O'Niel ließ sich in den Sessel sinken und starrte gebannt auf den Schirm, konzentrierte sich voll auf die Aufzeichnung, als sähe er sie zum erstenmal.

»Ich hasse diese Aufzeichnungsgeräte ...«

Carols Worte schnitten wie Messer in O'Niels Herz.

»Es ist nur ... ich ... ich bin eben ein Feigling, das weißt du. Ich könnte dir nicht ins Gesicht schauen und dir sagen, was ich dir sagen muß. Ich könnte es einfach nicht. Wenn du jetzt vor mir stündest, würde ich ...«

Über dem Schirm blinkte ein gelbes Lämpchen auf, begleitet von einem durchdringenden Signalton. O'Niel nahm den Hörer des Audio-Empfängers auf und schaltete das Gerät an. Seine Augen blieben dabei auf den Monitor gerichtet.

»O'Niel hier.«

Er lauschte.

»Was? Wie schlimm?«

Am anderen Ende der dünnen Glasfaser-Leitung sprach jemand sehr schnell.

»Ich bin gleich da.«

O'Niel ließ den Hörer wieder in seine Halterung gleiten und bewegte sich rasch durch sein Quartier. An einem Haken an der Tür hing eine kleine Strahlpistole in einer Halfter. Sie sah tatsächlich einer Pistole mit abgesägtem Lauf ähnlich, nur die schlankere Form und die Bedienungselemente paßten nicht dazu.

Automatisch überprüfte er die Ladung, öffnete dann die Tür und verließ eilig die Wohnung.

Hinter ihm spulte der Videoschirm unbeachtet sein aufgezeichnetes Trauma weiter ab.

»Ich liebe dich. Ich möchte, daß du das weißt.«

Pause.

»Schau mich an. Ich sehne mich nach dir . . .«

Die Stimme fuhr fort, abwechselnd schluchzend und anklagend, verhallte aber ungehört in dem leeren Zimmer . . .

5

O'Niel hastete durch die Korridore und schwenkte dann in einen Hauptgang ein. Arbeiter und Angestellte traten unaufgefordert zur Seite und machten ihm Platz. Besorgt schauten sie hinter ihm her und begannen sich gedämpft zu unterhalten. Keiner hatte die leiseste Ahnung, was vorging, und doch wußten alle, daß die Beamten des Sicherheitspersonals nie ohne guten Grund eine solche Eile an den Tag legten. Außerdem hatte der Marshal die Strahlpistole in der Hand gehalten.

An einer Kreuzung des Gangs, den man ihm genannt hatte, stieß O'Niel auf zwei seiner Beamten, die ihn schon erwarteten. Er kannte ihre Namen nicht, doch das war im Moment unwichtig.

»Er befindet sich im Westflügel, Marshal«, informierte ihn die

Polizistin. Sie wirkte besorgt, verärgert und ein wenig ängstlich — nicht um ihretwillen besorgt, sondern um eine andere Person. Wenn sie sich selbst fürchtete, so zeigte sie es jedenfalls nicht.

O'Niel nickte nur und betrat den Quergang. Hinter ihm hielten die Beamten die neugierige Menge zurück.

Wenig später traf O'Niel auf Montone und eine andere Polizistin. Beide hatten wie er ihre Waffen in der Hand. Montone deutete mit einem Kopfnicken den Korridor hinunter. Nach beiden Seiten gingen Türen ab, die aber alle verschlossen waren. Am äußersten Ende lag der zentrale Club. Schwache Musikfetzen drangen von dort herüber.

»Er ist in einem Vergnügungsabteil«, erklärte der Sergeant.

Seine Stimme war leise, klang gepreßt.

»Er hat eine Dirne bei sich. Wir wissen nur, daß der Bursche sie übel zugerichtet hat. Sie drückte den Alarmknopf.«

»Wer hat den Alarm bestätigt?«

Die Polizistin antwortete:

»Ich. Als ich dann die Tür öffnen wollte, drohte der Mann, er habe ein Messer und er würde nicht zögern, die Frau umzubringen, wenn ich nicht sofort verschwände.«

Das Gesicht der Beamtin war ausdruckslos.

»In dem Raum gibt es keine Videokamera, und die Tür ist verriegelt. Doch ich bin sicher, daß er tatsächlich ein Messer hat. Man hört das schon an seiner Stimme. Also habe ich mich zurückgezogen.«

O'Niel nickte zustimmend.

»Was ist das für ein Bursche? Haben Sie etwas über ihn herausfinden können?«

Die Frau nickte.

»Er wurde gesehen, als er kam, und das Mädchen am Eingang registrierte ihn, wie es Vorschrift ist. Sie gab seine Kenn-Nummer der Buchhaltung durch und ließ seinen Kontostand überprüfen. Er ist Kranführer, jetzt schon fast elf Monate hier, wie die Personal-Sektion mitteilte.«

»Elf . . . Teufel!« murmelte Montone.

»Gab bisher nie Anlaß zu Beschwerden«, fuhr die Beamtin

fort. »Seine Akte ist sauber. Ich habe sie überprüft. Kein labiler Charakter, keine Neigungen zu Perversionen — nichts! Er ist absolut sauber. Bei seinen Schichtkollegen ist er beliebt, zumindest behaupten das die, die ich erreichen konnte. Auch der Vorarbeiter bezeichnet ihn als guten Mann, der hundertprozentig sein Soll erfüllt. Als ich ihnen erzählte, was anlag, wollte es keiner glauben.«

»Wie geht es dem Mädchen?«

Jetzt ergriff Montone wieder das Wort.

»Sie lebt noch. Über das Abhörgerät, das hier in jedem Abteil installiert ist, kann man ihr Stöhnen hören. Doch darüber hinaus . . .«

Er zuckte vielsagend die Achseln.

Langsam gingen sie den Flur hinunter zu der bezeichneten Tür. Vier weitere bewaffnete Beamte erwarteten sie dort. Sie unterhielten sich flüsternd. Als O'Niel und der Sergeant herankamen, schwiegen sie und machten ihnen Platz.

»Ist er betrunken?« fragte O'Niel leise und nahm die Tür näher in Augenschein.

»Da bin ich überfragt«, gab Montone flüsternd zur Antwort.

»Einige Burschen machen sich ja einen Spaß daraus, Nutten zu verprügeln. Doch hier steckt offenbar mehr dahinter.«

O'Niel winkte die Frau heran, die den Alarm aufgenommen hatte.

»Sind Sie sicher, daß er ein Messer hat?«

»Es gibt keinen Spion in der Tür, und die Sichtblenden in den Wänden sind geschlossen. Diese Burschen sind mit ihrem Privatleben wie verrückt. Ich bin also nicht absolut sicher, doch ich wette, daß er tatsächlich ein Messer hat.«

»Wieso? Nur weil er das behauptet?«

»Nicht deswegen«, antwortete sie ruhig. »Wegen des Stöhnens.«

O'Niel nickte langsam, als akzeptiere er das als Beweis. Dann trat er an die Tür und hämmerte heftig mit der Faust dagegen. Seine Worte schrie er in den Übermittler, der in der Metalltür eingelassen war.

»Sagan! Hier spricht Marshal O'Niel. Laß das Mädchen gehen, und dir passiert nichts. Wir wollen dir nur helfen.«

Von drinnen kam keine Antwort.

»Sagan, kannst du mich hören?«

Die Wände des kleinen Raumes waren in bunten, warmen Pastellfarben gestrichen. Der Raum enthielt nur zwei Einrichtungsgegenstände: Einen Video-Monitor und ein Bett. Ein Film, der für einen Familienabend kaum geeignet sein dürfte, flimmerte über den Schirm. Doch die beiden Menschen im Raum schenkten ihm keine Beachtung.

Sagan lag auf dem Bett auf dem Rücken, von der Hüfte an aufwärts war er nackt. Schweiß tropfte von seinem Körper und näßte die Bettlaken unter ihm. Der Schweiß floß in Strömen, wäre selbst für einen Mann, der stundenlang schwere körperliche Arbeit verichtet hatte, viel zu stark gewesen, und Sagan hatte nicht gearbeitet. Schweißperlen standen auf seinen Lippen und der Stirn, wahre Bäche von Schweiß strömten unter seinen Armen hervor. Sein Blick war wild, sein Gesicht zu einer dämonischen Fratze verzogen. Er lächelte, doch es war ein Lächeln zum Fürchten, in seine Gesichtszüge eingefroren, so kalt wie die Oberfläche des Jupiter.

Einen Arm hatte er um die Hüfte einer schlanken, brünetten, jungen Frau gelegt. Sie wirkte älter als sie war. Doch die Furcht hatte die Spuren ihrer Tätigkeit fortgewischt, sie war jetzt nur ein eingeschüchtertes, junges Mädchen, das nackt auf dem zerwühlten Bettlaken lag.

In der anderen Hand hielt Sagan das Messer. Es war lang und schmal und funkelte kalt im gedämpften Licht. Die Spitze saß an der Kehle des Mädchens, zwang ihren Kopf in eine schmerzliche, unnatürliche Lage.

Sie blutete — nicht aus dem Hals, sondern aus ihrer gebrochenen Nase und der aufgeplatzten Unterlippe. Ihr Kinn war von einem heftigen Schlag blutunterlaufen und begann anzuschwellen. Das Mädchen war kaum mehr bei Bewußtsein, zum Glück für sie. Aus ihrer Kehle unter dem Messer drang ein fortgesetztes, leises Wimmern.

»Laßt mich in Ruhe!« schrie Sagan in Richtung der Tür. »Oder, bei Gott, ich werde sie töten, ihr den Hals aufschlitzen. Ihr wißt, daß das blitzschnell geht. Also zwingt mich nicht dazu.«

»Warum?« O'Niels Stimme drang beruhigend durch den Übermittler in der Tür. »Was hat sie dir getan?«

»Sie ist sündig. Sie ist schlecht.«

Sagans Atem ging hart und stoßweise, als ob er nicht genug Luft bekäme. Doch die Klimaanlage arbeitete, die Luft im Abteil war frisch. Nur seine Kehle war wie zugeschnürt.

»Ich will, daß ihr auf der Stelle verschwindet! Wenn ihr es nicht tut, schneide ich ihr gleich die Kehle durch — mit einem Schnitt . . .«

Er preßte das Messer ein wenig stärker gegen ihrer Hals. Die Spitze durchdrang die Haut, ein winziger roter Punkt erschien, schwoll zu einem Tropfen an und lief dann langsam in den Nakken des Mädchens. Die Frau war nicht zu benommen, um nicht laut aufschreien zu können. Trotzdem war sie vernünftig genug, sich nicht gegen den Druck an ihrer Kehle zu wehren.

»He!«

O'Niel reagierte sofort, als der Schrei des Mädchens durch den Übermittler drang.

»Hör mir zu! Hör genau zu, was ich dir jetzt sage! Ich darf nicht weggehen, das weißt du genau. Du sollst wissen, daß niemand dir zu nahe kommen wird. Verstehst du mich, Sagan? Wenn du reden willst, dann reden wir. Ich werde nicht versuchen, die Tür aufzubrechen. Ist das ein Angebot? Ich werde die Tür in Ruhe lassen, und du das Mädchen, okay?«

Keine Antwort von drinnen.

»Sagan, hörst du mich?«

Die Antwort drang aus dem Übermittler, aber nicht die erwartete. Die Antwort bestand aus einer Reihe unterdrückter Schreie des Mädchens und einem Knurren, das kaum mehr etwas Menschenähnliches an sich hatte.

O'Niel schaute sich um und deutete mit der Hand auf einen der bewaffneten Polizisten. Der Mann eilte sofort zu ihm herüber.

»Holen Sie sofort einen Monteur, der sich in diesem Sektor auskennt! Der Mann dort drinnen ist zum Äußersten entschlossen, also beeilen Sie sich!«

Der Beamte nickte kurz und lief dann, so schnell er konnte, zu der Sprechzelle, die am anderen Ende des Gangs installiert war.

»He, Sagan! Sagan, ich bin's, der Marshal.«

O'Niel mußte sich zwingen, seine Stimme ruhig und gleichmütig klingen zu lassen. Nicht flehend, ohne falsche Sympathie. Ein Mann in Sagans geistigem Zustand reagierte auf Täuschungsmanöver unberechenbarer als auf eine direkte Drohung.

»Sagan, hör zu, was ich dir sage! Überleg doch einmal eine Minute. Du bist noch nicht zu weit gegangen. Verstehst du, was ich meine? Bis jetzt kann man dich nur wegen Randalierens belangen. Wenn du das Mädchen nicht umbringst, kommt alles wieder in Ordnung. Mann, denk doch mal nach. Du hast doch kaum noch einen Monat bis zum Ende deiner Verpflichtung. Deine Zeitprämie bekommst du in den nächsten Tagen ausbezahlt. Du bist doch schon halb auf dem Weg nach Hause. Setz das doch nicht alles aufs Spiel!«

Auf der anderen Seite der Tür begann Sagan zu kichern. Nicht über O'Niel, über das Mädchen oder sich selbst, sondern über etwas innen drin in seinem Kopf, das ihm selbst nicht ganz klar war. »Ich werde dieses hübsche kleine Ding hier aufschlitzen. Ich werde es ganz langsam mit meinem hübschen, sauberen Messer tun, ganz langsam . . .«

Erstickte Laute, dünn und schwach, drangen bei diesen wahnsinnigen Worten durch den Übermittler. O'Niel überlegte fieberhaft. Sagans Stimme hatte sehr endgültig geklungen.

Ein weiblicher Monteur kam den Gang herabgelaufen, der Beamte, der sie geholt hatte, folgte ihr. Ihr Monteuranzug war gefüllt mit Werkzeugen, in ihrem Gürtel klirrten Schraubenzieher und Zangen. Völlig außer Atem blieb sie neben O'Niel stehen. Doch er konnte ihr keine Verschnaufpause gönnen.

»Zeigen Sie mir, unter welchem Paneel der Fluchtgang für dieses Abteil liegt.«

Sie nickte, zog ein langes Werkzeug hervor und ging zur linken Seitenwand neben der Tür. Viermal setzte sie das Werkzeug an und löste die vier Bolzen einer Metallplatte an der Wand dicht unter der Flurdecke. Die quadratische Metallplatte befand sich genau in der Mitte zwischen Sagans und dem benachbarten Abteil.

Die Frau ließ das Werkzeug wieder in ihre Tasche gleiten und hob mit beiden Händen die Metallplatte ab. Dahinter kam ein niedriger Kriechgang zum Vorschein, der in ein ungewisses Dunkel hineinführte.

»Wenn ich Ihnen ein Zeichen gebe, schließen Sie sofort das Hydraulik-Ventil, das das Türschloß betätigt«, befahl O'Niel ihr.

»Dann ist die Tür offen.«

Die Monteurin setzte die Metallplatte ab und ging zu einem kleinen Kasten rechts neben der Tür, den sie öffnete. Beleuchtete Anzeigen und Skalen schimmerten schwach.

Während O'Niel der Frau seine technischen Anweisungen gab, deutete Montone auf zwei Beamte. Sie kletterten hinter ihm in den dunklen Kriechgang hinein und begannen sich langsam weiter vorzuschieben, immer darauf bedacht, so wenig Geräusche wie möglich zu machen.

O'Niel wartete, bis der letzte Beamte in der engen Öffnung verschwunden war, und trat dann an die Tür. Er gab der Monteurin ein Zeichen, die junge Frau nickte ruhig und legte ihren Finger auf einen bestimmten Schalter.

O'Niel versicherte sich, daß seine Waffe schußbereit war, und sprach dann wieder in den Übermittler.

»Sagan! Hörst du mich?«

Bei O'Niels Worten erhob sich der Mann drinnen plötzlich vom Bett und begann unruhig hin- und herzulaufen.

Das Mädchen beobachtete ihn. Jetzt, da ihr das Messer nicht mehr an der Kehle saß, atmete sie ein wenig freier. Immer noch tropfte ihr das Blut in den Nacken. Sie versuchte nicht zu fliehen, denn es gab keinen Ort, an dem sie sich hätte in Sicherheit bringen können. Sie saß nur da und beobachtete den Mann. Ihr Kinn schmerzte höllisch, doch sie wagte nicht, sich zu rühren.

Sagan lief im Kreis umher und schrie die Wände an. Er hatte nichts Menschliches mehr an sich.

»Ich höre Sie!« rief er hysterisch. »Natürlich höre ich Sie. Glauben Sie, ich sei taub?«

»Nein, natürlich nicht.«

O'Niels Stimme bekam wieder ihren beruhigenden Beiklang. »Ich wollte nur sicher sein, daß du mich auch verstehst, das ist alles. Ich werde dir jetzt etwas erklären, Sagan. Ich werde langsam sprechen, und ich möchte, daß du mir aufmerksam zuhörst.«

Sagan lief auf die Stimme zu, hieb mit den Armen um sich und stach mit seinem Messer Löcher in die Luft. Die Stimme drang von allen Seiten auf ihn ein und drohte die andere Stimme in seinem Hirn zu übertönen, jene Stimme, die unanständige Vorschläge machte und köstliche verbotene Freuden versprach.

Die Lampe, die Montone benutzte, war klein, doch von hoher Intensität. Er kroch durch den Metalltunnel, stieß sich den Kopf und zerkratzte sich die Hände, wagte kaum zu atmen aus Furcht, das Geräusch könne in das dicht angrenzende Abteil dringen. Montone hörte das Keuchen der beiden Männer hinter sich.

»Du kannst doch nicht für immer da drin bleiben«, erklärte O'Niel gerade. Die Ruhe in seiner Stimme machte Sagan rasend. Von allen Seiten hämmerten die Worte auf ihn ein, und der Kranführer stach wild mit seinem Messer nach ihnen.

»Du stürzt dich nur selbst ins Unglück.«

Ein knirschendes Geräusch ertönte. O'Niel schaute irritiert auf den Übermittler, fragte sich, ob er vielleicht nicht richtig funktionierte. Dann erkannte er die Ursache des Geräusches: Sagan bearbeitete den Übermittler wütend mit seinem Messer, versuchte, ihn herauszuschneiden und so die beruhigende Stimme des Marshals zum Schweigen zu bringen. Ein gequältes Stöhnen übertönte das knirschende Geräusch.

»Ich werde die Hydraulik des Türschlosses abschalten«, fuhr O'Niel fort. »Dann ist die Tür offen, und du kannst nichts dagegen tun.«

Ungeduldig schaute er zu dem Beamten hinüber, der beim Kriechgang stand und das Vordringen von Montone und seinen Leuten beobachtete. Der Beamte gab ihm das vorher vereinbarte Zeichen.

Der Marshal sprach wieder in den Übermittler:

»Du kannst die Tür nicht geschlossen halten, Sagan. Sobald die Hydraulik ausgeschaltet ist, springt sie auf. Drinnen bleiben kannst du dann auch nicht mehr. Also kommst du jetzt besser freiwillig heraus.

Nimm doch Verstand an, Sagan! Jetzt kann dir noch nicht viel passieren. Warum kommst du nicht heraus und verbesserst dadurch deine Lage?«

Sagans sich überschlagende Stimme hallte laut in dem stillen Korridor wider.

»In dem Moment, wo ihr die Tür anrührt, bringe ich sie um. Ich schlitze sie auf! Ich hasse sie!«

Montone zögerte und schaute nach rechts. An dem Metallrand des Kriechgangs konnte er zwei Scharniere und zwei Metallbolzen erkennen. Nach Aussage der Monteurin war an ihnen die Metallplatte befestigt, die in das verschlossene Abteil führte. Montone nahm die kleine Taschenlampe zwischen die Zähne und tastete die Bolzen ab. Mühelos zog er den ersten heraus. Rasch begann er danach den zweiten zu lösen. Deutlich hörte er Sagans Wüten auf der anderen Seite der Wand . . .

O'Niel begann wieder auf den Mann einzureden und blickte dabei auf seinen Chronometer. Er durfte nicht mehr allzu lange auf Montone warten, das erkannte er an der Stimme des Kranführers.

»Ich will mich nicht mit dir streiten, Sagan, dir auch keine Falle stellen. Ich zähle jetzt langsam bis zehn. Dann springt die Tür auf. Ich werde nicht hineinstürzen, ich werde dir nicht zu nahe kommen, auch nicht auf dich schießen. Ich möchte nicht, daß dir etwas zustößt, denn mein Job ist es, die Leute vor Verletzungen zu bewahren, nicht, sie zu verletzen. Ich glaube auch nicht, daß du jemandem absichtlich weh tun willst, Sagan.«

Die Sekunden tickten langsam vorbei.

»Du kannst mir vertrauen. Was immer du für Probleme hast, was dich auch in diese Lage getrieben haben mag, wir können der Sache auf den Grund gehen, ohne jemanden zu verletzen. Glaub mir, es ist für beide Teile, für dich und für mich, besser so.«

Montone zog den zweiten Bolzen heraus, die Platte hing jetzt lose in den Scharnieren. Der Sergeant bekam in dem engen Gang kaum noch Luft, doch er zwang sich, gleichmäßig durch den offenen Mund zu atmen. Er war bereit. Auch die beiden Männer hinter ihm warteten nur noch auf O'Niels Zeichen.

Sagan hatte seine ziellose Wanderung durch das Zimmer aufgegeben. Das Messer hielt er locker in der rechten Hand, das wilde Feuer in seinen Augen war einem glanzlosen, stumpfen Starren gewichen. O'Niels beruhigende Worte begannen Wirkung zu zeigen.

»Sie wollen . . . Sie werden mich töten«, murmelte Sagan unsicher in Richtung der Tür. Zum erstenmal schien er verwirrt, der fanatische Beiklang war aus seiner Stimme verschwunden.

»Nein, das werde ich nicht«, versicherte ihm O'Niel eiligst. Er fühlte Hoffnung in sich aufsteigen. »Darauf hast du mein Wort. Doch ich verspreche dir auch, daß ich dich ganz sicher töten werde, wenn du das Mädchen umbringst.«

O'Niel wandte sich um und gab der Monteurin ein Zeichen, dann sprach er weiter.

»Hör mir jetzt gut zu, Sagan! Ich werde jetzt tun, was ich eben gesagt habe. Ich zähle von eins bis zehn. Verhalte dich ruhig, und alles kommt wieder in Ordnung. Eins, zwei . . .«

Sagan stand schwankend in dem Abteil, versuchte krampfhaft, seinen Weg durch den dunklen Bann des Hasses zu finden, der seine Gedanken beherrschte. Sein Gesichtsausdruck war leer, sein Verstand von den gegensätzlichen Gefühlen, die ihn hin- und herzerrten, überfordert. Noch vor wenigen Augenblicken war alles so klar, so einfach gewesen. Und jetzt . . .

Wie aus weiter Ferne drang O'Niels Stimme zu ihm durch.

»Drei, vier . . .«

In dem Kriechgang legte Montone seine Hand gegen die Metallplatte, jede Sekunde bereit, sie aufzustoßen. Er hörte O'Niels Stimme aus dem Übermittler in das Abteil dringen:

»... fünf ... sechs ... sieben ...«

Die Monteurin berührte mit dem Finger den Ausschalter.

»... acht ... neun ...«

Sagan drehte sich halb herum und starrte zur Tür. Hinter ihm ertönte ein leises Klirren, als die Metallplatte über dem Kriechgang aufschwang und leicht gegen die Wand federte. Montone stand schon im Raum, als Sagan herumfuhr, um dem Geräusch auf den Grund zu gehen. O'Niels Stimme dröhnte in seinen Ohren.

»... zehn ...«

Montone feuerte. Die Explosion seiner Strahlwaffe ließ das kleine Gemach erbeben. Das Mädchen wurde aus ihrem Dämmerzustand gerissen, ihr Schrei übertönte noch den Knall der Explosion. Im gleichen Moment legte die Monteurin den Schalter um. Ein kurzes, fast unhörbares Zischen ertönte, und die Tür glitt nach innen auf.

O'Niel blieb im Rahmen stehen und starrte in das Abteil. Seine Waffe hielt er locker in der Hand, denn er hatte den Knall gehört. Rasch orientierte er sich, dann trat er ein.

Das Mädchen lebte. Sie lag auf dem Bett, weinte still in sich hinein und hielt die Arme ängstlich über den Brüsten verschränkt. O'Niel sah die Blutspur am Hals, erkannte aber sofort, daß sie von keiner ernsthaften Verletzung herrührte.

Sein Blick fiel auf den Körper am Boden. Sagan hatte Arme und Beine von sich gespreizt. Dort, wo einmal die Brust gewesen war, gähnte ein klaffendes Loch, dem ein ekelerregender Geruch nach verbranntem Fleisch entströmte. Seine Augen standen offen und starrten leer gegen die Decke.

Montone beobachtete den Marshal, sein Mund zuckte.

»Er hat mich angegriffen! Ich ... ich sah nur das Messer ...«

O'Niel sagte nichts, sondern schaute sich nur schweigend um. Dann schüttelte er den Kopf und sah Montone ungläubig an.

Die zwei Beamten, die dem Sergeant gefolgt waren, kümmerten sich um die Verletzungen des Mädchens. Die anderen Beamten drängten hinter O'Niel herein, starrten auf das Mädchen und die Leiche des Kranführers. Dann warfen sie Montone einen scheuen Blick zu und begannen leise miteinander zu reden.

An einem Ort wie Io bewegt man sich rasch, um andere zu retten. Die zwei Pfleger stürmten mit der fahrbaren Bahre zwischen sich in die Notaufnahme des Hospitals. Auf ihr lag die bewußtlose junge Frau. Ein Schlauch führte von einem Tropf, den einer der Pfleger hielt, zu einer Kanüle in ihrem Arm. Polizisten machten den Weg frei, O'Niel folgte gleich hinterher.

Dr. Lazarus erwartete die Patientin am Eingang der Notaufnahme und nahm gleich einige Untersuchungen an dem Mädchen vor, ehe sie es zur Intensivstation bringen ließ. Die Zusammenarbeit in der ärztlichen Abteilung klappte reibungslos. Jeder kannte seinen Job. Und Lazarus' Anweisungen trieben das Personal zu noch größerer Schnelligkeit an. Nur die Aufnahmeschwester, die sich sichtlich mühte, die Befehle der Ärztin auszuführen, kam offenbar nicht so gut zu Rande wie die anderen.

In der Ambulanz zogen Lazarus und die Pfleger das schützende keimfreie Laken vom Körper des Mädchens und schoben sie mit der Bahre in eine lange, gläserne Röhre. Lazarus trat an die Computer-Konsole, die in eine Seite der Röhre eingebaut war, und gab ihre Anweisungen ein.

Ein leises Summen ertönte aus dem Zylinder, der sich langsam zu drehen begann. Gleichzeitig flimmerten neben dem Gerät drei Videoschirme mit einer Fülle von Informationen auf. Zwei Körperdiagramme gaben Aufschluß über den Zustand des Mädchens, angefangen beim Skelett bis zum Kreislauf wurde alles untersucht. Der dritte Schirm lieferte Werte wie Blutdruck, Körpertemperatur und die Zahl der weißen Blutkörperchen.

O'Niel wartete geduldig in der Nähe und betrachtete das Mädchen. Abgesehen von einer geschäftsmäßigen Kälte oder Härte wirkte ihr geschwollenes Gesicht beinahe unschuldig. O'Niel ließ seinen Blick zu den Videoschirmen schweifen, verfolgte die wechselnden Anzeigen und wünschte sich in diesem Moment, mehr von Medizin zu verstehen.

Der Zustand des Mädchens war schlechter als ursprünglich angenommen.

»Der Unterkiefer scheint gebrochen«, murmelte Lazarus. »Zumindest an einer Stelle, möglicherweise sogar an mehreren. Wahrscheinlich auch die Nase. Gesicht und Körper sind übersät mit Prellungen und Blutergüssen. Die Halswunde ist Gott sei Dank nicht so schlimm.«

Sie warf O'Niel einen erschütterten Blick zu.

»Jesus, wer hat sie so zugerichtet?«

»Ein Arbeiter.«

O'Niel wandte den Blick nicht von dem Mädchen.

»Ein Kranführer, der durchgedreht ist. Kommt hier schon mal vor . . . Erinnern Sie sich?«

Die Frau warf ihm einen vernichtenden Blick zu, schenkte sich aber die bissige Bemerkung, die ihr auf der Zunge lag. Vielleicht hatte sie die Zurechtweisung verdient, weil sie O'Niel bei ihrer ersten Begegnung so herablassend behandelt hatte. Jedenfalls war jetzt nicht der geeignete Zeitpunkt für Wortgefechte.

»Der Schädel ist sonst unversehrt«, erklärte sie, während sie sorgfältig eines der beiden Diagramme studierte.

»Übrigens habe ich Ihre Liste fertig. Das Mädchen hier hat innere Blutungen. Den Mann, der sie so zugerichtet hat, soll der Teufel holen. Er dürfte mir nicht in die Finger fallen.«

»Das wird er auch nicht mehr, denn er ist tot.«

Lazarus' prompte Reaktion war zwar verständlich, wenn auch nicht mit dem Hippokratischen Eid vereinbar.

»Ausgezeichnet!«

»Warum haben Sie sie mir nicht ins Büro gebracht?« fragte O'Niel.

»Die Liste?«

Die Ärztin drückte auf einen Knopf. Im Zylinder senkte sich ein Gerät, das eine Mündung wie ein Gewehr besaß, auf den Bauch des Mädchens herab und ging dann wieder hoch. Äußerlich war nichts geschehen, doch auf dem dritten Monitor änderten sich die Daten in rascher Folge, und das Mädchen stöhnte leise.

»Ich mache keine Hausbesuche.«

»Dann beginnen Sie ab sofort damit!«

O'Niel warf einen letzten Blick auf das Mädchen.

»Kommt sie wieder in Ordnung?«

»Vielleicht . . . wenn Sie mich meine Arbeit tun lassen.«

O'Niel lächelte, nickte kurz und ließ sie allein.

Auf der rechten Seite befand sich eine weiße Wand, in die eine Reihe großer Schubfächer eingelassen waren. Die Wand sah aus wie eine Bienenwabe, stellte aber in Wirklichkeit das Leichenschauhaus der Mine dar. Die durchsichtigen Blenden an den Fächern waren durch die Kälte beschlagen. Lazarus arbeitete ruhig weiter, ihr einziges Interesse galt dem Mädchen in der Glasröhre.

O'Niel betrachtete die Fächer. Die Feuchtigkeit auf den Scheiben verbarg das Innere nur teilweise, und man hätte die Leichen darin erkennen müssen, wären welche dagewesen. Nachdenklich inspizierte O'Niel die Schubfächer. Plötzlich runzelte er die Stirn. Vor der Wand standen zwei Untersuchungstische. Beide waren leer. Auch bei näherer Untersuchung ließ sich nicht erkennen, wann sie das letzte Mal benutzt worden waren.

Dicht hinter ihm ertönte plötzlich eine Stimme.

»Achtundzwanzig waren es innerhalb der letzten sechs Monate.«

Er schaute sich um. Lazarus stand hinter ihm. Sie sah abgespannt, verbraucht aus, doch das schien sie immer zu sein.

»Ich frage mich, wieviel es wohl in den sechs Monaten davor gewesen sein mögen«, murmelte O'Niel interessiert.

»Vierundzwanzig. Ich habe mir die Mühe gemacht, sie ebenfalls zu zählen.«

»Ihr Glück!«

O'Niel begann die Schubfächer aufzuziehen. Sie waren sauber, antiseptisch — und alle leer.

Lazarus beobachtete ihn.

»Wollen Sie auch noch wissen, wie viele es in den sechs Monaten davor waren? Nur los, fragen Sie mich doch!«

Er schaute sie an, die Frage stand deutlich in seinem Blick.

»Zwei«, sagte sie.

»Zwei also.« Er starrte auf sie herab. »Merken Sie etwas?«

»Ich mag zwar unfreundlich sein«, antwortete sie, »aber ich bin nicht blöde. Natürlich merke ich etwas. Seltsame Zahlen sind das, und sie rühren beileibe nicht von den Spielautomaten im Club her.«

»Was denken Sie?«

»Ich weiß nicht, was ich davon halten soll.« Ihre Stimme klang ebenso verwirrt wie erregt. »Fast jeder hier hat meiner Meinung nach einen Tick. Ich verstehe durchaus, daß eine große Anzahl von Leuten plötzlich durchdreht, doch begreife ich nicht, warum das nicht schon viel früher geschehen ist.«

O'Niel zog das letzte Schubfach heraus. Es war, wie alle anderen, leer, das Laken fleckenlos, die Luft darin roch nach Ammoniak und anderen Desinfektionsmitteln. Hart schob O'Niel die Lade zu.

Das Fehlen der Leichen im Leichenschauhaus warf einige interessante Fragen auf, doch am erstaunlichsten war die Tatsache, daß Sagans Leichnam noch nicht hier war. O'Niel war durchaus bereit, für die anderen leeren Fächer Erklärungen zu akzeptieren, doch seiner Meinung nach gehörte die Leiche des Kranführers ganz sicher in ein solches Fach.

»Was geschieht mit den Leichen?«

»Gewöhnlich fliegt man sie mit der nächsten Fähre aus. Sie werden verpackt und gehen auf halbem Wege zur Nachschubbasis über Bord. Seemannsgrab, oder wie man diese Art Bestattung nennt.«

Lazarus war wirklich keine Romantikerin. Doch Io benötigte auch nur Realisten, sprang hart mit Träumern um, die es hierher verschlagen hatte.

»Die Gesellschaft versucht es als Heldenbegräbnis hinzustellen. Sie wissen ja: ›Wir übergeben seine sterbliche Hülle der Unendlichkeit, die ein wenig weiter zurückzudrängen er sich zur Aufgabe gestellt hatte.‹ In Wirklichkeit will sich die Gesellschaft nur um die Frachtkosten zur Erde — oder was immer der Heimatplanet des Toten gewesen sein mag — sparen. Und sie hat sogar Erfolg mit der Methode, denn sie macht Eindruck auf die Leute.«

Sehr effektvoll, das mußte auch O'Niel zugeben.

Der Frachthafen lag verlassen. Er war das größte Gebäude auf Io, das einen Luftdruck besaß. Wenn die Fähre anlegte, wimmelte es in dem höhlenartigen Bauwerk nur so von Menschen und Maschinen, die die Fähre in kürzester Zeit be- oder entluden. Riesige Lastwagen kippten die vorbereiteten Erzladungen in die Frachträume der Fähre. Container und Menschen verschwanden in dem riesigen Bauch des Schiffes oder tauchten daraus hervor. Im Augenblick lag keine Fähre am Dock. Die nächste Erzladung von der Mine wurde nicht vor Ende der Nachtschicht erwartet. Relais klickten, Maschinen summten, alles funktionierte reibungslos. Der Frachthafen wartete still auf den nächsten Ausbruch menschlicher Aktivität.

Starke Strahler hingen an hohen Masten und warfen Lichtkegel in das sonst undurchdringliche Dunkel. An einem Ende des Gebäudes befand sich eine riesige Luftschleuse, die die ankommende Fähre aufnahm. Hier herrschte heller Lichtschein. Doch der größte Teil des Hafengeländes mit seinen Containerstapeln und Erzspeichern lag im Dunkeln.

Eine Gestalt huschte von einem Schattenfeld zum nächsten, umging sorgfältig die hellen Lichtkegel der Strahler. Im Gegensatz zu den massiven Erzspeichern wirkte sie winzig. Es gab niemanden in der Nähe, dem die Gestalt hätte auffallen können. Von Zeit zu Zeit verharrte sie und überflog die Frachtschilder an den zur Verladung bestimmten Containern. Die größeren ließ sie unbeachtet. Es waren die Behälter, die kein Erz enthielten, denen ihr Interesse galt. Jeder Container trug auf der Seite und auf dem Deckel das Emblem der Gesellschaft.

O'Niel stahl sich von einem Behälter zum nächsten und vergewisserte sich dabei jedesmal, daß er allein war. Er hatte den Frachthafen beinahe in seiner ganzen Länge durchquert, als er auf zwei Behälter in der Nähe der Schleuse stieß, deren Frachtschilder seine Aufmerksamkeit erregten.

Seine Blicke wanderten langsam über den ersten, er überprüfte das Frachtziel und ging die Ladeliste durch, über die quer das Wort ›Zerbrechlich‹ gestempelt worden war. Dann ging er zum zweiten Behälter hinüber. Statt des Aufdruckes ›Zerbrechlich‹ war hier das Wort ›Abwurfgut‹ aufgestempelt. Rasch überzeugte sich O'Niel, daß er immer noch unbeobachtet war. Sein Atem erschien ihm unnatürlich laut, als er der Reihe nach die vier Verschlußhaken an einer Seite des Containers öffnete. Mit metallischem Klicken sprangen die Verschlüsse auf, und O'Niel hielt bei jedem Haken den Atem an, doch niemand interessierte sich für ihn. Er brauchte seine ganze Kraft, um mit beiden Händen die Behälterwand beiseite zu schieben. Dann schaltete er seine Taschenlampe an und begann das Innere des Containers zu untersuchen.

Der Lichtstrahl tanzte über lange Reihen von Metallkästen und verschlossenen Zylindern, über Plastikröhren und hitzeversiegelte Abfallsäcke. Jeder trug das bekannte, rote Dreieck, das vor Berührung des radioaktiven Abfalls warnte. Die Mine und ihre komplette Ausrüstung wurde insgesamt mit Sonnenenergie betrieben, doch viele Einzelbereiche wie zum Beispiel das Hospital benutzten radioaktive Materialien für einige Geräte. In der linken unteren Hälfte des Containers lag ein silberner Sack aus Mylar-Kunststoff. Er war voller Lumpen und schien nicht in die Reihe der anderen Säcke mit radioaktivem Müll zu gehören.

O'Niel überprüfte den Strahlungsanzeiger, der wie ein Stoff-Flicken im Revers seiner Jacke eingenäht war. Er leuchtete immer noch hellgrün, zeigte keine Tendenz zu Gelb oder — was noch schlechter gewesen wäre — zu Orange. Ios radioaktiver Müll war grundsätzlich nur sehr schwachstrahlend. O'Niel konnte also ungefährdet seine kleine Inspektion fortsetzen.

Der Sack war nur mit einem Plastikreißverschluß verschlossen, den er jetzt öffnete. Zuerst tauchten die Haare auf, dann folgten Stirn und Nase, über der ein Paar gefrorener Augen weit offen in die Ewigkeit starrten.

O'Niel hielt sich nicht bei dem Gesicht mit dem anklagenden Blick auf. Er zog den Reißverschluß weiter herunter bis zu dem blutverkrusteten Loch in Sagans Brust. Seine Finger suchten nach etwas in seiner Brusttasche. Einen Augenblick lang glaubte er, er habe es verloren. Doch dann zog er eine große Spritze hervor.

O'Niel hielt inne und wischte sich den Schweiß von der Stirn. Er holte mehrmals tief Luft, setzte dann die Spritze genau über der Arterie am unteren Halsrand des Toten an. Die Körperflüssigkeit der Leiche strömte nicht mehr, die innere Pumpe war tot. Doch der starke Sog der Spritze preßte die dicke blau-rote Flüssigkeit in den Kolben.

Zum erstenmal war O'Niel der Gesellschaft dankbar für ihre Knauserigkeit. Da der Leichnam zur Bestattung in der grenzenlosen Weite des Weltraumes bestimmt war, verschwendete man keine Zeit mehr mit der Einbalsamierung oder der Konservierung der Leiche. Was die Spritze aus des armen Sagans Körper heraussaugte, war tatsächlich nur sein eigenes Blut . . .

6

Der schrille Pfeifton hörte nicht auf.

Schon als kleines Mädchen hatten Nachtmahre mit ihrem Geschrei ihren Schlaf gestört.

»Das wird vergehen, wenn du älter wirst«, hatten alberne Erwachsene und Ärzte behauptet. »Was da deine Jungmädchenträume stört, sind nur Ausgeburten deiner Fantasie.«

So hatten sie dahergeredet.

Alles Mist!

Während sie älter wurde, hatte es Zeiten gegeben, in denen ihre unterbewußten Träume schrecklichere Vorstellungen hervorgebracht hatten, als sie sie als Kind jemals erlebt hatte. Doch inzwischen hatte sich das wesentlich gebessert. Jetzt war der gelegentliche Alptraum nur noch ein vertrauter, wenn auch ungebetener Besucher, den man eine Zeitlang erträgt und dann wieder wegschickt. Trotzdem war es seltsam. Während ihrer ersten

Verpflichtung hatte sie herausgefunden, daß die Häufigkeit ihrer Alpträume nachließ, ja, daß sie gar gänzlich verschwanden, sobald sie nicht auf dem Planeten Erde schlief. Einmal mehr hatten sich die Worte der Ärzte als falsch erwiesen. Sie war diesem Umstand nicht weiter nachgegangen. Je weiter sie sich von der Erde entfernte, desto weniger wurde sie von ihren Träumen heimgesucht. Dies war ein Phänomen, das auch andere Weltenwanderer bemerkt hatten, und die Psychiater rangen ratlos die Hände.

›Geschieht ihnen recht‹, dachte sie.

Io war der äußerste Vorposten der Menschheit. Tiefer in den Raum konnte niemand eindringen, wenn er nicht eben zu einer der Prospektorenmannschaften, die sich schon bis fast an den Neptun herangearbeitet hatten, oder zu einem der Sprengteams, die das Titan aus den Planetoiden heraussprengten, gehörte. Doch dazu zählte sie sich nicht, nein, Io war für sie der entfernteste Ort, an dem sie jemals leben würde. Hätte sie hier nicht ihre Ruhe gefunden vor ihren Alpträumen, wäre sie schon längst zur warmen Erde zurückgekehrt.

»Du kannst deine Rückkehr selber bestimmen«, hatten die Psychiater ihr versichert. »Du hast dich selbst geheilt. Wenn du nach Hause zurückkehrst, wirst du feststellen, daß du in Zukunft Ruhe vor deinen Träumen hast.«

Doch was bestimmte man wirklich schon selbst? Das alles hatte man ihr als Kind schon erzählt. Außerdem gab es genug andere Gründe, hier im Outland zu bleiben, wie sie den sonnenfernen Raum nannten. Sie besaß ohnehin kein Zuhause mehr, wohin sie zurückkehren konnte. Jetzt nicht mehr, schon seit einiger Zeit nicht mehr.

Jetzt lebte sie in der begrenzten Welt von Tests und mikroskopischen Untersuchungen, einer Welt, die ihr genügend Platz für ihre restliche Lebenserwartung bot. Ihr einziger persönlicher Wunsch war nur, weiterhin die Nächte ohne Alpträume verbringen zu dürfen.

Sie drehte sich auf die andere Seite. Monate war es jetzt her, seit ihr Schlaf von einem solch deutlichen Traum heimgesucht worden war. Doch der Pfeifton schrillte ununterbrochen durch

ihren Schlaf. Nur dieser Ton, das passende Traumbild dazu fehlte. Seltsam ... Ein rein akustischer Alptraum? Ein Gedanke gewann an Gestalt: Vielleicht war das gar kein Alptraum. Sie öffnete die Augen und blinzelte verschlafen in die Dunkelheit. Das Pfeifen blieb.

Zum Fluchen zu erschöpft, rollte sie sich herum und schaltete die Sprechanlage ein. Die Stimme am anderen Ende war tief und klang irgendwie vertraut. Sie versuchte, sich an ihren Besitzer zu erinnern, wurde aber dieser Sorge gleich enthoben.

»Hallo, Lazarus, hier spricht O'Niel«, erklärte die Stimme. »Ich werde gleich bei Ihnen im Hospital sein.«

Die Ärztin setzte sich auf und schaltete die Leselampe über dem Bett ein. Sie schob die Decke beiseite und erhob sich von dem Untersuchungstisch, auf dem sie zu schlafen pflegte. Ein Blick auf die beleuchtete Wanduhr trug nicht dazu bei, ihre Laune zu verbessern.

»Wissen Sie, wie spät es ist?«

»Ja.«

»Ach, gehen Sie doch zum Teufel!«

Sie schaltete das Sprechgerät aus.

›Immer noch besser als ein Alptraum, wenn auch nicht viel‹, dachte sie.

Auch das Erwachen hatte seine Schrecken. Sie schob den Hörer des Sprechgerätes in seine Halterung und schlurfte zum nächsten Waschbecken hinüber, wusch sich das Gesicht mit kaltem Wasser und rieb es mit einem Handtuch trocken. Make-up benötigte sie keines mehr, hatte diesen Unfug schon vor langer Zeit gegen eine viel subtilere Maskerade getauscht.

Wie angekündigt tauchte der Marshal wenige Augenblicke später auf. In einer Hand hielt er eine Spritze, deren Kolben mit einem organischen Stoff gefüllt war, wie Lazarus sofort mit geübtem Blick feststellte. Schweratmend reichte O'Niel ihr die Spritze.

»Sehr hübsch«, sagte Lazarus trocken und betrachtete den Zylinder.

»Wie Sie! Ich hätte das hier gerne analysiert.«

»Sie haben mich um diese Zeit nur für eine gottverdammte Analyse geweckt?«

Die Ärztin war zu verdattert, um wirklich zornig zu sein.

»Es ist sehr wichtig.«

Irgend etwas in seiner Stimme verriet ihr, daß er ihre schlechte Laune verstand. Trotzdem brummte sie unwirsch:

»Das sollte es auch, sonst . . .«

Sie winkte ihn zu einer Computer-Konsole hinüber, überflog die Tastatur und drückte dann verschiedene Knöpfe. Kleine Videoschirme erwachten zum Leben, ein Gestell mit vier Glasröhrchen, die in Metallhaltern hingen, schob sich aus der Wand.

Rasch verteilte sie den Inhalt der Spritze auf die vier Röhrchen, dann drückte sie auf einen anderen Knopf. Das Gestell verschwand wieder in der Wand. Lazarus hatte die Lampen im Laborbereich ausgeschaltet, das einzige Licht kam von den Videoschirmen, der Computer-Konsole und von der Leselampe über dem Untersuchungstisch im hinteren Teil des Raumes.

O'Niel schaute sich suchend um, ertastete sich im Halbdunkel den Weg zu einem Stuhl und zog ihn an die Konsole heran.

»Wie lange wird das dauern?«

»Wollen Sie mich auf den Arm nehmen? Dies hier ist ein Hospital, nicht ein Sicherheitsdepot. Wenn wir schon fragen, brauchen wir auch schnelle Antworten.«

Sie deutete auf die Schirme, wo lange Reihen von Informationen auftauchten.

O'Niel zeigte auf die erste Zeile.

»Was bedeutet das?«

»Noch nicht viel.«

Die Ärztin betrachtete blinzelnd den Schirm.

»Blutgruppe, Cholesterin-Spiegel, Zahl der weißen Blutkörperchen, Sauerstoffgehalt . . . Dieses Blut stammt von einer Leiche . . . oder von jemandem, der sich nicht in meiner Obhut befindet . . .«

»Das erste ist richtig.«

Die Ärztin lächelte dünn.

»Die Symptome sind sehr deutlich. Leider ist der Zustand nicht mehr zu ändern.«

Weitere Informationen tauchten auf, reihten sich auf den Schirmen Zeile an Zeile.

»Kein Alkohol«, murmelte sie.

Wieder spuckte der Analyse-Computer eine Reihe von Daten aus.

»Er hat zu Mittag gegessen«, erklärte Lazarus.

»Proteine, Kohlenhydrate, noch mehr Kohlenhydrate. Das Gemüse hat er anscheinend nicht gemocht. Niedriger Zuckergehalt — kein Nachtisch zum Abendessen. Das ist seltsam.«

»Warum?« fragte O'Niel.

»Weil das gewöhnlich die einzige genießbare Speise ist, die die Arbeiter im Speisesaal vorgesetzt bekommen.«

Wieder eine Pause.

»Kein Nikotin.«

Eine längere Pause folgte, dann sagte Lazarus zögernd:

»Einige Beruhigungsmittel . . .«

O'Niel beugte sich vor und versuchte, den Sinn der Daten auf den Schirmen zu verstehen.

»Beruhigungsmittel? Sind Sie sicher?«

»Ja, ganz sicher.«

Sie kaute nachdenklich auf ihrer Unterlippe herum, tippte dann einige Daten in den Computer.

»Beruhigungsmittel der Gesellschaft. Die normale Stärke. Was soll Ihre Frage?«

»Der Besitzer dieses Blutes hat sich noch vor kurzer Zeit alles andere als ruhig aufgeführt.«

»Tatsächlich? Aber jetzt ist er dafür um so ruhiger.«

Sie wandte ihre Aufmerksamkeit wieder den ständig länger werdenden Informationen auf den Schirmen zu. Doch sie kamen jetzt langsamer, die Basiselemente der blau-roten Flüssigkeit waren durchgecheckt. Die weitere Analyse erforderte eingehendere Untersuchungen.

»Blutzucker und Hämoglobin sind normal — waren normal. Sein Gehirn war in Ordnung, die Nervensysteme intakt.«

Sie runzelte plötzlich die Stirn.

»Hoppla!«

»Was gibt's?«

Lazarus schien verwirrt.

»Ich bin mir nicht sicher. – Seltsam.«

Ihre Finger tanzten über die Tasten. In der oberen Ecke des mittleren Schirmes tauchte ein Zahlenmuster auf. Wieder drückte die Ärztin ein paar Tasten. Das Zahlenmuster änderte sich nicht.

»Mist!«

Sie versuchte eine andere Kombination, schüttelte dann frustriert den Kopf.

»Was ist los?« fragte O'Niel.

»Solch eine fantastische Ausrüstung«, die Ärztin zeigte auf die Computer-Konsole, »und ein blutiger Laie wie ich, um sie zu bedienen.«

Mit einem Kopfnicken deutete sie auf den vierten Schirm, der eben erst aufgeleuchtet war.

»Dort sollte das Ergebnis erscheinen.«

»Welches Ergebnis?«

»Irgendeines. Doch warten Sie, ich bin noch nicht fertig.«

Sie trat wieder an die Konsole heran und bediente irgendwelche Kontrollen, doch der Schirm blieb leer. Seufzend ließ sich die Ärztin auf einen Stuhl sinken, verschränkte die Arme und sprach, ohne die Augen von den Informationen zu nehmen, die die drei anderen Schirme immer noch übertrugen.

»Sie sollten wissen, daß Sie es hier mit keinem medizinischen Genie zu tun haben, O'Niel. Firmenärzte sind wie die alten Schiffsärzte. Die meisten verdingten sich auf Schiffen, nachdem ihnen eine Fehldiagnose oder eine Fehlbehandlung unterlaufen war. Einen Arzt, der auf sich hält, verschlägt es nicht auf eine solch höllische Außenwelt wie Io, wo es nur Kälte und Einsamkeit gibt. Nicht, wenn er zu Hause bleiben kann und sich ein schönes Grundstück am Rand von Suva oder Ponape kaufen kann.«

»Irgend etwas stimmt da nicht, nicht wahr?«

O'Niel deutete auf die leuchtenden Schirme.

»Vielleicht, es wäre möglich.«

Lazarus beugte sich vor und drückte wieder ein paar Tasten.

»Was soll's, ich verteile jeden Tag leichte Beruhigungsmittel an die Arbeiter und stärkere an das Management. Die Leute da oben treiben Mißbrauch damit, nehmen die Mittel zu ihrem Vergnügen ... Ja, ich weiß, das ist illegal, doch was macht das schon? Wollen Sie mich deswegen einsperren?«

O'Niel reagierte nicht auf ihre Worte. Sie fuhr fort, während ihre Finger über die Tastatur des Computers tanzten:

»Ebenso bin ich dafür verantwortlich, daß die von der Gesellschaft angeheuerten Dirnen keine Syphillis kriegen. Nehmen Sie zwei Aspirin, und kommen Sie morgen zu mir. Erinnern Sie sich? Ein typischer Arzt-Witz. Auch ich bin als Arzt ein Witz.« Sie streifte ihn mit einem Blick, die Falten in ihrem Gesicht vertieften sich.

»Ich weiß nicht, wie ich ein neues Molekül analysieren soll, O'Niel. Mein Wissen reichte nie so weit, meine Fähigkeiten gingen nie so tief.«

Völlig unerwartet erwachte der vierte Monitor plötzlich zum Leben. Ein Diagramm erschien, wuchs langsam, als ob eine unsichtbare, elektronische Hand die dreidimensionale Grafik zeichnete. Linien und farbige Kreise bildeten eine seltsam abstrakte Form, obwohl der Computer sicher nicht für moderne Kunst programmiert war.

»Nochmals hoppla!« murmelte Lazarus.

In ihrer Stimme schwang wieder etwas Hoffnung mit. O'Niel betrachtete angespannt das Bild auf dem Schirm, versuchte Sinn in die Linien und Kreise zu bringen. Er hatte einen bestimmten Verdacht, was das Diagramm darstellen könnte, war sich jedoch nicht sicher. Sein Verständnis der organischen Chemie war mehr als gering.

»Ist das eine Droge?«

Überrascht schaute die Ärztin ihn an und nickte bestimmt.

»Sie haben gerade den ersten Preis gewonnen.«

»Was für eine Droge?«

Sie betrachtete den vierten Schirm und verfolgte aufmerksam die Buchstaben- und Zahlenkombinationen, die unter der Grafik auftauchten. Verschiedene Molekülkonfigurationen leuchteten der Reihe nach auf. Die Informationen unter der Grafik gewannen an Länge und Deutlichkeit.

»Irgendein Narkotikum, doch keines, das ich kenne, und ich kenne einige. Sie würden sich wundern, was alles unter den Augen der Sicherheitsbeamten an einen Ort wie Io hereingeschmuggelt wird. Nein, ich glaube, Sie würden sich nicht wundern. — Dieses hier ist synthetisch. Ich hasse das Zeug. Man weiß nie, was es anrichtet.«

Wieder tauchte eine Molekular-Struktur auf dem Schirm auf und ergänzte die anderen Molekül-Schemata. Der Computer gab einen Summton von sich und zeigte damit an, daß er die Analyse beendet hatte. Gleichzeitig kamen die Zahlen unter der Grafik zum Stillstand, zwei Worte tauchten auf und blinkten stetig.

»Volltreffer!« sagte die Ärztin leise.

»Es ist Polydichlorid Euthimal.«

Sie schüttelte betroffen den Kopf über die Verirrung des Toten.

»Diese verdammten Idioten nehmen Polydichlorid Euthimal.«

»Das sagt mir nichts.«

Sie fuhr zu ihm herum.

»Das sollte Ihnen aber verdammt viel sagen. Polydyeuth ist ein Amphetamin. Das stärkste Zeug, das es gibt.«

Auf ihrem Gesicht erschien ein falsches Lächeln.

»Man fühlt sich danach wunderbar.«

»Wunderbar genug, um damit die Wirkung der Beruhigungsmittel auszuschalten, die er vorher genommen hat?«

Sagans Name war bis jetzt noch nicht gefallen. Es war auch nicht nötig.

»Das Dreckzeug ist stark genug, um alles andere auszuschalten«, schnaubte sie. »Mit dem Mittel im Leib erledigen sie die Arbeit von vierzehn Stunden in sechs, und gleicherart Unsinn mehr. Besonders Handarbeit. Man kann damit arbeiten wie ein

Roboter. Die Armee hat diese Droge vor einigen Jahren getestet. Ich las davon in einem Ärzte-Journal. Jeder schuftete danach wie ein Irrer. So weit, so gut. Aber es machte die Leute auch psychopathisch. Es dauert eine Zeit, zehn, elf Monate, vielleicht auch länger. Dann muß der Körper dafür bezahlen. Der Stoff schlägt auf das Gehirn. Bei den Chemievorlesungen hat man uns immer wieder eingebleut, daß man keinen solchen Stoff dem Körper zuführen kann, ohne daß er Schaden daran nimmt.«

»Sie sagten, es sei ein synthetischer Stoff.«

Sie nickte.

»Könnte das hier hergestellt werden?«

»Nein, unmöglich.«

Sie deutete auf den Analyse-Computer.

»Nur die Ausrüstung hier im Hospital wäre in der Lage, mit komplexen organischen Stoffen umzugehen. Brauchen Sie physikalische oder geologische Analysen, können Sie diese in einem Dutzend anderer Sektionen bekommen. Doch keine organischen! Und unsere Ausrüstung hier dient nur Analysezwecken, man könnte damit das Zeug nicht synthetisieren. Selbst die meisten einfachen Drogen müssen wir importieren. Außerdem, selbst wenn die Herstellung hier möglich wäre, würde ich davon wissen. Denn dies ist kein beliebiges Wald-und-Wiesen-Narkotikum. Man braucht zu seiner Herstellung fundierte chemische Kenntnisse und eine komplizierte Ausrüstung, um mit instabilen organischen Komponenten arbeiten zu können. Auf Io gibt es aber meines Wissens niemanden mit solchen Kenntnissen oder Fähigkeiten.«

O'Niels Verstand arbeitete zwar nicht so schnell wie der Computer, kam aber trotzdem zu guten Ergebnissen.

»Keine Autopsien, und keiner merkt etwas«, murmelte er.

»Die Arbeiter schaffen in der gleichen Zeit viel mehr, die Produktivität der Mine steigt. Die Bonus-Schecks der Arbeiter sind höher, die Arbeit erscheint ihnen leichter, also sind sie zufrieden. Keiner stört sich an den kleinen, häßlichen Nebeneffekten.«

»Daß zum Beispiel Leute verrückt werden . . .«, ergänzte die Ärztin ruhig.

»Genau! Wenn ihnen die Gehirne ausfransen, ist ihre Verpflichtungszeit schon längst vorbei. Zumindest im Normalfall. Doch leider — wie bei Sagan und den anderen Fällen, geht es nicht immer so glatt, wie sich das gewisse Leute wünschen mögen, und dann werden die Leichen eiligst zum Asteroiden-Gürtel verfrachtet. Die Gesellschaft macht größere Gewinne, also denkt niemand daran, Fragen zu stellen. Man könnte sich mit Unkenntnis herausreden, selbst wenn man das Wahrheitsserum genommen hätte.«

Gedankenverloren nickte O'Niel.

»Das ist nicht schlecht eingefädelt.«

Er erhob sich und ging zur Tür.

»Hören Sie, erzählen Sie niemandem ein Wort davon! Nichts über die Analyse, auch nicht, daß ich bei Ihnen war! Haben Sie mich verstanden? Zu niemandem ein Wort! Gewisse Leute scheinen ein großes Interesse daran zu haben, daß diese Dinge nicht bekannt werden. Und ich bezweifle, daß sie vor Ihrem Arztkittel haltmachen würden, um dieses Stillschweigen zu gewährleisten.«

»Wie ich schon sagte: Ich bin nicht blöde.«

Sie beobachtete, wie er die Tür öffnete und fügte dann schnell hinzu:

»Für einen schlechten Arzt habe ich doch meine Sache recht gut gemacht, oder?«

Die Härte aus ihrer Stimme war verschwunden.

»Ja, sehr gut sogar! Ein schlechter Arzt hätte das nicht geschafft.«

Einen Augenblick lang lächelte er; es war ein warmes, herzliches Lächeln. Dann war er verschwunden, die Tür zum Hospitalbereich fiel leise hinter ihm zu.

Lazarus schaute ihm schweigend nach und wandte sich dann müde den Schirmen zu. Die Molekül-Kette drehte sich langsam auf dem vierten Monitor um ihre unsichtbare Achse, füllte genau den Raum unter der Grafik. Die Ärztin besaß weder die Erfahrung noch die Ausrüstung, ein solch komplexes Protein zu identifizieren, und doch hatte sie es geschafft.

Im Beisein O'Niels unterdrückte sie ihre Freude darüber, doch jetzt, nachdem niemand sie beobachtete, gestattete sie sich ein breites Lächeln, das all ihre Falten in ihrem Gesicht in Bewegung brachte ...

Sie trank den gleichen Kaffee-Ersatz wie jeden Morgen, doch heute schmeckte ihr die schwarze Brühe tatsächlich gut.

O'Niel nahm einen Schluck von dem dritten Kaffee, den er heute morgen schon trank, und betrachtete den Computer, mit dem er seine Arbeit beginnen wollte. Doch er zögerte noch und nahm einen zweiten Schluck aus seiner Tasse. Die Brühe war schwärzer als der Weltraum draußen.

›Ich glaube, ich gewöhne mich schon an das Zeugs‹, dachte er. Möglicherweise stimmten die Gerüchte, und der Kaffee wurde wirklich aus Petroleum destilliert. Woraus sonst sollte die Gesellschaft ihn herstellen?

Ein beunruhigender Gedanke! Er wandte seine Aufmerksamkeit wieder dem Computer zu. Der zumindest war keine Imitation. O'Niel wußte, daß er sich auf das elektronische Innenleben der Maschine stets verlassen konnte.

Automatisch gab er seine Kennung ein: O'NIEL W. T. VERTRAULICH. ÄUSSERSTE SICHERHEITSSTUFE. AUSKUNFT NUR ÜBER SICHTSCHIRM OHNE TON.

Die Maschine reagierte sofort: O'NIEL W. T. EINGABE.

O'Niel tippte: AUFSTELLUNG DER ABTEILUNGSLEITER, DIE LÄNGER ALS EIN JAHR AUF IO ARBEITEN.

Auf diese Frage spuckte der Computer vier Namen aus — eine hübsche, niedrige Zahl, die wenig Aufwand verursachte.

COOPER, FREDERICK — VERWALTUNG
MONTONE, KENNETH R. — SICHERHEIT
LAZARUS, MARIAN L. — HOSPITAL
SELWAY, MARY — KANTINEN

Die nächste Frage O'Niels lautete: AUFSTELLUNG DER ABTEILUNGSLEITER MIT ZUTRITT ZU ALLEN SEKTIONEN.

Wieder kam die Antwort sehr schnell:

ORME, CHARLES – TRANSPORT
TRINGHAM, DAVID – BUCHHALTUNG
MONTONE, KENNETH R. – SICHERHEIT
LAZARUS, MARIAN L. – HOSPITAL
SHEPPARD, MARK B. – FREIZEIT UND VERWALTUNG
O'NIEL, W. T. – SICHERHEIT

O'Niel lächelte karg beim Auftauchen des letzten Namens und zündete sich eine Zigarette an. Mehrere Minuten lang starrte er auf den Monitor und verarbeitete die Informationen. Jetzt wurde es Zeit für die weniger angenehmen Fragen.

ZAHL DER ANGESTELLTEN MIT VERZEICHNETEN VORSTRAFEN?

Diesmal brauchte der Computer länger. O'Niel nickte. Das war an einem Ort wie Io zu erwarten.

SIEBZEHN, lautete die Antwort des Computers. O'Niel tippte: NAMEN IN ALPHABETISCHER REIHENFOLGE?

Sofort übermittelte der Computer die Liste:

ALABIN, THOMAS R.
ANDERSON, WILLIAM G.
BANDO, DOMINIC R.
DE PAUL, RAYMOND F.
DUMAR, ROBERT E.
FOSTER, PETER F.
FREYMAN, MARIN E.
HALPERN, GEORGE R.
HOOPER, MARK G.
KUNARD, FREDERICK C.
LOOMIS, CHARLES E.
MONTINEZ, ELVIRA T.
SPOTA, NICHOLAS P.
STEVENSON, JOAN A.
THOMPSON, VIRGIL

WOTTON, MICHELE G.
YARIO, RUSSELL B.

O'Niel studierte eingehend diese Aufstellung. Die Namen waren für ihn Namen, die Identitäten dahinter kannte er nicht. Doch das konnte sich schnell ändern. Wenn die nächste Frage kein Ergebnis brachte, blieb ihm gar nichts anderes übrig, als alle diese Leute unter die Lupe zu nehmen.

WIE VIELE VORBESTRAFT WEGEN DROGENVERGEHENS?

Der Computer schwieg. O'Niel hielt den Atem an. Die Pause währte nicht länger als sonst, trotzdem schien sie O'Niel endlos.

Die Konsole summte:

ZWEI:
SPOTA, NICHOLAS P.
YARIO, RUSSELL B.

FÜR WEN ARBEITEN SIE?

O'Niel war jetzt so erregt, daß er sich vertippte und seine Frage neu eingeben mußte.

SPOTA, NICHOLAS P. – FREIZEIT-SEKTION
YARIO, RUSSELL B. – FRACHT-SEKTION

Das war natürlich eine höchst interessante Information. O'Niel lächelte.

WER HAT EINSTELLUNG VORGENOMMEN?

Die Maschine antwortete prompt:

SHEPPARD, MARK B.

O'Niel trommelte gedankenversunken mit den Fingern gegen die Verkleidung der Konsole, dann ließ er sie wieder über die Tasten tanzen.

FOTOS VON SPOTA, NICHOLAS P., UND YARIO, RUSSELL B., ÜBERMITTELN! STILLER ABRUF!

Die letzte Eingabe sollte verhindern, daß irgendein neugieriger Angestellter der Personalabteilung den Abruf der Daten merkte.

Der Schirm verdunkelte sich, doch die Konsole summte leise weiter, während sie ihre Befehle durch die elektronischen Adern der Mine schickte, die jede Sektion mit dem Hauptcomputer verbanden. Wenig später zeichnete sich das Bild eines Mannes auf dem Schirm vor O'Niel ab. Es gab zwei Ansichten des Gesichtes: von vorn und im Profil — die typischen Aufnahmen für Bewerbungsunterlagen. Das Gesicht war feist und wirkte gemein, der Ausdruck der Augen war leer. Der Mann mußte etwa vierzig Jahre alt sein, wirkte erfahren und unauffällig — genau die Beschreibung, die auf neunzig Prozent aller Männer und Frauen in der Mine zutraf.

Unter dem Bild nannte eine Schriftzeile den Namen: YARIO, RUSSELL B.

Das Bild des zweiten Mannes glaubte O'Niel zu kennen. Es war ein Mann, der sehr viel herumkam, von Abteilung zu Abteilung ging. O'Niel meinte ihm schon begegnet zu sein. Er war etwa im selben Alter wie Yario, sein Gesicht war jedoch schlanker und dunkler, wenn auch nicht hübscher zu nennen als das von Yario. O'Niel betrachtete lange beide Aufnahmen und prägte sich die Gesichter ein. Dann berührte er einen bestimmten Knopf, doch diesmal war es keine Frage.

ANORDNE DISKRETE AUTOMATISCHE ÜBERWACHUNG VON YARIO, RUSSELL B., UND SPOTA, NICHOLAS P. SICHERHEITSÜBERWACHUNG VERTRAULICH! ALLE KAMERAAUFZEICHNUNGEN NUR AN MICH PERSÖNLICH! O'NIEL, W. T.

Die Maschine antwortete prompt: BESTÄTIGT!

O'Niel gab das Ende der Übertragung ein, wieder bestätigte der Computer: ENDE DER ÜBERMITTLUNG. O'NIEL, W. T.

Drei Sektionen der Mine erzeugten mehr Energie, als sie benötigten. Da war einmal das Solar-Kraftwerk, das erst das Leben auf dieser Außenwelt ermöglichte. Dann gab es den Fusionsreaktor, der aber nur selten eingeschaltet wurde. Und drittens den Club, der nie zur Ruhe kam.

Die Frau, die in dem durchsichtigen Zylinder unter dem zukkenden Stroboskop-Licht tanzte, war nicht gänzlich nackt. Doch die wenigen Kleidungsstücke, die sie trug, dienten eher der Einhaltung der Konventionen als ihrer Bequemlichkeit. Sie tanzte wild zu den hämmernden Stakkato-Rhythmen, die aus den Lautsprechern an der Decke und in den Wänden drangen. Sie hatte den Kopf zurückgeworfen und zeigte ihre weißen Zähne, lächelte verführerisch. Ihr Haar, inzwischen stumpf vor Schweiß, hatte sie im Nacken zusammengebunden.

Der Zylinder war über einer langen, geschwungenen Bar angebracht, an der sich Männer und Frauen der Freischicht drängten. Es herrschte ein ständiges Kommen und Gehen. Einige Gäste beobachteten die Tänzerin in ihrer Plastikröhre, andere tranken, die meisten unterhielten sich, froh darüber, ihren Anzug für ein paar Stunden losgeworden zu sein und die Illusion zu haben, frische Luft zu atmen.

Ein zweiter Zylinder schwebte am anderen Ende der Bar. Der Mann in ihm trug noch weniger als seine Kollegin auf der anderen Seite. Bei jeder Bewegung ließ er die Muskeln spielen. Schweiß stand auf seiner Haut, während er mit einem unsichtbaren Gegner boxte.

Nach einer Weile schwebten die beiden Zylinder aufeinander zu. Die Trennwände glitten beiseite, die beiden Zylinder verschmolzen miteinander wie die beiden Tänzer, die keine Sekunde aufhörten, sich zu bewegen. Sie vollführten einen seltsamen, variationsreichen Tanz, der die Zuschauer sofort zu zweideutigen Kommentaren veranlaßte. Und die beiden Tänzer verstanden ihre Arbeit, kannten viele Variationen. Sie waren Profis.

Die Gäste im Club unterhielten sich lautstark, um die hämmernde Musik zu übertönen. Eine Menge Tische, die meisten besetzt, standen im Raum verteilt. Die einzigen Lichtquellen des Clubs waren die bernsteinfarbenen Leuchtröhren über der Bar und die Stroboskop-Lampen an den Zylindern der Tänzer.

Von der Gesellschaft eingestellte ›Entspannungs-Assistenten‹ schlenderten unter den Arbeitern umher. Man sah Männer Arm in Arm miteinander gehen, Frauen hielten sich zärtlich bei den Händen. Die Auswahl hier auf Io war naturgemäß sehr begrenzt. Daher runzelte niemand die Stirn über gleichgeschlechtliche Partner, die Prüderie hatte man irgendwo im Orbit von Luna zurückgelassen.

Ein stattlicher, wohlgekleideter Mann betrat den Club und musterte die Gäste. Dann steuerte er das entfernte Ende der Bar an. Einer der Barkeeper lächelte ihm zu. Der Mann grinste und nickte einmal kurz. Der Barkeeper ging an seine Computer-Konsole und tippte Spotas Lieblingsdrink ein. Der elektronische Mixer leuchtete wie ein Spielautomat, während er Spotas Drink gleichzeitig mit einem Dutzend anderer Bestellungen zurechtmixte.

Verborgen in dem Gewirr von Rohrleitungen und Luftdüsen war eine kleine Röhre, nicht größer als ein Bleistift, angebracht. Sie hatte die gleiche Farbe wie die anderen Rohre und verursachte ein leises Surren, während sie sich langsam im Kreis drehte.

O'Niel saß in seinem Sessel vor einer Reihe von Video-Monitoren und studierte die vielfältigen Bilder auf den Schirmen. Ein Schirm zeigte einen leeren Hauptkorridor, ein anderer die Totale der bevölkerten Cafeteria. Das Innere des Clubs wurde auf dem dritten Schirm übertragen, das Bild veränderte sich langsam mit der Drehbewegung der versteckten Kamera.

Als jetzt die Bar auf dem Schirm auftauchte, kam plötzlich Leben in die Gestalt des Marshals. O'Niel beugte sich vor, drückte rasch einen Knopf. Die Kamera bewegte sich nicht mehr. Vorsichtig änderte O'Niel die Optik, bis ein bestimmter Ausschnitt der riesigen Bar deutlich im Bild zu sehen war. Dann berührte er die Zoom-Kontrolle und holte das Bild so nahe heran, bis er Spota, der gerade seinen Drink vom Barkeeper serviert bekam, ganz deutlich auf dem Schirm hatte.

Zwischen dem Angestellten und dem Gast entwickelte sich

eine kurze Unterhaltung. Der Barkeeper nahm Spotas Kennkarte und schob sie in den Computer. Die Maschine buchte automatisch den Preis für das Getränk von Spotas Gehaltskonto ab.

Spotas Gesicht blitzte im zuckenden Licht der Stroboskope, als er jetzt nach oben schaute. Die Tänzer hatten sich inzwischen wieder getrennt, die Zylinder waren zur Seite geschwebt und hingen jetzt wieder über den äußeren Enden der Bar. Das Mädchen hüpfte nun direkt über Spota herum. O'Niel widerstand dem Wunsch, die Kamera nach oben auf das Mädchen zu schwenken, sondern hielt sie beharrlich auf das gleißende Gesicht des Mannes unter ihr gerichtet. Spota war mit allen Wassern gewaschen. O'Niel konnte nicht riskieren, ihn aus den Augen zu lassen, möglicherweise verpaßte er dann etwas. Und er war sicher, daß etwas geschehen würde, was er nicht verpassen durfte.

Der Umkleideraum hallte wider von den Stimmen der Leute, die von der Nachtschicht aus der Mine zurückkamen. Einige hatten schon die Helme im Aufzug abgenommen, was im Grunde eine Übertretung der Schutzvorschriften der Gesellschaft und eine Chance für den Tod war, der im Schacht unter dem Aufzug lauerte. Andere hüpften auf einem Fuß herum, hatten schon die Schutzanzüge zur Hälfte abgestreift. Die Anzüge wurden zu großen, schmutzigen Stapeln aufeinandergetürmt. Reinigungsmannschaften sammelten sie später ein und ließen sie nach der Reinigung auf Löcher, Risse und ähnliche Fehler überprüfen, ehe sie sie ihren Besitzern zurückbrachten.

Ganz in der Nähe stand die Frühschicht in einer Reihe an den Sauerstofftanks. Jeder Arbeiter wartete darauf, Sauerstoff in die Anzugbehälter tanken zu können. Die ganze Gegend war recht belebt, als Spota auftauchte.

O'Niel trank gerade einen Schluck Kaffee, doch die Brühe war zu heiß, er verzog das Gesicht. Der Thermostat des Kaffeeautomaten in der Wache mußte unbedingt neu eingestellt werden. Tatsache war, daß O'Niel den Kaffeeautomaten in dieser Nacht überfordert hatte.

Müde rieb sich der Marshal die Augen, verfolgte aber dann wieder aufmerksam Spotas Weg an den Anzugstapeln vorbei einen Gang hinunter. Die verborgene Kamera in der Decke filmte jeden Schritt des Mannes.

Mehrere Male blieb Spota stehen, um mit einigen der zurückkehrenden Arbeiter zu reden. Dann trat er an einen Schrank, öffnete ihn und kletterte in seinen eigenen Druckanzug, um nach draußen zu gehen.

O'Niel dachte über die kurzen Gespräche des Mannes mit den Arbeitern nach. Er hatte deutlich erkennen können, daß Spota bei seinen Kameraden beliebt war — kein Wunder bei jemand, der für die Freizeit zuständig war und den nach Abwechslung hungernden Arbeitern das eine oder andere Vergnügen außer der Reihe verschaffen konnte — Vergnügen, die man nur mit guten Freunden teilte.

O'Niel merkte sich genau, welche Knöpfe Spota im Aufzug drückte, und hatte dann auch richtig auf Plattform Acht eine Kamera zu seiner Überwachung bereit. Spotas Gesicht war durch die Sichtplatte des Helmes deutlich zu erkennen. Die schlanke Null-Druck-Kamera, die beweglich in das Gerüst der Arbeitsplattform eingebaut war, folgte ihm.

Wieder sprach Spota mit einigen Frauen und Männern, ignorierte andere. Keiner der Schichtarbeiter machte einen abweisenden Eindruck, obwohl die Unterhaltung mit dem Mann von ihrer kostbaren Freizeit abging. Spota war anscheinend mehr als beliebt bei seinen Kollegen, er war schlicht und einfach populär.

O'Niel mahlte verbissen mit den Zähnen. Am liebsten hätte er auch die akustische Überwachung angeordnet, um die Gespräche auf der Anzug-Sprechfrequenz verfolgen zu können.

›Vielleicht wäre es ganz nützlich‹, dachte er bei sich, ›irgendwann einmal zu lernen, Worte von den Lippen abzulesen.‹ Ihm blieb aber immer noch die Möglichkeit, den Überwachungsfilm zu speichern und ihn jemandem vorzuführen, der das Lippenlesen beherrschte. Doch Spota hielt leider sein Gesicht die meiste Zeit vom Kamera-Objektiv abgewandt. Also mußte O'Niel sich damit begnügen, ihn zu beobachten. Ärgerlich, sehr ärgerlich!

Der Staub schaffte es trotz aller Abwehrmaßnahmen immer wieder, in den Frachthafen einzudringen. Das höhlenartige Gebäude war voller Schwefelstaub und roch oft wie eine texanische Viehranch an einem Hochsommertag. Braungelber Staub verhüllte Arbeiter und Maschinen, wenn die Erzcontainer an ihren Standort geschoben wurden.

Einer der Verladearbeiter benutzte dazu einen gelben Gabelstapler. Um seine Stirn hatte er ein fleckiges Stirnband geschlungen, das naß von Schweiß war. Wie jeder Ort der Mine außer den Wohn- und Verwaltungsbereichen war der Frachthafen unterkühlt.

Der Name des Mannes auf dem Gabelstapler war Yario. Er sah kräftig genug aus, die Erzcontainer allein mit seinen Armen heben zu können. Pechschwarzes Haar fiel ihm bis auf die Schulter. Ein Gewirr von Strängen und Sehnen zeichnete sich auf seinen Armen ab, wenn er sie bewegte.

O'Niel beobachtete ihn bei der Arbeit, registrierte sein Verhalten und die Art, wie er den Stapler fuhr. Er war nicht so schnell wie einige seiner Kollegen, auch nicht so geschickt, machte dafür aber auch keinen einzigen Fehler.

Der Marshal teilte nun seine Aufmerksamkeit zwischen zwei Schirmen. — Reden und laden, laden und wieder reden — Spota und Yario. Es versprach ein langer Tag zu werden.

Der Club war immer offen, wurde nie ruhig. Wie die Arbeiter und ein Teil des Verwaltungspersonals arbeiteten auch hier die Barkeeper, Tänzer und Dirnen in Schichten. Neue Tänzer zeigten alte Tänze und Bewegungen zu den Takten neuer Musik.

O'Niels Kamera verfolgte Yario in den Club, wo die Kamera an der Decke seine Überwachung übernahm. Der Mann schob sich gemächlich ein Sandwich, belegt mit drei Scheiben synthetischem Fleisch, zwischen die Zähne und beobachtete seine Umgebung. Der Marshal hob die Hand und betätigte den Zoom-Hebel. Die Deckenkamera holte Yario nahe heran, zeigte aber auch die Nachbarn dicht neben ihm an der Theke. Wenige Sekunden später gesellte sich eine schlanke Brünette lächelnd zu ihm, die beiden begannen sofort miteinander zu verhandeln. Für vornehme Zurückhaltung hatte man auf Io keine Zeit.

Inzwischen hatte Spota seinen Ausflug nach draußen beendet und war auf dem Weg zu den Duschen. Die Kamera behielt ihn stur im Bild, während O'Niel gegen die Müdigkeit ankämpfte.

Später beobachtete er, wie Yario sein Frühstück hinunterschlang. Irgend etwas mußte jetzt bald geschehen, sonst würde er vor Müdigkeit zusammenbrechen, das fühlte O'Niel genau.

Er biß die Überreste des Sandwiches, das er sich in der Nacht noch geholt hatte, und kaute lustlos darauf herum. Beim Anblick des frischen Brotes, das Yario da verschlang, lief O'Niel das Wasser im Mund zusammen.

Aus dem Morgen wurde Nachmittag. Spota spielte an einigen Automaten und machte ein paar schriftliche Berichte. Yario schob seine Erzcontainer herum. O'Niels Augenlider waren wie Blei.

Stunden später, in der Nacht. Der Club war bis zum Bersten gefüllt, die Tänzer hüpften und zuckten nach den Rhythmen eines neuen Bandes. In Zweier- und Dreierreihen drängten sich die Menschen an der Bar.

Yario kam einen Hauptgang des Wohnbereiches herunter, Spota näherte sich auf einem anderen. Beide Männer waren plötzlich aus dem Überwachungsbereich der Kameras verschwunden. Die zwei Monitore flackerten einen Moment, dann hatten die Kameras ihre Beobachtungsobjekte wieder im Bild.

Spota betrat den Club. Wenig später kam Yario durch einen anderen Eingang. O'Niel wischte sich rasch mit einem nassen Lappen das Gesicht und schüttelte den Kopf, um ihn klar zu bekommen.

Spota schob sich durch das Gedränge zur Bar und begann eine Unterhaltung mit einer männlichen Dirne. Yario hatte an einem freien Tisch Platz genommen. Dieses Mal leistete ihm eine Rothaarige Gesellschaft.

›Interessant‹, dachte O'Niel abwesend, ›wie anders die Leute doch sind, als man sie einschätzt.‹

Er hätte Spota niemals für homosexuell gehalten. Doch im

Grunde begrüßte er solche Überraschungen, sie hielten ihn wach.

›Die beiden werden vielleicht eine Stunde bleiben‹, dachte er. Tatsächlich dauerte es etwa diese Zeit, bis Spota mit seinem Partner zu dem Tisch ging, an dem Yario saß. Die vier bestellten Drinks und begannen sich angeregt zu unterhalten.

Arbeiter kamen an den Tisch und gingen wieder. Einer kippte aus Versehen seinen Drink über Yario, der jedoch eine bewundernswerte Beherrschung zeigte und den Vorfall einfach ignorierte. Daraus schloß O'Niel, daß der Hüne in Wirklichkeit viel gefährlicher war, als er aussah. Bis jetzt lief alles genau so, wie der Marshal es sich vorgestellt hatte.

Wieder traten zwei Personen an den Tisch. Einer von ihnen war Sheppard, und das war eine Überraschung, wo doch im Club nur das Fußvolk verkehrte. Die andere war Montone, und das war ein Schock für O'Niel. Sein Körper spannte sich. Er beugte sich dicht über den Schirm, kümmerte sich nicht mehr um Yario, Spota und Sheppard, sondern konzentrierte sich auf die letzte Person. Kein Zweifel, es war der Sergeant.

Spota und Yario erhoben sich und entschuldigten sich bei ihren Verabredungen. Die Kamera folgte den vier Männern, als sie einen Tisch im hinteren Teil des Clubs ansteuerten. Sie setzten sich und begannen eine intensive Unterhaltung. Dabei steckten sie die Köpfe zusammen, als ob niemand hören sollte, worüber sie sich unterhielten.

O'Niels Finger trommelten unruhig auf die Konsole. Seine Lippen hatte er zu einem Strich zusammengepreßt.

Die Unterhaltung der vier währte nicht lange. Spota und Yario erhoben sich als erste. Auf O'Niels Anweisung verfolgte die erste Kamera sie. Rasch schaltete O'Niel eine zweite Kamera auf den Tisch, an dem sich Sheppard und Montone unterhielten.

O'Niel behielt die beiden im Auge, schenkte Spota und Yario im Moment keine Beachtung. Schließlich erhob sich Sheppard und ließ Montone allein am Tisch zurück. O'Niel ließ die Kamera eingeschaltet und wandte sich wieder den beiden anderen Männern zu, die zu ihrem Tisch zurückgegangen waren, an dem ihre Verabredungen sie erwarteten.

Montone blieb an seinem Platz sitzen und kippte langsam seinen Drink. O'Niel schaltete die Kamera ab ...

7

Der Ball prallte von der glatten Wand ab und sprang zurück auf das Feld. Er war größer und schwerer als ein normaler Tennisball. Auch der Schläger, den O'Niel benutzte, war mit extra starken Nylonfäden bespannt.

Der Ball sprang jetzt in die hintere Ecke des dreißig Meter langen Feldes. Montone, in ein graues T-Shirt und weite Hosen gekleidet, erreichte den Ball gerade noch, um ihn abzuwehren. O'Niel spielte in Shorts und alten Turnschuhen. Er bewegte sich wie ein Besessener, schlug nach dem Ball wie nach einem lebenden Feind, den nur er vernichten konnte.

Beide Männer schwitzten heftig. Ihre schlanken Körper wirkten in der verhältnismäßig großen Fläche des weiß getünchten Feldes irgendwie verloren. Trotz seiner übermäßigen Größe und Schwere war der Ball aufgrund der geringen Schwerkraft leicht zu spielen.

Keiner der beiden Spieler zeigte große Geschicklichkeit. Montone war älter und erfahrener, schmetterte häufiger und wechselte die Seiten. O'Niel dagegen parierte nur den Ball und versuchte den Gegner mit Überraschungsschlägen aus dem Rhythmus zu bringen.

Der Sergeant ahnte den nächsten Ball und gab ihn weit zurück. O'Niel lief hinter ihm her, gab es jedoch auf, als er erkannte, daß er ihn nicht erreichen konnte.

»Mist!« murmelte er, stützte die Hände in die Hüften und erwartete Montones Aufschlag.

»Neun zu sieben.«

Der Sergeant setzte den Ball gegen die Schlagwand. O'Niel

sprang hoch in die Luft, um ihn zu erreichen, und beantwortete Montones Diagonalschlag mit einem plazierten Ball in die kurze Ecke. Der Punkt gehörte ihm.

Atemlos beugte er sich vor und stützte die Hände auf die Knie, rang hart nach Luft. Montone, ebenfalls außer Atem, trat an die Begrenzungslinie des Feldes.

»Wollen Sie es mir nicht endlich sagen?« fragte O'Niel seinen Untergebenen plötzlich zwischen zwei Atemzügen. »Oder ist es ein Staatsgeheimnis?«

Montone erwiderte nichts, gab O'Niel den Ball und kehrte in sein Feld zurück. Der Marshal servierte ihm den Ball hart in die rechte Ecke. Montone blockte ihn ab, setzte ihn hoch gegen die Wand und ließ den Marshal nach ihm springen.

»Was soll ich Ihnen erzählen?« fragte der ältere Mann.

O'Niel schaffte es gerade, den Schläger an den Ball zu bringen. Doch sein Rückball war schwach, es bereitete Montone kaum Mühe, ihn unerreichbar in die äußerste Ecke der Schlagwand zu lenken.

»Die Sache mit Sheppard«, antwortete der Marshal.

Montones Gesicht wurde eine Spur blasser. Er ließ den Ball mehrere Male auf den Boden springen, vermied es, seinen Partner anzuschauen. Schließlich machte er den Aufschlag mit sehr viel Effekt.

»Was wollen Sie wissen?«

Der Schlag überraschte O'Niel nicht, er hatte damit gerechnet. Mit aller Kraft schlug er den Ball gegen die Wand zurück.

»Wie tief hängen Sie drin?«

Montone sprang gegen die Seitenwand und schraubte sich dann in die Luft, erreichte den Ball, gab ihm einen anderen Drall und versuchte ihn von der Decke abprallen zu lassen.

»Nicht zu tief!«

»Wie tief ist nicht zu tief?«

O'Niel behielt seine Position dicht an der Wand bei, wartete, bis der Ball herunterkam und plazierte ihn dann. Trotzdem erreichte ihn Montone und schlug ihn weit in das gegnerische Feld.

»Ich werde dafür bezahlt, in die andere Richtung zu schauen, wenn ich etwas sehe.«

»Ich verstehe.«

O'Niel war schon zufrieden, den Ball zurückgeben zu können.

»Sie tun also nichts Schlechtes, vermeiden es, sich die Finger daran schmutzig zu machen. Andererseits unternehmen Sie aber auch nichts dagegen. Richtig?«

Montone antwortete nicht, sondern konterte O'Niels Ball, doch sein Gesichtsausdruck war gequält. O'Niel fuhr fort:

»Ich werde Sheppard auf die Finger treten.«

Entsetzt starrte der Sergeant ihn an, seine Stimme klang ungläubig. »Ist das Ihr Ernst?«

Er schlenzte den Ball sanft in eine Ecke, nahm ihm jegliche Fahrt.

»Ja.«

O'Niel streckte sich nach dem kurzen Ball, erreichte ihn aber nicht mehr. Dabei stolperte er und fiel zu Boden, ließ sich jedoch mit dem Aufstehen Zeit.

Montone nutzte die Pause, um seine Fassung wiederzugewinnen.

»Dies hier ist kein Ort für Helden. Die Allgemeinheit wird Ihre Aktivitäten nicht zu würdigen wissen. Selbst wenn Sie damit durchkämen, gäbe es keinerlei Beförderung oder Gehaltserhöhung dafür. Aber Sie kommen nicht damit durch.«

Er schüttelte den Kopf.

»Wenn Sie Sheppard an den Kragen wollen, hängen Sie sich mehr an den Hals, als Sie ahnen.«

O'Niel erhob sich langsam und balancierte seinen Schläger in der linken Handfläche, während er mit der Rechten hart den Griff umfaßte. Er wartete auf Montones nächsten Aufschlag. Montone ließ den Ball mehrmals vom Boden springen und schaute dann zum Marshal hinüber, wartete auf seine Antwort.

»Schlagen Sie jetzt auf oder nicht?« fragte ihn O'Niel.

Mit sorgenvollem Gesicht schlug der Sergeant den Ball gegen die Wand.

»Sie haben es mit dem hiesigen General-Manager zu tun«, sagte er drängend, »nicht mit einem kleinen Fisch, der sich ein paar Bucks nebenher verdient. Die Gesellschaft hält große Stücke auf ihn ... Ich weiß das, er hat mir seine Belobigungsschreiben gezeigt.«

›Das kann ich mir denken‹, dachte O'Niel grimmig.

»Die Sache ist heiß. Es geht um viel Geld«, fuhr Montone fort. »Da hängen Leute mit drin, die wir nur vom Hörensagen kennen. Leute in höchsten Positionen, von deren Existenz wir nicht einmal etwas ahnen.«

O'Niel verpaßte den Ball, nahm seinen ursprünglichen Platz wieder ein und wartete geduldig auf den nächsten Aufschlag. Doch Montone hielt den Ball in der Hand und blickte zu seinem Vorgesetzten hinüber. Ein flehender Unterton schwang in seiner Stimme mit.

»Ich muß Sie warnen, der Bursche hat Beziehungen, die weit über die Spitzen der Gesellschaft hinausgehen. Ich meine es ernst. In dem Geschäft hängen ein paar hochkarätige Bonzen mit drin, denen man besser nicht in die Quere kommt. Treten Sie ihnen nicht auf die Füße, und die lassen Sie in Ruhe. Das ist für alle besser.«

O'Niel warf ihm einen scharfen Blick zu.

»Für wen ist es besser?«

Montone seufzte, ließ den Ball vom Boden hochspringen und sagte mit gesenktem Blick:

»Ich verstehe Sie nicht, Marshal. Sie möchten Sheppard an den Kragen. Was wollen Sie sich damit eigentlich beweisen?«

»Ich will mir nichts damit beweisen!«

»Wirklich nicht?«

»Nein. Ich habe es vor langer Zeit aufgegeben, alles und jedes unbedingt beweisen zu müssen. Doch ich will und werde das, was hier geschieht, unterbinden.

Erstens mag ich Sheppard nicht, sein Gesicht, seine Stimme, seine ganze Person sind mir zuwider. Zweitens tötet der Stoff, den sie verkaufen, Menschen. Und das mag ich erst recht nicht.«

Montone hielt den Blick gesenkt. Er atmete schwer. Schweiß perlte von seinem Kinn, sein graues T-Shirt zeigte große, feuchte Flecken.

»Was haben Sie mit mir vor?« fragte er schließlich leise.

O'Niel schaute ihn nachdenklich an. Dann antwortete er ruhig: »Ehrlich, ich weiß es nicht.«

»Soll ich von meinem Posten zurücktreten?«

»Nein.«

O'Niel überlegte einen Moment lang. Beide Männer standen unbeweglich, der eine wartend, der andere mit sich ringend.

Schließlich kam O'Niel zu einem Entschluß. Er war Männern wie Montone schon häufig begegnet, Männern, die versuchten, ihre Verpflichtungszeit hinter sich zu bringen, ohne jemandem weh zu tun oder wichtigen Leuten auf die Füße zu treten. Montone war nicht schlecht, nur schwach.

»Kommen Sie mir bei Sheppard nicht in die Quere«, empfahl er ihm. »Verraten Sie ihm nichts. Kein Wort über unsere Unterhaltung oder darüber, daß ich Wind von der Sache bekommen habe. Nehmen Sie wie bisher Ihr Geld und schauen Sie in die andere Richtung. Tun Sie für mich genau das, was Sie auch für ihn tun. Ich will nicht Ihren Kopf, Sie sind nur ein kleiner Fisch. Ich will Sheppards Kopf.«

Montone schluckte, seine Worte waren kaum zu hören:

»Es tut mir leid, daß ich nicht stärker gewesen bin.«

O'Niel starrte auf die Wand.

»Mir auch.«

»Meine Frau hatte recht.«

Montones Handknöchel wurden weiß, so hart schlossen sich seine Finger um den Griff seines Schlägers.

»Ihr Aufschlag!« sagte O'Niel kurz.

Montone warf den Ball hoch und schlug ihn hart gegen die Wand. O'Niel erwiderte den Schlag mit aller Kraft . . .

Yarios Fingernägel waren schwarz vor Staub und Schmutz. Er wischte sich mit dem Handrücken über die Stirn und legte dann den Vorwärtsgang seines Gabelstaplers ein.

O'Niel teilte seine Aufmerksamkeit zwischen dem Bild auf dem Monitor und den Berichten, die er auf einem anderen Schirm durchsah. Es war nicht schwer, Yario dabei im Auge zu behalten, denn die Berichte betrafen nur Routinesachen. Und außerdem hielt diese Art zu arbeiten seinen Verstand in Bewegung.

Die unvermeidlichen Staubwolken umnebelten die starken Strahler des Frachthafens, auf dem eine rege Tätigkeit herrschte. Die nächste Erzladung verschwand im Bauch der Fähre, Männer und Frauen mußten sich schreiend unterhalten, um den Lärm der Maschinen zu übertönen.

Eine vertraute Gestalt tauchte im Bild auf und bewegte sich an einer langen Reihe von Containern entlang. O'Niels Hände hielten mitten in der Bewegung inne, er konzentrierte seine Aufmerksamkeit auf den Überwachungsschirm. Spota ging auf Yarios Gabelstapler zu, wanderte an ihm vorbei, ohne dem Gefährt oder seinem Fahrer auch nur einen Blick zu schenken. Mehrere Minuten verstrichen. Yario liftete den Erzcontainer, den er gerade auf der Gabel hatte, ein wenig und berührte dann einige Schalter. Die Gabel kam zum Stillstand, der Motor erstarb. Yario schwang sich vom Fahrersitz und folgte Spota.

O'Niel zündete sich eine neue Zigarette an und verfolgte geduldig die Vorgänge. Er beobachtete die Männer nun schon seit Tagen. Irgendwann würden ihm die Monitore schon zeigen, worauf er wartete. Er versuchte seine Ungeduld zu bezähmen, was ihm auch gelang. Er war schon so oft enttäuscht worden.

Spota betrat einen anderen Gang und verschwand plötzlich hinter einem Container aus dem Blickfeld der Kamera. Yario hatte ihn fast eingeholt und verschwand ebenfalls hinter dem Container. Eine Weile war keiner der beiden zu sehen.

O'Niel fluchte laut und beugte sich vor.

Es dauerte nicht lange, bis Yario als erster wieder auftauchte. Spota ließ ihm einen großen Vorsprung, ehe er aus dem Schatten des Containers hervortrat. Er ging in entgegengesetzter Richtung davon und verließ wenig später den Frachthafen. Yario kehrte zu seinem wartenden Fahrzeug zurück.

O'Niel drückte ein paar Knöpfe und legte das Bild des ersten Monitors auf den Zentralschirm des Computers. Zusätzlich schaltete er noch einen weiteren Schirm ein. In diesem kritischen Moment verließ er sich nicht nur auf eine Kamera, Spota im Bild zu behalten. Der Mann wanderte durch mehrere Hauptkorridore, wobei er die Bekannten, die er traf, grüßte, als sei nichts geschehen. Was bis jetzt auch stimmte.

Ein kritischer Moment folgte, als Spota einen Verbindungsgang zwischen den Hauptzubringern der Mine betrat und nicht wieder auftauchte. O'Niel brauchte mehrere Minuten, in denen er mit großer Hektik Hebel und Schalter bediente, bis er den visuellen Kontakt wiederhergestellt hatte. Spota ging nun den Hauptgang Siebenundzwanzig hinunter, der nahe bei der Sicherheits-Sektion vorbeiführte.

Das war nahe genug! O'Niel traf eine rasche Entscheidung. Er hatte es satt, dauernd nur die Schirme zu beobachten.

Er griff nach der gedrungenen Strahlpistole auf der Ablage hinter seinem Schreibtisch und eilte aus seinem Büro. Den erstaunten Blicken der diensthabenden Beamten schenkte er keine Beachtung.

Spota setzte seinen Weg zum Umkleideraum fort, ahnte nicht, daß sich jetzt ein gefährlicherer Verfolger an seine Ferse geheftet hatte als eine tote Kamera. O'Niel kannte das Ziel, dem der Mann zustrebte. Wahrscheinlich fand dort immer der Austausch statt.

Natürlich könnte Spota, wenn er schnell genug war, seine Ware in einem der Absaugschächte für die Abluft verschwinden lassen und dem Marshal mit einem schmutzigen Grinsen im Gesicht ohne seine Ware entgegentreten. Doch im Augenblick gab es keine Veranlassung für Spota zu einer solchen Aktion. Nichts verriet ihm, daß die Sache heute anders ablaufen könnte als bei den vorhergegangenen Treffen. Ahnungslos steuerte er sein Ziel an, blieb ab und zu stehen, um mit Passanten zu reden oder winkte ihnen im Vorübergehen zu.

O'Niel hätte beinahe eine Frau umgerannt, die ihm in der Mitte des Gangs entgegenkam. Er lief, so schnell er konnte. Die Frau schrie aufgebracht hinter ihm her, doch er hörte ihre

Schimpfworte nicht mehr, war schon um die nächste Biegung verschwunden.

Spota erreichte die Schleusentür zum Umkleideraum der Männer, betätigte den Öffnungsmechanismus und betrat den Saal. Er ließ die allgemeine Videoanlage und den Schrankbereich hinter sich, drängte sich an Arbeitern vorbei, die sich gerade umkleideten, und passierte die lange Reihe der Wartenden an den Sauerstofftanks. O'Niel erreichte die Schleuse eine halbe Minute später.

Spota arbeitete sich langsam durch den Raum voran, entgegenkommende Arbeiter, die noch ihre ungefügen Druckanzüge trugen, behinderten ihn. Er ließ sich Zeit, wartete, bis sie an ihm vorbei waren.

Die Schleusentür öffnete sich mit zermürbender Langsamkeit, obwohl der Öffnungsmechanismus in Wirklichkeit ebenso schnell arbeitete wie gewöhnlich. Doch O'Niel schien es wie eine Ewigkeit. Er stürzte in den Saal, zögerte und begann in höchster Eile, die Gänge abzusuchen. Ein paar Männer an den Videoschirmen schauten neugierig auf und bekamen große Augen, als sie die Strahlpistole in der Hand des Marshals erkannten.

Spota war nirgends zu sehen. Die Arbeiter riefen O'Niel Fragen zu, doch er beachtete sie nicht, sondern durchquerte den Saal in seiner ganzen Länge und spähte in jeden Gang zwischen den Schränken in der Hoffnung, sein Opfer zu entdecken. Doch in den Gängen herrschte ein solches Gedränge, daß es schwer war, einen Menschen vom anderen zu unterscheiden. Spota mußte sehr an größter Geheimhaltung seines Tuns gelegen sein, denn er hätte den Zeitpunkt nicht besser wählen können. Gerade war Schichtwechsel.

›Ruhig‹, redete sich O'Niel gut zu, ›ganz ruhig. Sie wissen nicht, daß jemand ihnen auf die Schliche gekommen ist.‹

Spota ahnte nichts, hatte keinen Grund zu einer überhasteten Aktion. Es sei denn, Montone hatte geredet. Doch das bezweifelte O'Niel. Der Sergeant war kein Mann, der Initiative zeigte.

Spota spazierte um eine Ecke und folgte einem anderen Gang. O'Niel erkannte ihn einen kurzen Moment lang, ehe er zwischen der nächsten Schrankzeile verschwand. Der Marshal arbeitete sich durch die Menge, ignorierte Fragen und kümmerte sich nicht darum, wen er zur Seite stieß. Ein paar Arbeiter protestierten, doch die meisten schwiegen, als sie die Marshal-Sterne auf O'Niels Kragenspiegeln sahen. Und die Mutigeren schlossen spätestens dann den Mund, wenn sie die Waffe in der Hand des Marshals sahen.

Ein junger Arbeiter weit unten im Gang hatte seine Schranktür geöffnet und verstaute seine Arbeitsgeräte. Gleichgültig warf er die Sachen hinein, verwendete keine Sorgfalt auf die recht empfindliche Elektronik der Geräte. Suchend schaute er den Gang hinab, ganz offensichtlich erwartete er jemanden.

Schließlich entdeckte er Spota. Sie tauschten einen raschen Blick miteinander. Der junge Mann begann sich auszukleiden, seine Bewegungen verrieten, daß er mit den Gedanken nicht bei der Sache war.

O'Niel atmete schwer. Nur der halbe Gang trennte ihn von Spota, und er näherte sich ihm mit jedem Schritt. Sein Blick wanderte von seinem Opfer zu dem jungen Arbeiter. Er bemerkte den hoffnungsvollen Ausdruck im Gesicht des Mannes, erkannte die Sucht in seinen Augen. Einen solchen Blick hatte der Marshal schon häufig bei Drogenabhängigen gesehen. Der Arbeiter war im Begriff, etwas zu kaufen, und er wollte es von Spota kaufen.

Dieser war kaum noch einen Schritt von seinem Kunden entfernt, als O'Niel gegen einen Mann rannte, der gerade den Gang durchquerte.

»He, Kerl, kannst du nicht aufpassen, wo . . . Oh, Verzeihung, Marshal, ich habe Sie nicht . . .«

O'Niel versuchte, den Mann zum Schweigen zu bringen, doch es war schon zu spät. Die Worte ließen Spota und seinen Abnehmer herumfahren. Sie entdeckten den Marshal sofort.

Spota riß den jungen Arbeiter zur Seite und stieß ihn unsanft gegen die Metallschränke. O'Niel fluchte und stürzte hinter ihm her. Der Dealer hatte sein Verhalten schlagartig geändert. Er reagierte jetzt wie eine wilde Bestie, bahnte sich gewaltsam seinen

Weg durch den Gang und stieß alles, was ihm in die Quere kam, rücksichtslos zur Seite. O'Niel folgte ihm dichtauf, wobei er aber versuchte, den erschrockenen Arbeitern möglichst aus dem Wege zu gehen.

Spotas Flucht hatte kein bestimmtes Ziel. Im Augenblick wollte er nur so schnell wie möglich aus des Marshals Nähe verschwinden. O'Niel wußte, daß es — gelang die Flucht — genügend Orte in der Mine gab, wo der Mann sich verstecken konnte. Und ein gewitzter Komplice hätte kaum Schwierigkeiten, ihn in einem Schiff aus Io herauszuschmuggeln, auch wenn O'Niel noch so genau die ausgehende Fracht kontrollierte. Dann wäre er wieder beinahe da, wo er angefangen hatte.

O'Niel hatte sein Opfer tagelang geduldig überwacht, um es auf frischer Tat zu überraschen. Er würde den Teufel tun und nun wieder ganz von vorne beginnen. Außerdem wäre die Gegenseite dann gewarnt, eine heimliche Überwachung nahezu unmöglich. Das konnte er einfach nicht riskieren. Auch gab es noch genügend andere Dinge zu erledigen. Montones Befürchtungen waren nur zu berechtigt. O'Niel hatte nicht vor, der Gegenseite Gelegenheit zu geben, sich gegen ihn zu formieren. Er durfte Spota auf keinen Fall entkommen lassen.

Geschrei und Stimmengewirr erhob sich hinter den beiden vorwärtsstrebenden Männern. Unsicherheit, Furcht und Besorgnis stand in den Gesichtern der Arbeiter. Und Gerüchte verbreiteten sich schneller, als Spota und der Marshal sich vorwärtsbewegen konnten.

Der Dealer stieg auf eine Bank, packte eine offene Schranktür und zog sich daran hoch. Gebückt begann er von einer Schrankreihe zur anderen zu springen und den Saal zu durchqueren, ohne durch das Gedränge in den Gängen aufgehalten zu werden.

O'Niel folgte ihm und zog sich keuchend auf den Schrank. Als er schließlich oben stand, hatte Spota beinahe den halben Saal durchquert. Der Marshal hetzte hinter ihm her. Spotas Behendigkeit überraschte ihn.

Einmal strauchelte O'Niel und hätte sich beinahe das Gesicht an den scharfen Kanten der Metallschränke aufgeschlagen, hätte er sich nicht noch im letzten Moment gefangen. Er richtete sich wieder auf und sprang grimmig zur nächsten Schrankreihe hinüber.

Spota hatte inzwischen die letzte Schrankzeile erreicht, sprang herab und verschwand in einem Verbindungsgang unterhalb des Umkleideraums. In seinen Augen standen Furcht und Wut. Er lief wie ein wildes Tier, das seinem Käfig entkommen ist.

Er hatte beinahe schon das Ende des Gangs erreicht, als O'Niel am anderen Ende auftauchte. Spota betätigte hastig den Mechanismus des Schotts und hastete in die Schleuse, ohne das Schott hinter sich zu schließen. O'Niel fluchte insgeheim. Hätte Spota auch nur versucht, das Schott zu schließen, hätte ihm O'Niel mit der Strahlpistole die Beine vom Körper getrennt.

Ein Schleusenschott geöffnet zu lassen, war ein schlimmer Verstoß gegen die Sicherheitsbestimmungen der Mine und hätte O'Niel durchaus als Rechtfertigung genügt, das Feuer auf den Mann zu eröffnen.

Doch er hatte andere Pläne und rannte hinter ihm her, so schnell er konnte. Er schnappte nach Luft. Der Leichtmetallkorridor schwankte unter seinem Gewicht. Nur ein Mann, der schon häufig im Weltraum gearbeitet hatte, konnte in dieser auf- und abschwingenden Röhre das Gleichgewicht halten. Die Stützstreben flogen an O'Niel vorbei wie die Hinweisschilder auf einer Autobahn.

Wohin will der verfluchte Bastard eigentlich? fragte sich der Marshal besorgt. Ob er das wohl selbst wußte?

Sie näherten sich jetzt dem großen Speisesaal, in dem sich wie immer die Menschen drängten. Nicht gerade ein ideales Fluchtziel, und zudem äußerst ungeeignet, das Polydeuth verschwinden zu lassen.

Spota rannte zwar schnell, wählte aber nicht blindlings sein Ziel.

Die Abzweigung hinter der Schleuse führte in die Halle mit den riesigen Flüssigkeitsspeichern. O'Niel folgte ihr, betete im stillen, er möge mit seiner Vermutung recht behalten. Als er in die Halle stürzte, sah er befriedigt, wie Spota den schmalen Inspektionsgang des ersten Tanks in fast zwanzig Fuß Höhe entlangturnte. O'Niel gönnte sich keine Zeit, sich zu seinem Gespür zu gratulieren. Seine Waffe würde er nur dann einsetzen, wenn er dazu gezwungen war. Er wollte Spota lebend, um ihn verhören zu können. Außerdem befanden sich in einem der Tanks chemische Katalysatoren, in anderen Säuren und flüssige Gase, die in der Mine benötigt wurden. Kein besonders günstiger Ort, um hier mit einer Strahlwaffe um sich zu ballern. Wahrscheinlich wußte Spota das, denn er begann furchtlos die Leiter am anderen Ende des ersten Tanks herunterzuklettern.

O'Niel erreichte den Laufsteg des ersten Tanks und beobachtete, wie sein Opfer die letzten Stufen der Leiter herabsprang. Er rannte über den Steg zur Leiter. Spota kletterte schon die Metallsprossen am zweiten Tank empor, nahm immer mehrere Sprossen auf einmal, was die geringe Schwerkraft erleichterte. Als O'Niel den Boden erreichte, turnte Spota schon über den Laufsteg des zweiten Tanks. Der Abstand zwischen ihnen hatte sich wieder vergrößert.

Doch die Fluchtmöglichkeiten des Mannes verschlechterten sich. O'Niel kletterte, so schnell er konnte, die Sprossen zum Laufsteg des zweiten Tanks empor. Auf der anderen Seite begann Spota seinen Abstieg zur Schleuse, die dicht neben dem Tank aus der Halle herausführte. O'Niel folgte ihm stolpernd und taumelnd.

Spota erreichte die erste Schleuse und jagte durch den Verbindungsgang zur zweiten. Er konnte nicht mehr klar denken, sonst hätte er sich irgendwo versteckt. Sein einziger Gedanke war Flucht, sein Ziel ein bevölkerter Gang, wo er in der Menschenmenge untertauchen konnte.

Er schaute über die Schulter zurück, während er den Schleusenmechanismus betätigte. Das Schott glitt zur Seite ... Im gleichen Augenblick tauchte O'Niel am anderen Ende des Verbindungsgangs auf, drohend und beharrlich. Mit einem unartikulierten Schrei stürmte Spota vorwärts – hinein in den gefüllten Speisesaal. Rücksichtslos bahnte er sich seinen Weg durch die

Menge. Seine Wut war verflogen, Panik trieb ihn vorwärts. Tabletts voller Speisen segelten durch die Luft, als er einen Hauer und einen Kranführer umrannte.

O'Niel erreichte den Hintereingang des Speisesaals. Wie er erwartet hatte, verzögerten die Zusammenstöße mit den Menschen die Flucht des Dealers erheblich. Doch er durfte keine Zeit verlieren. O'Niel stürmte in den Saal. Er bekam kaum noch Luft, seine Kehle war ausgedörrt, sein Herz hämmerte hart in seiner Brust.

Doch auch Spota zeigte Ermüdungserscheinungen. Seine Beweglichkeit hatte ihm in den weniger bevölkerten Gängen und dem Tanklager einen Vorteil verschafft. Doch in der dichtgedrängten Menschenmenge im Speisesaal hatte der bulligere O'Niel bessere Chancen. Er arbeitete sich durch die Schlange vor der Speisenausgabe, stieß mit den Ellbogen jeden, der ihm im Weg stand, beiseite. Ein Mann stürzte zu Boden, Blut rann aus seinem Mund. Wütend schüttelte er die Faust hinter dem Marshal her. Spota hatte sich schon zur Hälfte durch die Menschenschlage vorgearbeitet. O'Niel war zu wütend und zu müde, um lächeln zu können. Er war es gewohnt, sich seinen Weg durch Menschenansammlungen zu bahnen, außerdem verfolgte er einen Flüchtigen.

Wieder warf Spota einen Blick über die Schulter, sah das ausdruckslose Gesicht des Marshals mit jedem Schritt näher kommen. Der Ausgang des Speisesaals wurde von einer Arbeitergruppe versperrt, die zum Mittagessen hereindrängte. Spotas Kopf flog herum, er schaute nach links, dann nach rechts, sah die Doppeltür. Nur weg, dahin, wo weniger Menschen sind, befahl ihm sein Verstand.

Mit einem Satz sprang er über die Essensausgabe. Das Küchenpersonal wich entsetzt zur Seite. Eine unglückliche Serviererin, die ihm nicht mehr reichtzeitig ausweichen konnte, bekam das Tablett mit den dampfenden Speisen auf den Kopf.

O'Niel sprang ebenfalls über die Theke, nahm aber Rücksicht auf die verletzte Kellnerin, die auf dem Boden lag und sich schreiend das Gesicht hielt.

Es gab keinen anderen Fluchtweg für Spota mehr als durch die Doppeltür in die Küche. Er taumelte an den Mikrowellenherden, Dampfkesseln und Bottichen mit fertigen Speisen vorbei. Dicht hinter sich konnte er O'Niels Schritte hören. Zu spät erkannte er, daß er sich selbst eine Falle gestellt hatte. Er näherte sich dem anderen Ende der Küche, ein Gewirr von Kabeln und Röhren bedeckte die Wände dort. Spota erkannte die Falle und wirbelte herum. O'Niel war dicht hinter ihm.

Spota stand neben einem großen Bottich, der mit heißem Wasser gefüllt war. Er überlegte nicht lange, griff blitzschnell unter sein Hemd und warf die Phiole mit der roten Flüssigkeit, die er dort verborgen hatte, in den Bottich.

O'Niel zögerte keine Sekunde. Er war jetzt schon zu nahe am Ziel, hatte zu hart gekämpft, um sich den Erfolg auf diese Weise nehmen zu lassen. Entschlossen tauchte er seine Hand in das kochende Wasser. Glühender Schmerz durchzuckte ihn, seine Zähne gruben sich tief in die Unterlippe. Seine Finger ertasteten die Phiole und packten sie. Rasch zog er die Hand aus dem Wasser und versicherte sich, daß der Plastikbehälter sich zwar verformt hatte, aber nicht geschmolzen war. Die rote Flüssigkeit schwappte in dem Behälter, ungetrübt durch äußere Verunreinigung.

O'Niels Reaktion gab Spota die nötige Zeit, ein langes Fleischermesser zu ergreifen und nach O'Niel zu stechen. Der Marshal warf sich zur Seite, die Schneide des Messers schrammte über den Kesselrand.

O'Niel packte die Strahlpistole am Lauf und schwang sie über Spotas Kopf. Im gleichen Augenblick holte dieser mit dem Messer zu einem weiteren Stoß gegen seinen Peiniger aus. Dabei vollführte er eine halbe Drehung. O'Niels Schlag krachte gegen Spotas Schulter und nahm dem Messerhieb die meiste Kraft. Trotzdem ritzte die Messerspitze O'Niels Oberarm. Sofort sikkerte Blut durch den Stoff seines Hemdes. O'Niel versuchte, den Arm um Spotas Hals zu legen, doch der Mann war flink wie eine Katze. Er trat nach ihm und stach mit dem Messer auf ihn ein. O'Niel entging mit knapper Not einem weiteren Messerstich.

›So geht es nicht‹, dachte er erschöpft.

Blitzschnell zog er das Knie hoch, und Spota stürzte zu Boden. O'Niel hechtete ihm nach, doch Spota rollte sich geschickt zur Seite, kam auf die Füße und stürzte sich nun seinerseits mit erhobenem Messer auf den Marshal.

Die Strahlpistole entlud sich viermal in rascher Folge, die Schüsse zertrümmerten Lampen, Plastikbehälter und Nahrungspakete. Die Explosionen waren ohrenbetäubend.

Spota erstarrte mitten in der Bewegung. Das Messer hatte er zum Stoß erhoben. Die Salven aus der Waffe waren in einem Halbkreis um ihn herum eingeschlagen, er selbst war jedoch unverletzt. Doch jetzt zeigte die Mündung der Pistole genau auf seine Stirn. Der Marshal hatte die Schüsse so schnell hintereinander abgefeuert, daß sie beinahe wie ein einziger klangen.

O'Niel kniete auf dem Boden und hielt die Waffe schußbereit in einer Hand. Von dem anderen Arm tropfte Blut auf den Boden.

»Schätze, es ist aus«, sagte der Marshal ruhig.

Spota dachte an die Schnelligkeit, mit der der Polizist gefeuert hatte, und an seine Zielsicherheit. Er stand regungslos, das Messer erhoben, und beobachtete den Marshal. Dessen Schußhand war so ruhig und unbewegt wie die Kuppel über der Küche. Langsam, zögernd öffnete Spota die Finger, klappernd fiel das Messer zu Boden ...

8

Der Zellentrakt befand sich tief im Innern des Gefängnisses hinter den Büros und dem Wachraum. O'Niel schlenderte den engen Korridor hinunter an breiten Transparentscheiben vorbei, auf denen in großen Buchstaben die Worte KEINE KÜNSTLICHE SCHWERKRAFT aufgemalt waren.

Sicherheitsverwahrung in Schwerelosigkeit war eine ziemlich neue Entwicklung im Strafvollzug. Auch dem kräftigsten Gesetzesbrecher dürfte es schwerfallen, seinen Bewachern Kummer zu bereiten, wenn er schwerelos im Raum trieb. Man konnte die Schwerkraft durchaus als besten Bundesgenossen der Gesetzesbrecher bezeichnen. Ohne sie aber verlor auch der abgebrühteste Bursche neben seinem Körpergewicht das Vertrauen zu sich selbst.

In den Zellen gab es keine Atmosphäre. Jede war nur durch eine eigene kleine Druckschleuse zu betreten. Die Gefangenen trugen spezielle Druckanzüge, die keine Tanks zur Eigenversorgung besaßen, sondern über an den Helmen installierte Schläuche mit Luft versorgt wurden. Schon allein diese Tatsache hätte genügt, um die Gefangenen nicht auf dumme Gedanken kommen zu lassen. Konnte einen die fehlende Schwerkraft schon nicht hindern, Schwierigkeiten zu machen, die verhältnismäßig empfindliche Konstruktion der Luftversorgung hielt einen bestimmt davon ab.

Einige der Zellen waren ständig belegt. In einer hatten zwei Streithähne Gelegenheit, sich abzureagieren, ohne dabei mehr tun zu können als sich grimmig durch die Sichtscheiben der Anzüge anzustarren. In einer anderen Zelle schlief ein Betrunkener, der randaliert hatte, friedlich seinen Rausch aus, sein Körper trieb in halber Höhe durch die Zelle.

O'Niel warf einen Blick in jede Zelle, während er dem Gang folgte, vorsichtig darauf achtend, daß er mit seinem verletzten Arm nirgendwo anstieß. Er trug zwei Bandagen, eine um die Messerwunde, die andere um die verbrühte Hand. Er war froh gewesen, daß Doktor Lazarus nicht im Dienst war, als er sich im Krankenrevier behandeln ließ. Sie hätte ihm sicher die Behandlung zwischen Desinfektion und Bandagierung mit ein paar rüden Kommentaren versüßt.

Montone folgte ihm.

»Was macht der Arm?«

Seine Stimme klang unterwürfig.

»Es geht schon, doch er schmerzt immer noch. Welche Zelle hat er?«

»Zelle Siebenunddreißig«, informierte ihn der Sergeant.

»Hat er schon ausgesagt?«

»Keine Silbe. Nur zum Essen hat er den Mund aufgemacht.«

»Hat jemand nach ihm gefragt?«

Montones Stimme sank zu einem mutlosen Gemurmel herab.

»Nein, niemand. Zumindest bis jetzt noch nicht.«

»In diesem Fall möchte ich sofort informiert werden.«

Montone zögerte und lächelte dann freudlos.

»Das versteht sich doch von selbst, Marshal.«

O'Niel warf ihm einen Blick zu und verschluckte die Bemerkung, die er auf der Zunge hatte. Er hatte Montone gesagt, was es zu sagen gab. Und der Sergeant wußte seinerseits nichts zu äußern, was das Verhältnis zu seinem Vorgesetzten verbessern konnte.

Sie blieben vor Zelle Siebenunddreißig stehen. Hinter der Scheibe trieb Spota schwerelos am Ende eines langen roten Schlauches. O'Niel überprüfte automatisch den Druckmesser, der die Sauerstoffzufuhr des Anzugs kontrollierte. Der Zeiger stand ruhig auf der richtigen Markierung. Der Marshal schaltete das Sprechgerät in der Wand neben der Sichtscheibe über den Versorgungsleitungen ein.

Die Trennscheibe der Zelle neben der kleinen Luftschleuse trug in großen Buchstaben die Warnung: VORSICHT! KEINE ATMOSPHÄRE – DRUCKANZUG ERFORDERLICH! O'Niel nahm den kleinen Sprecharm aus der Halterung und sprach hinein, ließ dabei aber keinen Blick von der schwebenden Gestalt in der Zelle.

»Spota, hier spricht O'Niel.«

Die einzige Antwort war das gleichmäßige Atmen des Mannes. Doch der Marshal wußte, daß Spota sich seine Worte anhören mußte, ob er wollte oder nicht. Mikrofon und Lautsprecher waren in den Helm des Anzugs eingebaut.

»In Ordnung, du brauchst nichts zu sagen«, fuhr O'Niel fort. »Dafür werde ich eine Zeitlang das Reden besorgen. Wir haben jetzt die Analyse der Phiole, die du dir aufbrühen wolltest, vorliegen. Sehr interessant, wirklich! Willst du Näheres wissen?«

Aus den Lautsprechern kam keine Antwort.

»Die Analyse besagt, daß du 120 Gramm Polydychlorid Euthimal mit dir herumschlepptest. Einhundertzwanzig Gramm! Die vierhundertfache Menge einer Normaldosis. Eine Menge Stoff, die du da spazierentrugst, Spota. Wollen mal rechnen — vierhundert Dosen —, das macht runde vierhundert Jahre Bau. Eine lange Zeit, Spota, deren Ende du nicht mehr erleben wirst, denn dann wirst du schon lange tot sein. Selbst bei guter Führung wirst du deine Freilassung nicht mehr erleben. Auf die Hilfe deiner Auftraggeber brauchst du nicht zu zählen, denn sie werden nichts für dich tun. Du bist in ihren Augen nur eine kleine Nummer. Doch möglicherweise könnten wir beide uns verständigen, vielleicht ein Abkommen miteinander treffen.«

Diesmal bequemte sich Spota zu einer Antwort. Verzerrt drang seine Stimme aus dem Niederfrequenz-Lautsprecher.

»Ich weiß überhaupt nicht, wovon Sie reden, Marshal.«

»Natürlich nicht, mein Junge«, sagte O'Niel freundlich. »Du bist ein unschuldiges, unwissendes Opfer. Dachtest wohl, in der Phiole wäre Wein. Sag mir eines: Wieviel bezahlt dir Sheppard dafür, den Stoff unter die Leute zu bringen. Eine solch schmutzige Arbeit sollte doch zumindest gut bezahlt sein.«

»Ich weiß nicht, was Sie von mir wollen.«

O'Niels Gesicht wurde hart, doch sein Tonfall änderte sich nicht.

»Du bist ein wirklich harter Bursche, Spota. Ich bin beeindruckt. Dir macht dein Aufenthalt da drinnen anscheinend nichts aus. Die meisten Zellenbewohner dagegen drehen nach ein paar Nächten durch, weil sie zu träumen anfangen, nie mehr Boden unter den Füßen zu spüren.«

Der Marshal lehnte sich gegen die Scheibe, so daß Spota ihn genau sehen konnte. Er lächelte jetzt.

»Manchmal verheddert sich der Schlauch des Anzugs, und der Träger erstickt. Denn in der Schwerelosigkeit dreht man sich beim Schlafen langsam um die eigene Achse. Ein solcher Unfall kommt zwar selten vor, doch schon der Gedanke daran läßt manche Leute nicht mehr schlafen.«

Er schwieg einen Augenblick lang, um die Worte auf den Gefangenen einwirken zu lassen, ehe er weitersprach.

»Doch du bist hart im Nehmen, Spota. Dich kann so etwas sicher kaum stören.«

»Verschwinden Sie, Marshal!«

»So habe ich es gern, Spota. Ich mag Leute mit Rückgrat. Aber du solltest auch deinen Verstand gebrauchen.«

O'Niel schnalzte mit der Zunge.

»Weißt du was, Spota? Ich will dir etwas verraten. Du sitzt in der Klemme. Ich habe den Stoff und die Zeugen. Von den anderen Vergehen wie tätlichem Angriff, Widerstand bei der Festnahme, versuchter Vernichtung von Beweismaterial, unvorschriftsmäßiger Schleusenbenutzung und Bandenbildung wollen wir gar nicht erst sprechen. Die kommen erschwerend zum Tatbestand hinzu. Du hast eine hübsche Zeit vor dir. Mit der nächsten Fähre wirst du zur Hauptstation auf Jupiter verfrachtet. Verglichen mit dem, was man dort mit dir anstellt, wird dir das hier wie ein Sanatoriumsaufenthalt vorkommen. Möglicherweise erwirkt man dort die Erlaubnis, dir das Wahrheitsserum zu spritzen.«

»Aussagen, die unter Einfluß des Wahrheitsserums gemacht wurden, sind vor Gericht als Beweis nicht zulässig«, konterte Spota, doch seine Stimme klang nicht mehr so selbstsicher wie vorher.

»Sieh da, Strafverteidiger ist er auch schon! Jetzt bin ich wirklich überrascht«, antwortete O'Niel, doch seine Stimme klang absolut nicht beeindruckt.

»Verfahrenstechnisch gesehen hast du tatsächlich recht, doch die Brüder in der Hauptstation werden die Sache schon deichseln. Zumindest haben sie es bis jetzt immer geschafft, und bei dir werden sie sich besonders große Mühe geben, Spota, denn der Stoff, den du unter die Leute gebracht hast, tötet Menschen. Das dürften bestimmte Leute dir sehr übelnehmen. Sie werden schon dafür sorgen, daß alle Beweise hieb- und stichfest sind. Ehrlich, Spota, in deiner Haut möchte ich nicht stecken, wenn die dich in die Mangel nehmen. Dagegen ist das hier das reinste

Kurhotel. Und der gute Sheppard? Sheppard wird die Achseln zucken, sich einen anderen suchen, der für ihn die schmutzige Arbeit erledigt, und dabei noch reicher werden. Also vergiß ruhig, daß ich dir ein Angebot machen wollte. Mach keine Aussage, sei edel und nimm alles auf deine Kappe. Steh die harten Zeiten durch, die auf dich zukommen. Sheppard wird sich über dich totlachen. Ich habe schon Dutzende ähnlicher Fälle erlebt. Jedes dieser angeheuerten Würstchen meinte, sich seinen Bossen gegenüber loyal verhalten zu müssen. Und die waren letztlich die einzigen Gewinner.«

O'Niel schwieg und holte tief Luft.

»Du hast alles jetzt selbst in der Hand, Spota. Du bist doch so klug. Denk mal darüber nach! Vielleicht besuche ich dich noch einmal vor deinem Abtransport, du Schlaukopf.«

Er hängte den Sprecharm in die Halterung, ehe Spota etwas auf seine Worte erwidern konnte. Sollte er doch eine Weile in seinem eigenen Saft schmoren! Vielleicht nahm er dann Vernunft an.

O'Niels verbrühte Hand schmerzte höllisch. Er wandte sich zu Montone um.

»Keiner redet mit ihm, niemand darf in seine Nähe. Und wenn ich niemand sage, meine ich *niemand!* Haben Sie verstanden?«

»Verstanden«, kam Montones zögernde Antwort.

O'Niel ging zum Ausgang.

»Wo sind Sie zu erreichen?«

»Für heute reicht es mir«, antwortete O'Niel. »Ich denke, ich werde ein paar Freunde besuchen . . .«

Das Zimmer war groß und dunkel, sanftes warmes Licht unterstrich noch den Eindruck von solidem Luxus, der von den holzgetäfelten Wänden ausging. Bequeme schwarze Kunstledersessel waren geschmackvoll auf dem dicken grauen Teppich verteilt. Bilder hingen an den Wänden, und auf einem beleuchteten Sokkel thronte eine hübsche Skulptur.

Zum gegenwärtigen Zeitpunkt war der schwere Schreibtisch aus Holzimitation fast leer. Die eingebauten Computer-Konsolen zeigten den gleichen warmen Holzton wie die Tischplatte.

Sheppard stand mitten in seinem Büro und versuchte den Golfball in das Rückgabeloch des Spielautomaten zu schlagen. Bei jedem erfolgreichen Schlag zeigte die Maschine die Punktzahl an und ermittelte die Entfernung und die Geschwindigkeit des Balles bis zum Loch. Ein Gebläse führte den Ball dann zu Sheppard zurück.

Verpaßte er einmal das Loch, fuhr der Automat zwei Schwingarme aus, die den fehlgeschlagenen Ball ertasteten, ihn mit ihren Metallgreifern packten und ins Rückgabeloch zurücktransportierten, von wo er Sheppard dann zugeblasen wurde. Doch die Greifarme der Maschine fanden kaum Beschäftigung. Sheppard war ein guter Spieler — Ergebnis vieler Übungsstunden.

Er starrte gerade auf den gewellten Teppich, als eine Stimme aus der eingebauten Sprechanlage des Schreibtisches drang.

»Er ist da, Mr. Sheppard.«

Der General-Manager übte gerade einen neuen Schlag aus einem anderen Winkel. Mit leisem Zischen öffnete sich die Tür am entfernten Ende des Zimmers und gab O'Niel den Zutritt frei. Wenn der Marshal von der luxuriösen Einrichtung beeindruckt war, so zeigte er es nicht.

Sheppard schaute nicht auf, um ihn zu begrüßen. Er schwang den Schläger und beobachtete interessiert, wie der Ball in das Loch flog. Die Maschine summte und verkündete das Ergebnis.

»Ruhe!« befahl Sheppard.

Gehorsam schaltete die Maschine ihr Sprechsystem aus. Der Manager ging nach rechts und berührte den Ball nur leicht mit dem Schläger.

»Wußten Sie«, sagte er im Plauderton zu O'Niel, »daß man hier auf Io einen Ball fünfhundert Meter weit schlagen könnte? Doch der Druckanzug läßt einem nur wenig Bewegungsfreiheit. Man kann nicht weit genug mit dem Schläger ausholen.«

Er deutete auf die erleuchtete, wohlgefüllte Bar, in der eine Menge Flaschen und Gläser glitzerten.

»Machen Sie sich einen Drink. Ist echter, guter Schnaps.«

»Nein, vielen Dank.«

O'Niel blieb abwartend stehen.

Sheppard schob den Ball mit dem Schläger auf dem Teppich umher, war sich offenbar unschlüssig darüber, aus welchem Winkel er ihn schlagen sollte.

»Sie waren recht fleißig.«

»Genau wie Sie.«

Der Manager schob den Ball in die Nähe eines Sessels. Seine Stimme änderte sich nicht, als er fragte:

»Wieviel wollen Sie?«

O'Niel antwortete nicht.

»Wieviel?«

Der Marshal zündete sich eine Zigarette an und inhalierte tief. Rauchschwaden stiegen träge zur Decke empor und wurden dort von der Klimaanlage abgesaugt.

»Genau das, was wir hier brauchen«, murmelte Sheppard ungehalten, »einen gottverdammten Helden!«

Seine Stimme klang gelangweilt. Er verpaßte das Loch und suchte eine andere Schlagposition.

»Der Boden hier war ursprünglich eben. Doch ich ließ ihn an manchen Stellen etwas anheben, um die Spielerei interessanter zu machen. Golf und auch das Leben sind interessanter, wenn sie etwas komplizierter sind, finden Sie nicht auch?«

Er beugte sich blinzelnd vor.

»Ich glaube, der Teppich wellt sich hier etwas nach links. Hören Sie mir genau zu, O'Niel, ich möchte Ihnen erklären, worauf Sie sich da eingelassen haben. Ich habe einen Namen zu verlieren. Die Gesellschaft bezahlt mich dafür, soviel Erz wie möglich aus diesem Höllenloch hier zu buddeln. In jedem Minenprojekt im gesamten Sonnensystem gibt es einen Mann wie mich. —

Meine Nutten sind sauber und sehr hübsch. Sie arbeiten anständig, nicht mit den sonst üblichen Tricks. Mein Schnaps ist nicht verwässert. Ich habe die attraktivsten und fleißigsten Tänzer, und ich achte darauf, daß die Unterhaltungsbänder, egal ob Musik oder Filme, beim Anlegen jeder neuen Fähre ausgetauscht werden.

Die Arbeiter sind zufrieden. Sie brauchen mir das nicht zu glauben. Fragen Sie doch! Fragen Sie jeden länger verpflichteten Mann oder jede Frau, die hier gearbeitet haben. Io stinkt zwar, die Mine aber nicht!

Zufriedene Arbeiter fördern mehr Erz, wodurch ihr Bonus steigt. Von ihrem Mehrverdienst erhalte ich keinen Cent. Dafür bekomme ich wiederum meinen Bonusscheck von der Gesellschaft. Wenn also die Arbeiter gut fördern, ist die Gesellschaft zufrieden, und ich bin es auch.«

»Klingt alles wunderbar«, war O'Niels lakonische Antwort.

»Hier ist nichts wunderbar«, entgegnete Sheppard. »Doch es funktioniert, und das reicht. Jedes Jahr wird das Personal ausgetauscht, jedes Jahr kommt auch ein neuer Marshal für die Zeit seiner Verpflichtung hierher. Die neuen Leute kennen alle die Bedingungen ebensogut wie Sie. Sie sind da keine Ausnahme. Also gut, wenn Sie unbedingt hier den Helden spielen wollen, um Ihren Preis in die Höhe zu schrauben — ich werde darüber nachdenken.«

O'Niel sagte nichts, sondern begann sich in dem prächtig eingerichteten Büro umzusehen. Nach kurzer Zeit schaute Sheppard von seiner Beschäftigung auf und beobachtete ihn mit wachsender Neugier.

»Suchen Sie etwas Bestimmtes?«

O'Niel setzte seine Inspektion fort. Dieses Büro zu möblieren, hatte sicher mehr gekostet, als er in einem Jahr verdiente. Langsam wandte sich der Marshal zu dem General-Manager um und starrte ihn durchdringend an.

»Ja, *Sie!*«

Sheppard seufzte und kehrte mitleidig lächelnd zu seinem Spiel zurück.

»Was ist los mit euch Burschen? Wenn Sie doch solch ein Superpolizist sind, was tun Sie dann, zum Teufel, in einer Mine wie Io? Man hat Sie sicher nicht aus Anerkennung für gute Leistungen hierher geschickt. Das wissen Sie ebensogut wie ich.

Er schlug nach dem Ball.

»Ich habe Ihre Unterlagen durchgesehen, wie ich es bei jedem tue, bevor ich ihn hierher verpflichte. Wollen Sie wissen, warum Sie hier sind, anstatt in einer hübschen Stadt auf der Erde wie zum Beispiel Singapur oder Perth Polizeicaptain zu sein? Ich will es Ihnen sagen. Es steht zwar auch in Ihren Zeugnissen, wenn es auch nicht deutlich ausgesprochen ist. Aber ich kann sehr gut zwischen den Zeilen lesen. Sie reißen den Mund zu weit auf. Deshalb schickt man Sie von einem Drecksloch zum nächsten. Doch Sie haben sich selbst für dieses Leben entschieden. Es ist Ihre Sache, was Sie mit Ihrem Leben anfangen. Aber mischen Sie sich nicht in meines, denn ich habe nicht vor, für den Rest meines Lebens das zu tun, was ich jetzt hier mache.«

»Um so besser für Sie!«

Sheppards Stimme wurde scharf.

»Ich könnte Ihre Haltung verstehen, wenn sie Sie irgendwie weiterbrächte, doch Sie ziehen keinen Nutzen aus dieser Geschichte. Ihr Vorhaben ist sinnlos, dumm und ungewohnt für mich, sonst würde ich mich den Teufel darum scheren. Sie sollten sich genau überlegen, worauf Sie sich da einlassen. Überschlafen Sie die Sache noch einmal!«

O'Niel wandte sich zum Gehen.

»Wir sehen uns noch.«

Sheppards Stimme wurde lauter.

»Wenn Sie wirklich auf mehr Geld aus sind, haben Sie die ganze Sache klug eingefädelt. Andernfalls sind Sie dümmer, als man vermutet.«

O'Niel lächelte sanft.

»Ich bin vielleicht noch sehr viel dümmer.«

»So etwas kann sehr gefährlich werden.«

O'Niel verließ lächelnd das Büro.

In der Nacht fand O'Niel keinen Schlaf. Er rollte sich zur Seite, schaltete die Leselampe ein und setzte sich im Bett auf. Das Bett neben ihm war leer, die Decke unberührt. Er stand auf und begann sich anzukleiden. Das Apartment kam ihm öde und leer vor, die Stille rauschte laut in seinen Ohren. Wenn er schon nicht schlafen konnte, wollte er wenigstens arbeiten.

Der letzte Rest von Müdigkeit verflog, während er über die belebten Korridore zur Sicherheitssektion hinüberging. Im Verwaltungsteil der Mine ließ das Gedränge nach, denn nur in der Mine wurde rund um die Uhr gearbeitet. Die Verwaltung hatte schon lange Dienstschluß.

Der Wachraum war leer. Die Beamten der Nachtschicht befanden sich auf Streife. Man verschwendete keine gut bezahlte Arbeitskraft, nur um ein Büro besetzt zu halten. Die Computer erledigten alles, nahmen Meldungen auf, beantworteten Fragen und gaben Einsätze über Funk an die Streifen durch.

O'Niel steckte seine Kennkarte in den Aufnahmeschlitz des Computers. Die Maschine benötigte kaum eine Sekunde zur Überprüfung, dann öffnete sich die Tür mit einem Summton.

Das Licht im Wachraum war gedämpft. Die Schreibtische waren aufgeräumt, schienen auf die Rückkehr der Menschen zu warten, die sonst an ihnen arbeiteten. O'Niel ging auf sein Büro zu, um die eingegangenen Berichte durchzusehen. Doch mitten im Schritt änderte er seine Richtung und steuerte den Zellentrakt an. Vielleicht war Spota inzwischen etwas zugänglicher geworden.

Während er den schmalen Zellengang hinunterging, überprüfte er routinemäßig jede Zelle. Der Gang selbst war dunkel, wurde aber erhellt von dem Licht, das aus den Sichtscheiben der Zellen fiel.

Die zwei Streithähne waren entlassen worden, dafür gab es einen Neuzugang. O'Niel studierte rasch die Meldekarte an der Wand. Wieder ein Betrunkener. O'Niel ging weiter.

Die Zellen selbst waren hell erleuchtet. Alle Gefangenen schliefen, der Lebensrhythmus ihrer Körper ließ sich durch das künstliche Licht nicht beeinflussen. Die Beleuchtung diente der Überwachung der Gefangenen. Wer von ihnen schlafen wollte, konnte jederzeit die Sichtplatte seines Helmes verdunkeln.

Auf dem dunklen Flur hatte man das Gefühl, als befände man sich in einem Aquarium. O'Niel hätte es jedoch vorgezogen, Fische hinter den Scheiben zu sehen. Für die Bewohner, die diese Zellen gewöhnlich beherbergten, hatte O'Niel nur noch wenig

Interesse. Eine Ausnahme gab es zur Zeit, und das war der Bursche in Zelle Siebenunddreißig.

Einige der Gefangenen trieben quer durch die Zellen. Andere schliefen zusammengerollt wie kleine Kinder. Die erfahreneren Gesetzesbrecher bevorzugten eine Spreizlage, weil man sich dann im Schlaf nicht so stark um die eigene Achse drehte.

O'Niel blieb bei der letzten Zelle stehen und nahm den Sprecharm aus der Halterung.

»Okay, Spota, du hast es jetzt lange genug überschlafen können. Jetzt sollten wir uns mal wieder unterhalten.«

›So stur wie vorher‹, dachte der Marshal, als er keine Antwort erhielt.

Spota trieb, den Rücken der Sichtscheibe zugewandt, in der Zelle.

»He, du Schlaumeier!«

Wieder keine Antwort.

»He . . .!«

O'Niels Stimme verklang, er preßte das Gesicht gegen die Scheibe und starrte in die Zelle.

Der Sauerstoffschlauch von Spotas Anzug war in der Mitte durchschnitten. Die Enden schwebten frei in der schwerelosen Zelle. Aus dem Stück, das mit Spotas Helm verbunden war, tropfte Blut, glänzende rote Tropfen schwebten durch den Raum, sammelten sich an der Decke, dem Boden und in den Ecken.

O'Niels Gesicht erstarrte, wütend hieb er mit der Faust gegen die Scheibe. Dann machte er auf dem Absatz kehrt und lief den Gang hinunter. Er stürmte durch die Wache auf den Hauptgang hinaus in Richtung der Wohnsektion, in der die Verwaltungsleute ihre Quartiere hatten. Ein Gedanke — ein Name — kreiste immer wieder durch seinen Kopf: Montone!

Auf sein wiederholtes Klopfen reagierte niemand. Es war möglich, daß sich der Sergeant woanders aufhielt, denn er brauchte sich nicht zu beeilen. Er glaubte sicher, daß O'Niel längst schlief.

Der Marshal benutzte seine Universal-Kennkarte, die ihm überall Zutritt verschaffte, und betrat den Raum. Sein Gesicht war gerötet, er atmete heftig. Rasch schaute er sich um. In dem Zimmer war niemand.

»Montone!«

O'Niel trat an die Koje, doch sie war unbenutzt. Blieb also nur noch ein Ort in der Wohnung, an dem der Sergeant sich aufhalten konnte, wenn er sich nicht schon längst bei Sheppard befand. Wütend ging der Marshal zur Badezimmertür und hämmerte mit der Faust dagegen.

»Montone ... sind Sie da drin? Hier ist O'Niel. Wenn Sie da sind, kommen Sie besser freiwillig heraus, ehe ich Sie hole!«

Die Antwort war nur Schweigen. Der Marshal begann rasch das Zimmer zu durchsuchen, öffnete Schubladen und Einbauschränke. Kleider und persönliche Gegenstände lagen ordentlich in ihren Fächern verstaut. Damit hatte O'Niel nicht gerechnet. Hatte sich Montone in seiner Panik so überstürzt ein Versteck gesucht, in dem er in Ruhe die nächste Fähre abwarten konnte, daß er seine Sachen zurücklassen mußte? Gedankenverloren öffnete O'Niel die Tür zur Toilette und blickte auf.

Montone quollen die Augen aus der Höhle. Seine schwarze, geschwollene Zunge hing ihm seitlich aus dem Mund. Er war mit einer Drahtschlinge erhängt worden, deren Enden man an einem Wasserrohr befestigt hatte. Seine Hände hatte man mit Draht hinter dem Rücken zusammengebunden.

O'Niel starrte entsetzt auf seinen Stellvertreter, raffte sich dann auf und machte die Leiche vom Wasserrohr los. Die leblosen Augen, noch im Tode vor Furcht und Schrecken geweitet, starrten an ihm vorbei ins Leere.

Suchend schaute O'Niel sich um, dann ging er zur Koje, zog das Laken heraus und breitete es über den Leichnam, den er auf den Boden gelegt hatte. Müde trat er an das Interkom, um das Hospital zu verständigen.

Als er schließlich zu seinem Apartment zurückkehrte, war er eher benommen als müde. Über der Computerkonsole blinkte die grüne Leuchtanzeige. Er ließ sich in den Sessel davor fallen und tippte seine Kennung ein. O'NIEL, W. T. IRGENDWELCHE BOTSCHAFTEN?

Die Maschine brummte leise. O'NIEL, W. T. POSITIV.

Sein Zeigefinger berührte die Rücklauftaste: PLAYBACK.

EINE NACHRICHT FÜR O'NIEL, W. T. STRENG VERTRAULICH! ENTSCHLÜSSELUNGSCODE BENUTZEN.

Des Marshals Bedrücktheit wich ein wenig seiner Neugier. Was, zum Teufel, konnte so wichtig sein, daß es zu dieser Nachtzeit verschlüsselt hereingegeben wurde? Er hatte Mühe, sich an den Code zu erinnern, den er in den Computer eingegeben hatte.

Die Maschine akzeptierte seinen Code und wiederholte ihn:

SBVDDTKKHRCY. JBTFWPA.

»Faszinierend«, murmelte O'Niel, dann tippte er rasch:

ENTSCHLÜSSELN! STRENG VERTRAULICH!

Die Antwort der Maschine war kurz, aber inhaltsschwer:

ANKUNFT EINES NAHRUNGSMITTELTRANSPORTS — MONTONE.

Diese Nachricht vertrieb die letzte Müdigkeit.

BITTE DEUTLICHER AUSFÜHREN! befahl der Marshal dem Computer.

Doch der wiederholte nur die Worte: ANKUNFT EINES NAHRUNGSMITTELTRANSPORTS — MONTONE.

›Zum Teufel mit der Erklärung‹, dachte O'Niel aufgeregt. Diese kurze Botschaft besagte doch genug. O'Niel schaltete die Maschine ab und stürzte zur Tür. Erst auf dem Korridor verlangsamte er seine Schritte und begann nachzudenken.

Montone hatte immer weggeschaut, hatte nichts sehen wollen — und nicht darüber nachdenken wollen. Jetzt war er tot. O'Niel schritt wieder schneller aus, hatte aber die Richtung geändert. Es konnte nichts schaden, einen Umweg zu machen.

Der Zugang zum Ladedeck war unbewacht. Der Marshal berührte den Schleusenmechanismus und beobachtete, wie das Schott zur Seite glitt. Dann betrat er das Ladedeck und knipste seine kleine Taschenlampe an. Ihr heller Lichtkegel glitt über ein Gewirr von Regalen und Containern.

Langsam schloß O'Niel das Schott hinter sich und leuchtete sich den Weg zu einer Rampe zwischen zwei stillgelegten Aufzügen. Im Moment befanden sich hier keine Arbeiter, und der Marshal glaubte ganz deutlich seinen Herzschlag vernehmen zu können. Orte, die normalerweise laut sind, konnten einen nervös machen mit ihrer Totenstille. Und je größer der Ort war, desto beklemmender die Stille.

O'Niel brauchte einige Zeit, bis er die mit der letzten Fähre angekommenen Container herausfand. Geduldig inspizierte er die Aufkleber auf jeder Kiste und an jedem Zylinder. Der dünne Lichtfinger tanzte von einem Aufkleber zum anderen, bis er schließlich über die gerippte Oberfläche von mehreren größeren Behältern glitt. Gemäß ihren Aufklebern befand sich Tiefkühlkost in den Behältern.

Ein Computerausdruck, den der Marshal über sein Terminal abgerufen hatte, nannte ihm Namen und Zahlen. Hastig verglich er die Liste mit den Aufklebern, wanderte langsam von einem Behälter zum nächsten. Schon bald fand er, wonach er suchte. Der Container trug das Firmenzeichen der Gesellschaft, die Warnung vor der Gefrierversiegelung und die Worte: TIEFGEFROREN — VERDERBLICHE WARE!

Die Verschlüsse des Containers ließen sich nur schwer öffnen, weil er sowohl temperatur- als auch druckversiegelt war. Doch O'Niel zerrte mit aller Kraft daran, und schließlich sprangen sie auf.

Ein Schauer eiskalter Luft drang aus dem Behälter. O'Niel wartete, bis sich die Luft im Innern etwas erwärmt hatte, dann kletterte er vorsichtig hinein.

Der Innenraum war groß genug für ihn, er konnte aufrecht darin stehen. Sein Atem bildete weiße Wolken in der unterkühlten Luft. O'Niel zog seine Hemdsärmel über die Hände, stellte seinen Kragen hoch und schloß den obersten Knopf, um sich ein wenig besser vor der eisigen Kälte zu schützen.

Rinderhälften hingen an großen Haken herab. Das Fleisch unter der blassen Schicht von gefrorenem Fett war leuchtend rot. Es erinnerte O'Niel an Leichenschauhäuser. Sauber aufgereiht hingen die Hälften über die ganze Längswand des Containers verteilt. Die meisten würden in der Küche der Offiziersmesse lan-

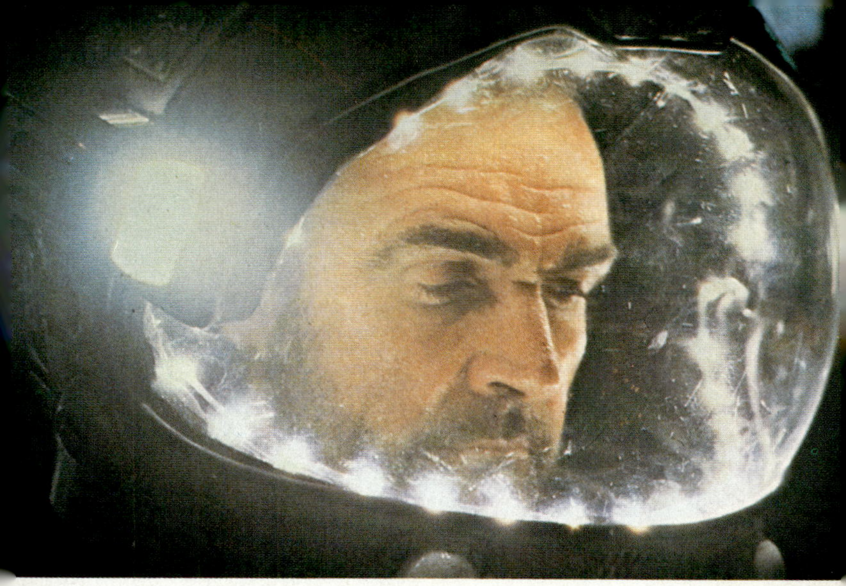

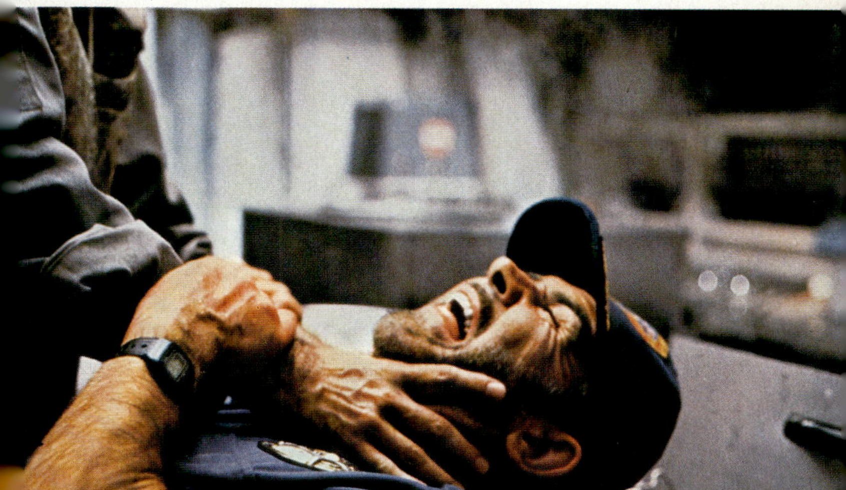

den und von dort aus weiter auf die Teller der Manager und ihrer Assistenten wandern. Die Arbeiter würden von dem Fleisch nur wenig zu sehen bekommen.

Langsam bewegte sich O'Niel die Reihe der leblosen Tierhälften entlang.

›Wir haben etwas miteinander gemein‹, überlegte er, während er das Fleisch betrachtete. ›Wir sind weit von zu Hause entfernt.‹

Der Schein seiner Lampe tanzte über die vorstehenden Rippen der toten Tierkörper. O'Niel war sich nicht sicher, wonach er suchte, wußte aber, daß er es sofort erkennen würde, wenn er es sah. Doch es gab nichts, das ihn weitergebracht hätte — bis sich plötzlich mit leisem Schwirren eine Drahtschlinge um seinen Hals legte. Ehe O'Niel merkte, was vorging, wurde die Schlinge zugezogen. O'Niels Hände fuhren zum Hals.

Er versuchte verzweifelt, seine Finger unter die Schlinge zu bringen, doch sie spannte sich eng um seinen Hals, zerschnitt beinahe den Stoff seines Kragens. Nicht einmal einen Fingernagel hätte er dazwischenschieben können, um den tödlichen Zug ein wenig zu lockern. Er rang krampfhaft nach Atem . . .

Yario war kein Leichtgewicht wie Spota. Er war ein starker, ungeschlachter Bulle, der diese Art Arbeit schon häufiger erledigt hatte. Er drückte sein Knie hart in O'Niels Rücken und zerrte ihn nach hinten. O'Niel strampelte hilflos mit den Füßen, die Augen traten ihm aus den Höhlen, sein Atem rasselte, verzweifelt bemühte er sich, Yarios tödliche Umklammerung zu lockern. Er stieß die Ellbogen nach hinten, doch sie glitten wirkungslos an Yarios muskelbepackten Oberarmen ab. Die Fußtritte, die O'Niel austeilte, fanden keinen Widerstand. Yarios Gesicht war vor Anstrengung rot angelaufen, die Schlinge schnitt ihm tief in die Handflächen, doch er lockerte nicht eine Sekunde lang ihren Zug.

Langsam wurden O'Niels Bewegungen schwächer. Er konnte seine Nackenmuskeln nicht mehr anspannen, seine Arme und Beine wurden schlapp, sein Brustkorb sank zusammen.

Doch auch jetzt lockerte Yario nicht den Zug der Schlinge, obwohl er aus Erfahrung wußte, daß O'Niel sich nicht verstellte. Niemand hätte diesen ungeheuren Druck auf den Kehlkopf lebend überstehen können. Erst als Yario überzeugt war, daß O'Niel das Zeitliche gesegnet hatte, öffnete er die Schlinge. Der tote Körper des Marshals sackte zusammen.

Yario ließ die Leiche auf den Containerboden gleiten. Der Marshal war erledigt. Er würde nicht mehr seine Geschäfte stören ...

Man würde kaum Fragen stellen. Viele Leute hier hatten eine Abneigung gegen Gesetzeshüter. An einem Ort wie Io gab es eine Menge potentieller Mörder. Die Tatsache, daß der Marshal und der Sergeant so kurz hintereinander umgekommen waren, würde man als seltsamen Zufall darstellen oder sonst eine Erklärung finden.

Das war nicht sein Problem. Sollten doch Sheppard oder die Gesellschaft eine geeignete Erklärung dafür finden. Yario war kein großer Denker. Er tat nur seine Arbeit. Und er tat sie gut, wie O'Niel und Montone beide bestätigen konnten. Nein, nicht mehr bestätigen konnten!

Der Hüne grinste bei diesem Gedanken, stieg über den zusammengesunkenen Körper und ging zum hinteren Ende des Containers. Der Empfänger der Rinderhälften war jeweils auf das Fleisch aufgestempelt. Auf einigen wenigen stand: CAFETERIA. Die meisten waren für die Offiziersmesse bestimmt, und nur ganz wenige gingen an bestimmte Leute.

Dicht vor der Querwand hing eine Fleischhälfte mit dem Stempel GENERAL-MANAGER. Yario grunzte zufrieden und drehte die Innenseite am Haken zu sich herum. Er beeilte sich, denn ihm wurde langsam kalt.

O'Niels harter Schlag traf ihn genau unter die Rippen. Der überraschte Yario verlor das Gleichgewicht und stürzte gegen die Containerwand. Die Wucht des Schlages raubte ihm einen Augenblick lang den Atem. O'Niel riß den Arm hoch und hieb mit der Handkante gegen Yarios Nasenwurzel. Knochen splitterten knirschend, Blut schoß aus der Nase des Mannes und gerann sofort in der eisigen Luft des Tiefkühlraums.

Yario richtete sich auf und stampfte wie ein verwundeter Bär auf O'Niel zu. Er hatte seine dicken Arme ausgestreckt, um seinen Widersacher zu packen und zu erdrücken. Doch O'Niel ließ ihm keine Zeit, sich von seinen Schmerzen und von seiner Überraschung zu erholen. Er hatte nicht vor, dem bärenstarken Gegner auch nur die kleinste Chance einzuräumen.

Geduckt stürmte er vorwärts und rammte seinen Kopf gegen Yarios Solarplexus. Der heftige Stoß trieb die Luft aus dem untersetzten Körper, der in der Mitte einknickte. Im gleichen Moment verlagerte O'Niel sein ganzes Körpergewicht auf ein Bein, riß das Knie hoch und schmetterte es gegen das ungeschützte Kinn seines Gegners. Das Knirschen des Aufpralls hallte im Container und dem ganzen Ladedeck wider.

Yario sackte ohne einen Laut von sich zu geben auf dem Boden zusammen und lag regungslos — wie die Fleischhälften, die über ihm hingen.

O'Niel taumelte zurück und lehnte sich erschöpft gegen die kalte Containerwand. Er versuchte regelmäßig zu atmen, ließ aber dabei keinen Blick von Yarios Gestalt. Doch der Mann verstellte sich nicht, wie O'Niel es vorher getan hatte. Er würde eine Zeitlang bewußtlos sein, und O'Niel war dafür dankbar. Denn dieser Gegner war viel gefährlicher, viel kaltblütiger, als der in Panik geflüchtete und jetzt tote Spota.

Der Marshal hob die Hand und öffnete den obersten Hemdknopf. Der Kragen war immer noch hochgestellt, das hatte ihm das Leben gerettet. Mit den Fingerspitzen konnte O'Niel das tiefe, schmerzende Würgemal spüren, das die Schlinge trotzdem an seinem Hals hinterlassen hatte. Er klappte den Kragen herunter und tastete das Wundmal ab. Hätte Yario ein wenig stärker gezogen, hätte er mit der Schlinge sogar den derben Uniformstoff des Hemdkragens durchgescheuert — und O'Niel die Kehle durchgeschnitten. Doch er hatte nicht daran gedacht, daß der Kragen O'Niel retten könnte. Glücklicherweise!

O'Niel riß den Kragen vom Hemd und warf ihn zu Boden. Dann vergewisserte er sich, daß der Gegner wirklich ›schlief‹. O'Niel verspürte kein Verlangen, nochmals mit jemandem aneinanderzugeraten, der solche Kräfte besaß und die Würgeschlinge so meisterhaft und lautlos beherrschte.

Er richtete sich auf und ging zu der Fleischhälfte, die Yario herumgedreht hatte, befriedigt las er den Aufdruck:

GENERAL-MANAGER.

Zentimeter für Zentimeter begann er das Fleisch im Schein seiner Taschenlampe zu untersuchen. Doch er konnte nichts Ungewöhnliches entdecken. Keine zertrennten Sehnen, keine besonderen Markierungen.

Mit der flachen Hand klopfte er das Fleisch ab. Flach hallte das klatschende Geräusch in dem Kühlbehälter wider. O'Niel begann vor Kälte und Erschöpfung zu zittern.

Ganz unerwartet tönte ein Schlag plötzlich hohl. O'Niel zog ein schmales Messer aus der Hosentasche. Es war ein veraltetes Klappmesser, nicht eins dieser fantastischen Laser-Skalpelle, die man im Hospital verwendete, doch dieses tat es auch. Er schnitt an der Stelle, die hohl geklungen hatte, tief in die Fettschicht, steckte, sobald das Loch groß genug war, seine Hand hinein und tastete das Innere ab. Wenig später verzog er das Gesicht zu einem zufriedenen Grinsen. Rasch schnitt er mit dem Messer eine tiefe Kerbe in das Fleisch und drückte es zur Seite. Wo an sich das Filetstück hätte sein sollen, war ein großes Loch. Darin steckten wohlverpackt mehr als hundert dieser Plastikbehälter mit der roten Flüssigkeit, von denen er Spota einen abgejagt hatte. O'Niels Lächeln wurde breiter. Jeder Behälter enthielt mindestens 120 Gramm, also vierhundert Dosen. In dem Fleisch waren mindestens vierzigtausend Dosen der Droge versteckt. Jemand hatte hier eine beachtliche Investition getätigt.

Es war jetzt O'Niels Aufgabe, den roten Tod auszumerzen. Grundsätzlich haßte es der Marshal, Dinge zu zerstören. Doch diese Aufgabe würde ihm ein Vergnügen sein. Er schaute sich um und erblickte einen Behälter mit Weinflaschen, auf den ebenfalls die Worte GENERAL-MANAGER aufgedruckt waren. Er leerte den Behälter, ohne darauf zu achten, ob die Flaschen zerbrachen. Dann begann er, die Plastikbehälter mit der Droge in den Sack zu füllen ...

9

Das Spielfeld war leuchtend grün, der Rasen sehr kurz. Die rechte Seite flankierten dichte Zypressen, duftige Wolken schwebten am stahlblauen Himmel. Auf der linken Seite des Rasenplatzes waren runde Löcher in den Boden eingelassen, hinter denen ein Teich mit Seerosen in der Sonne blinkte. In der Ferne konnte man einige Gebäude erkennen, die den Weg zum Spielfeld säumten. Eine kleine Flagge flatterte lustig in der warmen Brise . . . Ein lautes Krachen ertönte, als der polierte Schläger aus Mahagoni den Ball berührte. Der Ball flog nur eine kurze Strecke, prallte dann gegen die Wand und fiel zu Boden. Doch das Computerbild an der Wand lief weiter, genau von dem Punkt aus, wo der Ball den sensorisierten Wandschirm berührt hatte, bis zu einem imaginären Punkt, den der Ball in Wirklichkeit erreicht hätte. Der Computer errechnete exakt aus dem Aufschlagwinkel, aus der Aufschlagkraft und der Geschwindigkeit die Weite, die der Ball geflogen wäre, und richtete demnach das Bild auf dem Schirm aus.

Der Ball flog genau einhundertvierzig Meter weit. Sheppard schürzte die Lippen, während er das Ergebnis studierte. Er stand immer noch leicht gebückt in der Schlaghaltung. Jeden Moment würde er jetzt auf den Knopf für die Rückgabeautomatik drükken, das Bild auf dem Schirm würde sich wieder verändern und den Ausgangsstandort zeigen. Die Rückgabeautomatik würde ihm den Ball zu Füßen legen.

Sheppard stand allein auf dem falschen Rasen, der einen Teil des Bodens im Büro bedeckte. Der Rest des Raumes lag im Halbdunkel, nur der Schirm mit der vorgetäuschten Landschaft leuchtete sanft.

»Was ist los?« fragte plötzlich eine Stimme aus dem Halbdunkel. »Blendet Sie die Sonne?«

Sheppard wandte sich um und senkte den Schläger. O'Niel stand am anderen Ende des Büros, dunkel hob sich sein Körper gegen das erleuchtete Lichtrechteck der Tür zum Vorzimmer ab.

»Es tut mir leid, Mister Sheppard. Ich habe ihm gesagt, daß Sie nicht gestört werden dürfen, doch er ist einfach durchgegangen . . .«

»Es ist gut, Darlene. Du kannst gehen.«

Die schmale Gestalt hinter O'Niel zögerte, verschwand aber dann.

»Sieh da, das Gesetz in Person!«

Sheppard wandte sich ruhig wieder seiner Beschäftigung zu und überlegte den nächsten Schlag.

»Ich arbeite jetzt nur noch an der richtigen Entfernung. Treffsicher bin ich inzwischen schon. Was glauben Sie, soll ich den Siebener-Schläger nehmen?«

O'Niel ging auf ihn zu, die Tür schloß sich hinter ihm.

»He, Sheppard! Was glauben Sie wohl, was ich gerade in einem Fleisch-Container gefunden habe? Frisch angekommen mit der letzten Fähre. Wartete nur noch auf dem Frachtdeck auf seine Auslieferung!«

»Ich mag nicht raten! Ich habe ohnehin das Gefühl, daß Sie es mir gleich sagen werden.«

Während er sprach, wählte er aus seiner Golftasche einen frischen Schläger.

O'Niel sprach weiter, seine Stimme klang belustigt:

»Ich fand einen zweihundertfünfzig Pfund schweren Fleischklumpen namens Yario, der für Sie arbeitet. Und zufällig zeigte er mir eine ganze Ladung Polydyeuth. Den Fleischklumpen habe ich ins Gefängnis gesteckt und das PDE ins Klo geschüttet. Oder war es andersherum? Doch wie auch immer, das Schloß zu seiner Zelle besitzt eine Kombination, die nur ich kenne. Damit er, während er schläft, nicht plötzlich unliebsamen Besuch erhält.«

Sheppards Hände umkrampften den Schaft des Schlägers. Langsam wandte er sich um und versuchte zu grinsen. Doch das Grinsen mißlang. Seine Stimme war leiser als sonst.

»Gott, was sind Sie doch für ein fleißiger kleiner Marshal?«

»Sie sollten stolz auf mich sein!«

»Sagen wir, ich bin ungemein beeindruckt!«

Sheppard holt weit aus und schlug. Der Ball flog in einer niedrigen Kurve nach links gegen die Wand. Beide Männer beobachteten, wie das Schirmbild sich veränderte und den Flug des imaginären Balles projizierte. Er landete genau im ersten Loch. Sheppards Hand zitterte leicht, als er das Bild in die Ausgangsposition zurückschaltete.

»Ein ausgezeichneter Schlag!« sagte O'Niel anerkennend.

Nervös hantierte Sheppard an den Kontrollen, holte das Bild zu nahe heran und ließ es wieder zurücklaufen, bis auf der Computer-Konsole ein rotes Licht aufblinkte und ihm anzeigte, daß wieder die richtige Ausgangsposition erreicht war. Die automatische Ballrückgabe hatte inzwischen den richtigen Ball vor seinen Füßen abgelegt. Zärtlich berührte Sheppard den Ball mit dem Ende des Schlägers.

»Haben Sie wirklich die ganze Sendung vernichtet?«

»Ja, es war eine ziemlich große Menge. Das Geschäft scheint gut zu florieren. So gut, daß die nächste Lieferung erst fällig wäre, wenn mindestens hundert Männer und Frauen durch Sie zum Selbstmord getrieben worden wären.«

»Sie haben wirklich einen Hang zum Dramatischen.«

»Absolut nicht. Gewöhnlich verrichte ich meine Arbeit möglichst unauffällig. Sagen Sie, war das Zeug teuer?«

»Teurer, als Sie es sich vorstellen können.«

Der General-Manager hatte sich wieder gefaßt.

»Ist es schwer zu ersetzen?«

»Schwerer, als man glaubt.«

»Na, dann sieht's ja ganz so aus, als seien Sie aus dem Geschäft.«

Sheppard ließ sich Zeit, als er den Schläger in die Golftasche zurücksteckte. Die Kosten für den Transport dieser Golfplatz-Apparatur und der vergleichsweise nutzlosen Tasche nach Io mußten unvorstellbar gewesen sein. Sheppard zog einen anderen Schläger hervor, verhielt aber dann mitten in der Bewegung und betrachtete den Marshal wie ein Entomologe, der eine neue Spezies von Schmetterlingen studiert.

»Ich glaube, ich habe Sie unterschätzt, O'Niel. Ich hatte einen ganz falschen Eindruck von Ihnen, und das ist mir noch nie passiert. Sie sind nicht dumm, nein, Sie sind wahnsinnig.«

Seine Stimme klang bedauernd, aber nicht freundlich, während er einen frischen Schläger aus der Tasche herauszog.

»Glauben Sie wirklich, Sie könnten uns, außer uns ein paar Unannehmlichkeiten zu bereiten, etwas anhaben? Es sind zwar sehr kostspielige Unannehmlichkeiten, die Sie uns machen, aber sonst auch absolut nichts. Glauben Sie mir!«

Er schüttelte bedauernd den Kopf.

»Gehen Sie nach Hause und polieren Sie Ihr Abzeichen, Marshal. Hier haben Sie es mit Erwachsenen zu tun, die eine Nummer zu groß für Sie sind, merken Sie das nicht? Verstehen Sie überhaupt, auf was Sie sich da eingelassen haben?«

O'Niels halbherziges Lächeln verstärkte sich.

»Ich verwette meinen Kopf darauf, daß der Absender der Ware Ihnen sehr übelnehmen wird, daß Sie sie verloren haben. Erwachsene kennen in solchen Sachen keinen Spaß.« Bei diesen Worten schaute er an Sheppard vorbei auf das Bild an dem Wandschirm. »Hier würde ich einen Neuner nehmen. Sie dürften aber nur leicht schlagen, denn das Loch da scheint nicht sehr tief zu sein. Noch einen guten Rat zum Abschluß: Wenn Sie nicht sehr vorsichtig sind, können Sie sich bald beerdigen lassen.«

Er wandte sich um und ging zur Tür. Sheppard holte zum Schlag aus, richtete sich aber nochmals auf und schaute hinter O'Niel her.

»Marshal!«

O'Niel blieb stehen, drehte sich aber nicht um.

»Sie sind schon so gut wie tot, wissen Sie das eigentlich? Ich hoffe, Sie haben mich verstanden!«

»Ich höre noch gut!«

O'Niel verließ das Büro, ohne sich umzuschauen ...

Der Marshal wanderte durch Haupt- und Seitengänge hinunter auf die tiefer gelegenen Ebenen der Mine. Je tiefer er kam, um so weniger Menschen begegneten ihm. Hier im unteren Teil befanden sich hauptsächlich Maschinen, die sich selbsttätig ein- und ausschalteten und sich öfters auch selbst reparierten. Nur selten benötigten sie die Hilfe ihrer menschlichen Erbauer. Die Wartung erfolgte routinemäßig und in regelmäßigen Abständen.

Gelegentlich mußten an bestimmten Teilen der Ausrüstung unvorhergesehene Änderungen vorgenommen werden. O'Niel betrat den letzten Gang und wandte sich, nachdem er rasch einen Blick auf eine kleine Lagekarte geworfen hatte, nach links. Er hoffte, eine solche Änderung vornehmen zu können.

Die Schleuse, die er bald darauf erreichte, trug die Aufschrift:

ELEKTRISCHE VERSORGUNGSZENTRALE.

Er öffnete sie, nahm den kleinen schwarzen Koffer in die linke Hand und verschwand in der Halle, nachdem er die Schleuse sorgfältig verriegelt hatte. Die Halle war riesig, lange Reihen vertikaler Blocks zogen sich bis zu ihrem anderen Ende hin. Jeder Block beherbergte die Elektroinstallationen und Relais jeweils einer Sektion der Mine.

Die Stromaggregate summten leise, erfüllten mit ihrem Brummen die Luft. Sie bezogen ihre Energie von der weit entfernten Sonne und nutzten sie für die Versorgung der Menschen und Maschinen in der Mine.

O'Niel wanderte an mehreren Blocks vorbei. Ständig zog er den Plan zu Rate. Wie erwartet befand sich niemand außer ihm in der Halle. Die Blocks unterschieden sich deutlich in ihrer Größe. Manche waren sehr massig, wie zum Beispiel die für die Arbeiterquartiere und Minen-Lifte. Andere dagegen besaßen geringere Ausmaße, wie etwa der mit der Aufschrift HOSPITAL. Schließlich fand O'Niel, was er suchte: den Block mit der Aufschrift GENERAL-MANAGER.

Die Außenhaut der Blocks bestand aus Metallpaneelen, die sich wie Fischgräten seitlich aneinanderreihten. Verbindungskabel liefen von Block zu Block, dünne Glasfasern, die in durchsichtige Plastikkabel eingebettet waren. Am oberen Ende jedes Paneels war ein schmaler Schlitz eingelassen. O'Niel fand das Paneel, das er suchte, und steckte seine Universal-Kennkarte in den Schlitz. Eine Reihe mehrfarbiger Kontroll-Lampen blinkte auf, brannte dann aber ruhig. Das Paneel schob sich zur Seite. Dahinter lag ein undurchdringliches Gewirr von Drähten, Glasfibern, Stromleitungen und die bunte Geometrie gepreßter Module.

O'Niel betrachtete die Module, sein Blick wanderte von einem zum anderen. Die Energieleitungen ließ er unbeachtet. Schließlich entdeckte er eine Kupplung, in der eine Menge von Glasfibern wie im Zentrum eines Spinnennetzes zusammenliefen — Sprechleitungen, private Anschlüsse, Raumfunk und Computeranschlüsse. Nacheinander ging er sie anhand des Planes durch, verglich ihre Nummern und ihre Beschriftung, bis er die Leitung fand, die er suchte. Rasch öffnete er den kleinen Koffer, den er mitgebracht hatte.

Darin lagen Kabel und Prüfgeräte bunt verstreut. Die Werkzeuge dagegen steckten ordentlich in ihren Seitenhalterungen. O'Niel nahm ein kleines Stück Glasfiber heraus. Die Enden lagen blank, die Plastikhülle hatte er vorher entfernt. Sorgfältig verband er ein Ende an dem Glasfiberkabel für die Verwaltung. Das andere Ende verband er mit einem freien Kontakt, der mit dem Wort MONITOR gekennzeichnet war.

Kaum hatte das Zwischenkabel Kontakt mit dem anderen Kabel erhalten, verschmolzen die Berührungspunkte miteinander. Die spezielle chemische Zusammensetzung der Kabel würde die mit Laser-Strahlen übermittelten Botschaften der Sprechleitung nicht beeinträchtigen, da der Stromfluß nicht unterbrochen wurde. Die geringe Schwächung der Lichtintensität der Laser-Strahlen würde vom nächsten Laser-Blitzgerät kompensiert, und niemand würde merken, daß die Sprechleitung angezapft war.

O'Niel schloß das Paneel, die Verriegelung klickte leise. Sofort erloschen die Kontroll-Lampen über der Metallplatte.

O'Niel warf den Koffer zu, wandte sich um und verließ die Halle. Niemand hatte ihn kommen sehen, niemand sah, wie er ging.

Der Wachraum barst beinahe vor Betriebsamkeit, als der Marshal am nächsten Morgen eintrat. Die meisten Beamten der Tagschicht waren schon da und erzählten sich ihre Erlebnisse, während sie auf ihre Befehle warteten. Einige bemerkten O'Niel und stießen ihren Nachbarn an. Das Stimmengewirr wurde leiser, die Unterhaltung verstummte langsam.

Ballard trat auf ihn zu und begleitete ihn zu seinem Büro.

»Guten Morgen, Marshal.«

»Morgen. Was gibt es?«

Ballard überlegte einen Moment lang. »Einbruch in einen Frauenschlafsaal. Bis jetzt ist unklar, ob es ein Abartiger, ein verhinderter Liebhaber oder nur ein gewöhnlicher Dieb war. Jedenfalls hat man den Burschen überrascht. Er rannte wie der Teufel.«

»Irgendwelche Fingerabdrücke?«

»Ja, aber nur verwischte. Ich habe mich davon überzeugt, daß vorschriftsmäßig vorgegangen und sorgfältig gearbeitet wurde. Möchte nicht, daß noch einmal einer durchdreht wie Sagan.«

»Ich bezweifle, daß die beiden Fälle etwas miteinander zu tun haben«, antwortete O'Niel. »Denn dann wäre der Kerl nicht geflohen. Doch Sie haben völlig richtig gehandelt.«

»Danke. Ich glaubte nur, es könnte nichts schaden, ganz auf Nummer Sicher zu gehen.«

»Gut. Was sonst?«

»Nicht viel. Die übliche Zahl von Betrunkenen, die üblichen Beschwerden von Mrs. Machard über den Krach, ein falscher Feueralarm auf Ebene Zwei im Verwaltungssektor.«

Der Beamte grinste plötzlich breit.

»Ach ja, da war noch eine Meldung über einen Kampf in der Cafeteria.«

»Was war los?«

»Zuerst dachte ich, es hätte etwas mit dem Einbruch in den Frauenschlafsaal zu tun. — Eifersüchtiger Freund prügelt sich mit Lieberhaber, oder so was Ähnliches.« Er schüttelte den Kopf. »Doch das war es nicht einmal. Jemand hatte sich beim Anstehen an der Essensausgabe vorgedrängt.«

O'Niel warf ihm einen angewiderten Blick zu. Ballard deutete diesen Blick richtig.

»Ja, genauso habe ich auch darüber gedacht. Als ob die Leute hier nicht genügend andere Probleme hätten. Doch es gab mehr Lärm als Handgreiflichkeiten. Eine gebrochene Nase und ein paar ausgeschlagene Zähne waren das Resultat. Hinzu kommt noch das zerbrochene Inventar, das den beiden vom Gehalt abgezogen wird.«

Er deutete mit dem Daumen über die Schulter.

»Sie kühlen sich momentan im Loch etwas ab.«

O'Niel nickte zustimmend, dann runzelte er die Stirn. Sein Blick klebte an Ballards Kragen.

»Wo sind Ihre Sergeant-Abzeichen?«

Ballard wand sich unbehaglich unter O'Niels prüfendem Blick.

»Nun ... Marshal, es ist doch erst gerade ein paar Tage her, daß Montone tot ist. Und ich dachte ...«

»Sie sind der neue Sergeant«, unterbrach ihn O'Niel barsch. »Entweder tragen Sie die Abzeichen, oder Sie ziehen die Uniform auf der Stelle aus, verstanden? Ich bestehe darauf!«

»Jawohl, Sir.«

Ballard verschwand, um dem Befehl nachzukommen. O'Niel betrat allein sein Büro. Rasch überprüfte er über den Computer Yarios Zelle. Sauerstoffzufuhr und Anzugdruck waren in Ordnung. Der Sauerstoffverbrauch war höher als bei anderen Gefangenen, denn Yario war wirklich ein Riese. Der Bastard lebte also noch. O'Niel dachte nicht daran, in den Zellentrakt zu gehen und sich mit ihm zu unterhalten. Er hatte seine Lektion bei Spota gelernt. Yario würde ohnehin nichts verraten. O'Niel hatte vor, ihn in Kürze den Vernehmungsbeamten auf der Hauptstation zu überstellen.

Er setzte sich vor seine Computer-Konsole, doch bevor er die Berichte durchsah, nahm er sich einen Moment Zeit und beobachtete durch die transparente Trennscheibe die Beamten der Tagschicht. ›Sind schon ein seltsamer Haufen‹, überlegte er. ›Fast alle noch sehr jung. Halten sich aber schon für ziemlich abgebrüht — genau wie die Miner!‹

Sie befanden sich auch aus den gleichen Gründen wie jene auf lo: wegen des Geldes. Wie O'Niel aus den Personalunterlagen entnehmen konnte, waren die meisten verheiratet, einige hatten Kinder. O'Niel fragte sich, wie viele wohl dran glauben mußten, wenn es zum äußersten kam. Und alles deutete darauf hin, daß es dahin kommen würde. Er war sich dessen ziemlich sicher, denn man trat Leuten wie Sheppard nicht auf die Füße, ohne daß sie es einem doppelt und dreifach heimzahlten.

Die Beamten versahen ihre Arbeit mit Eifer, verrichteten sie gern. Sie waren noch zu jung, um ihrer überdrüssig zu sein. O'Niel bezweifelte, daß sie jemals mit schlimmeren und gefährlicheren Dingen zu tun hatten als mit randalierenden Betrunkenen. ›Sie haben die Realität noch nicht kennengelernt‹, sagte er sich. ›Und viele von ihnen werden sie auch nie kennenlernen — wenn sie Glück haben.‹ Er seufzte, rückte seinen Drehstuhl zur Konsole und gab seine Kennung ein. O'NIEL, W. T. . . .

Die Maschine antwortete prompt:

O'NIEL, W. T. Sicherheits-CODE?

Der Marshal gab das Codewort, und die Maschine summte:

EINGABE.

STRENG VERTRAULICH, tippte der Marshal ein. Ein rascher Blick überzeugte ihn, daß alle Beamten in der Mitte des Raumes um Ballard versammelt waren, der die Tagesbefehle ausgab. Niemand stand zufällig in der Nähe der Trennscheibe.

ÜBERWACHUNGSERGEBNISSE IM FALLE SHEPPARD MARK B.?

›Ein solcher Sicherheitscomputer hat doch gegenüber einem menschlichen Beamten einen wunderbaren Vorteil‹, überlegte O'Niel. ›Er beantwortet die Fragen nicht nur wesentlich schneller, sondern widerspricht und streitet nie mit einem oder verschwendet Zeit mit sinnlosen Fragen. Er serviert nur Fakten, jawohl, nur die Fakten.«

VIER GESPRÄCHE, informierte ihn die Maschine. DREI ÜBER SPRECHLEITUNG VON BÜRO ZU BÜRO, EIN FERNGESPRÄCH ÜBER FUNK.

›Und genau das wäre sicher recht interessant‹, sagte sich O'Niel.

Er hatte etwas Ähnliches erwartet. Sheppard schien kein Mann zu sein, der lange zögerte. Statt dessen handelte er.

EMPFANGSSTATION DES FUNKSPRUCHES? fragte der Marshal. Die Konsole antwortete:

HAUPTSTATION IM TRANS-JUPITER-SEKTOR.

WIEDERGABE! befahl O'Niel.

Ein unverständliches Stimmengewirr drang aus dem Lautsprecher, der in der Konsole eingebaut war. O'Niel betätigte rasch die Stopptaste und tippte den Befehl ein: ZURÜCKSPULEN — ENTZERREN — WIEDERGABE!

Der Computer zwitscherte leise, als er das winzige Band irgendwo in seinem Innern zurückspulte. Erst waren nur statische Störungen zu hören, dann ging ein Rufzeichen hinaus. Der kleine Videoschirm erwachte zum Leben, zeigte das Gesicht von Sheppard. Der General-Manager saß an seinem Schreibtisch und schaute in die Kamera. Ungeduldig wartete er darauf, daß sich der Teilnehmer meldete. Er wirkte nervös und wütend. Über diese Tatsache freute sich O'Niel.

»Hallo?« ertönte plötzlich eine fremde Stimme. Sheppards Bild auf dem Schirm reagierte augenblicklich. Er schaute weiterhin direkt in die Kamera und sprach, als ob er sich mit O'Niel, nicht aber mit dem bis jetzt noch unbekannten Teilnehmer unterhielte.

»Ist da Bellows?«

»Ja, am Apparat«, ertönte die Antwort.

»Hier ist Sheppard. Wir müssen unbedingt miteinander reden.«

Rasch tippte O'Niel auf einer Nebenleitung folgende Eingaben in den Computer:

BELLOWS-HAUPTSTATION IM TRANS-JUPITER-SEKTOR. IRGENDWELCHE ANGABEN?

»Das müssen wir tatsächlich!«

Die Stimme des Unbekannten namens Bellows klang gereizt.

»Was, zum Teufel, geht da drüben vor?«

Bellows war offensichtlich über die Maßen wütend. O'Niel grinste breit.

»Es gibt hier ein wenig Ärger«, informierte ihn Sheppard.

»Sie werden auch bald riesigen Ärger haben, wenn Sie nicht spuren!« antwortete Bellows drohend. »Ein paar wichtige Leute sind momentan absolut nicht gut auf Sie zu sprechen.«

»Was wollen Sie damit sagen?«

»Meine Leute glauben, daß Sie Ihre eigene Organisation nicht genügend im Griff haben. Und nach dem, was mir da zuletzt zu Ohren gekommen ist, kann ich es meinen Leuten auch nicht verdenken. Sie sind sehr unvorsichtig gewesen.«

»Sie können sie beruhigen. Ich regle das schon. Ich brauche nur für ein paar Tage einige Ihrer besten Männer. Nur für ein paar Tage!«

»Was ist mit den anderen beiden?« fragte Bellows. »Ich dachte, sie seien genau die richtigen für diese Art Arbeit.«

»Bis zu einem gewissen Grad waren sie das auch. Doch dann haben sie versagt. Schicken Sie mir die Männer, und ich bereinige das hier. Ich brauche sie wirklich nur kurze Zeit, dann kommen sie zurück.«

Bellows ließ sich Zeit mit der Antwort, seine Stimme klang zögernd. »Meinen Leuten dürfte das absolut nicht gefallen.«

»Sie wollen doch, daß alles wieder reibungslos läuft, nicht wahr?« sagte Sheppard drängend. »Dann erfüllen Sie meine Bitte und sagen Sie ihnen, daß sie sich keine Sorgen zu machen brauchen.«

»Wann brauchen Sie die Männer?«

»Mit der nächsten Fähre. Je schneller, desto besser. Um so früher kommt die Sache wieder in Ordnung.«

Eine kurze Zeitlang herrschte Schweigen. Sheppard tat alles, um seine Erregung zu unterdrücken. O'Niel bewunderte insgeheim die Selbstbeherrschung des General-Managers.

»Ich werde sehen, was sich machen läßt«, verkündete Bellows schließlich. »Es wird nicht leicht sein, die Leute sind sehr unruhig und nur schwer zu überzeugen.«

»Es ist wirklich nur für ein paar Tage«, erklärte Sheppard nochmals. »Das ist doch nicht zuviel verlangt, um Ihre Einlagen hier zu schützen.«

Zögernd stimmte Bellows zu.

»Ich will's versuchen. Ich rufe Sie später zurück.«

Deutlich war das Klicken zu hören, als die Funkverbindung unterbrochen wurde. Statisches Rauschen ertönte, Sheppards Bild auf dem Schirm verblaßte und verging in elektronischem Flimmern ...

Im Geiste wiederholte O'Niel die Unterhaltung, während er geistesabwesend in den Wachraum schaute. Die Beamten waren verschwunden, jeder hatte seine Aufgabe zugeteilt bekommen. Auch Ballard war fort, wahrscheinlich kümmerte er sich um die Einbruchgeschichte im Frauenschlafsaal.

O'Niel beschäftigte sich wieder mit dem Computer.

BETRIFFT ANTWORTGESPRÄCH FÜR SHEPPARD, MARK B. ANTWORT SCHON EINGEGANGEN?

Augenblicklich antwortete der Computer:

POSITIV. ANTWORT UM 18 UHR 30 EINGEGANGEN.

ENTZERREN UND WIEDERGEBEN! befahl O'Niel.

Wieder folgte das typische Summen und die statischen Störungen, bis ein Pfeifton meldete, daß ein Sprechkontakt hergestellt worden war. Sheppards Gesicht tauchte auf dem Schirm auf.

»Hier Sheppard.«

»Bellows«, ertönte die nun schon vertraute Stimme.

»Sie bekommen die Männer. Es war nicht einfach. Meine Leute sind sehr unzufrieden mit Ihnen. Sie befürchten Ärger in den anderen Minenprojekten.«

»Ich wüßte nicht wieso«, antwortete Sheppard. »Dies hier ist doch nur ein örtliches Problem.«

»Zum Teufel!« Bellows echauffierte sich. »Wenn die Gesellschaft Wind davon bekommt, daß da bei Ihnen was schiefgelaufen ist, wird man uns die Hölle heiß machen. Solange unsere Operationen stillschweigend abgewickelt werden, läßt man uns in Ruhe. Doch einen schlechten Ruf kann sich die Gesellschaft nicht leisten, das wissen Sie genau! Es könnte sie ihre Schürfkonzessionen kosten. Sie wissen selbst am besten, wie die Medien eine solche Sache ausschlachten würden, wenn sie dahinterkä-

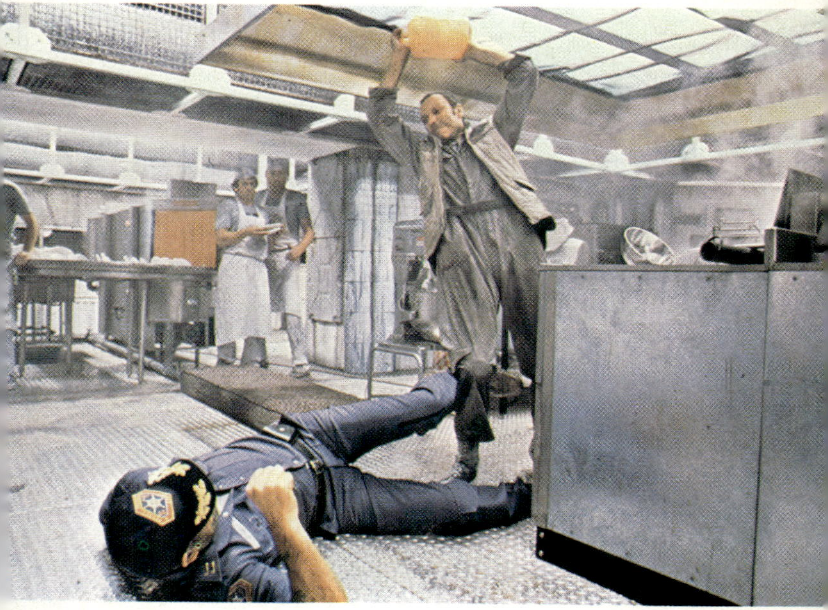

men. Die Gesellschaft könnte ihre Minen schließen, was wiederum meine Leute aus dem Geschäft werfen würde. Und das wäre ihnen überhaupt nicht recht, denn meine Leute machen gern Geschäfte.«

»Ebenso wie ich«, versuchte Sheppard seinen Gesprächspartner zu beruhigen. »Wie gut sind die Männer?«

»Es sind die besten, die ich habe. Genau die wollten Sie doch, oder? Nun, Sie werden sie bekommen. Sie sind an Bord der Fähre, die Sonntag bei Ihnen eintrifft.«

»Haben sie eigene Waffen?«

Sheppards Stimme klang nun sehr professionell, als spreche er über die Ankunft neuer Fördermaschinen.

»Ich kann Ihnen hier keine verschaffen, ohne Aufsehen zu erregen. Zu viele Leute, die man vielleicht später als Zeugen verwenden könnte, wüßten davon.«

»Darüber sind sich die Männer im klaren. Glauben Sie etwa, ich schicke Ihnen ein paar Idioten? Das sind keine Anfänger wie Yario und Spota. Diese Burschen sind Extraklasse.«

O'Niel beobachtete fasziniert den Schirm, mit einer Hand strich er sich nachdenklich über seinen Bart.

»Sie bringen ihre Ausrüstung mit«, fuhr Bellows fort. »Nur die Instruktionen bekommen sie von Ihnen. Sobald das erledigt ist, halten Sie sich von ihnen fern und lassen sie gefälligst ihre Arbeit tun, verstanden? Sollten Sie sich nicht daran halten, machen die Männer sofort kehrt und kommen zurück.«

»Keine Sorge«, versicherte ihm Sheppard. »Ich habe absolut kein Interesse, den Fluß der Dinge aufzuhalten. Ich möchte diese Sache so schnell wie möglich hinter mich bringen.

Zu Ihrer Information, das Ziel unserer Aktivitäten hier ist O'Niel, der örtliche Marshal.«

»Großer Gott!« Zum ersten Mal klang Bellows' Stimme nicht mehr aufgebracht, sondern bestürzt.

»Und ich war der Meinung, es handelte sich nur um einen großmäuligen Miner oder Verwaltungsassistenten, der Wind von der Sache bekommen hat. Doch ausgerechnet der Marshal . . .« Seine Stimme wurde scharf. Der Mann schien außerordentlich wütend. »Ich warne Sie, Sheppard, verderben Sie die Angelegenheit nicht!«

»Keine Sorge.«

Der General-Manager schien recht zuversichtlich.

»In Ordnung. Ist schließlich Ihre Angelegenheit!«

Bellows' Stimme klang, als würde er Sheppard um die vor ihm liegenden Tage nicht beneiden.

»Stimmt!«

»Wieviel Unterstützung findet der Marshal bei seinen Leuten? Nicht, daß das für die Männer, die ich Ihnen schicke, einen Unterschied machte. Aber es ist besser, sie wissen genau darüber Bescheid.«

»Keine.«

»Sind Sie sicher?«

»Ja, ganz sicher.«

Sheppard lächelte dünn.

»Hier hält niemand seinen Hals für den anderen hin. Vielleicht mal bei einer Schlägerei im Club. Doch die Leute hier sind nicht dumm. Sie wollen nur ihre Verpflichtung hinter sich bringen und soviel Geld wie möglich herausschlagen. Nur der neue Marshal als einziger verursacht diesen Ärger. Der Mann muß wahnsinnig sein.« Der General-Manager schüttelte bekümmert den Kopf. »Wenn bekannt wird, daß Ihre Männer Profis sind, wird es keinen Ärger mehr geben. Und daß es bekannt wird, dafür sorge ich schon. Keine Angst, der Marshal wird bald ein toter Mann sein — so tot wie unsere kleinen Schwierigkeiten hier.«

O'Niel drückte seine Zigarette im Aschenbecher aus, gedankenverloren zerkrümelten seine Finger den Stummel.

»Sheppard, ich werde Ihnen jetzt etwas sagen. Sicher können Sie sich denken, was jetzt kommt.«

Bellows' Stimme klang gleichmütig, unverbindlich.

»Wenn Sie jetzt Mist bauen, wird der nächste Mann, der zur Ablösung nach Io kommt, Ihre Ablösung sein.«

»Keine Sorge.« Sheppard lächelte in die Kamera, äußerlich von der Drohung völlig unbeeindruckt. »Wenn ich Zweifel hätte, daß die Sache nicht glattgeht, hätte ich Sie niemals um Hilfe gebeten.

Sagen Sie Ihren Leuten, sie sollen sich beruhigen. Ich rufe Sie an, sobald alles vorüber ist.«

Das Gespräch wurde beendet. O'Niel faltete die Hände über seinem Bauch, lehnte sich im Sessel zurück und betrachtete nachdenklich den leeren Schirm.

Die Zeit schien mit jedem Tag, mit denen die Ankunft der Fähre näherrückte, langsamer zu vergehen. Überall in der Mine waren große Digitaluhren installiert, auf denen die Arbeiter zu ihrer geheimen Freude die Zeit bis zur Landung der nächsten Fähre ablesen konnten.

Jede Ankunft bedeutete Abwechslung, Vergnügen: neue Filme, Tonbandpost, Pakete und Päckchen von zu Hause, wo immer das war, die Ankunft neuer Arbeiter, der Abschied von Kameraden, die ihre Verpflichtungszeit hinter sich gebracht hatten.

Doch die nächste Fähre transportierte diesmal eine ungewöhnlichere und weniger erfreuliche Fracht.

Die doppelte Landeschleuse im Frachthafen wurde gereinigt, ihre durchsichtigen Zubringerkorridore auf Risse und Lecks untersucht. Über der Schleuse verkündete eine Anzeigentafel:

FÄHRENSTANDORT-STATION GRÜN.

Diese Anzeige hatte sich seit ihrem Aufleuchten nicht geändert. Doch nun verschwanden die Buchstaben, neue erschienen:

FÄHRE IM ANFLUG — ANKUNFT IN 70 STUNDEN 00 MINUTEN.

Männer und Frauen an den Tischen in der Cafeteria registrierten die Anzeigen über der Essenausgabe: FÄHRE IM ANFLUG — ANKUNFT IN 69 STUNDEN 58 MINUTEN.

Es war gleich, in welchem Teil der Mine man sich gerade befand, die Digitalanzeigen gab es überall, beharrlich und unausweichlich verkündeten sie ihre Botschaft. Man sah sie von der Koje aus, auf den Arbeitsplattformen, in der unteren Ecke der Videoschirme in den Schlafsälen. Manche Leute verfolgte ihr Countdown sogar in den Schlaf.

Und gelang es einem tatsächlich, die Anzeigen nicht zu sehen, schaffte er es, die Augen vor jeder neuen Anzeige abzuwenden, so erfuhr er den Stand sicherlich von einem Kollegen oder Freund.

O'Niel hob den Blick von seinem Papierkrieg und schaute in den Wachraum. Zwei Beamte hatten ihre Dienstanweisungen für den Nachmittag beiseite gelegt und starrten interessiert auf die Anzeigentafel, die unbeirrt verkündete:

FÄHRE IM ANFLUG – ANKUNFT IN 69 STUNDEN 56 MINUTEN.

Die beiden Beamten steckten die Köpfe zusammen und murmelten etwas. Dabei warfen sie einen verstohlenen Blick zum Marshal-Büro hinüber. Als sie sahen, daß O'Niel sie beobachtete, wandten sie sich eiligst wieder ihrer Arbeit zu. Auch O'Niel konzentrierte sich wieder darauf.

In den durchsichtigen, schwebenden Zylindern verrenkten sich neue Tänzer nach den Rhythmen eines ausgewechselten Bandes, badeten in der Hitze der Scheinwerfer und dem eigenen Schweiß. Die Menge an der Bar und an den Tischen trank und lärmte wie immer.

O'Niel betrat den Club. Er blieb stehen und überflog die Menge, ehe er sich zur Bar durchdrängte. Ein paar Leute in der Nähe des Eingangs beobachteten ihn und begannen zu tuscheln. Rasch verbreitete sich die Nachricht seiner Anwesenheit, sein Auftauchen wirkte wie der Stein, den man in einen Tümpel wirft, auf dessen Oberfläche die Wasserringe dann immer weiter auseinanderlaufen.

Der Lärm verebbte merklich. Aller Augen waren auf ihn gerichtet, als erwartete die Menge ein besonderes Schauspiel. Eine dreiköpfige Giraffe, die plötzlich in den Club käme und einen Whisky-Soda verlangte, hätte kaum mehr Aufsehen erregen können.

O'Niel tat, als bemerkte er nichts davon. Er schob sich zur Bar durch. Männer und Frauen wichen vor ihm zur Seite wie schmelzendes Eis vor einem glühenden Draht.

Er beugte sich über den Tresen und starrte dem Barkeeper ins Gesicht.

»Was trinken Sie, Marshal?« fragte der Mann schließlich.

»Ein Bier auf Kosten des Hauses!«

O'Niel lächelte dünn. Der Barkeeper nickte, wandte sich um und zapfte das Bier aus einem glänzenden Hahn.

O'Niel nahm das Glas und hob es an die Lippen, dann zögerte er. Immer noch starrten alle Anwesenden ihn an. Er grinste innerlich, irgendwie empfand er die ihm entgegengebrachte Aufmerksamkeit wie einen stummen Trinkspruch. Schließlich nahm er einen Schluck und ignorierte die Blicke.

Langsam dämmerte es in der Menge, daß es nichts Außergewöhnliches zu sehen gab. Nach und nach kam die Unterhaltung wieder in Gang, die Männer rings um O'Niel wandten ihm den Rücken zu. Die Frauen begannen wieder auf ihre Begleiter einzureden oder erzählten sich gegenseitig den neuesten Klatsch.

Doch die Ungezwungenheit war dahin. Jeder handelte und redete vorsichtig und überlegt. Von Zeit zu Zeit warfen die Leute einen Blick über die Schulter, um sich zu vergewissern, daß der Marshal sie nicht zufällig beobachtete.

Doch der hatte andere Sorgen. Seine einzige Aufmerksamkeit galt der stetig weiterlaufenden Anzeigentafel, die giftgrün an der gegenüberliegenden Wand blinkte . . .

Im Wachraum waren mehrere Beamte mit ihren Berichten beschäftigt. Ballard saß am Schreibtisch des Sergeants, studierte die Berichte vom Vortag, machte hie und da eine Anmerkung und schrieb die Anweisungen für die Spätschicht.

Nach einer Stunde verspürte der neue Sergeant ein seltsames Kribbeln im Rücken. Er wandte sich um und schaute zu O'Niels Büro hinüber. Der Marshal beobachtete ihn durch die gläserne Trennwand. Schließlich gab er ihm ein Zeichen.

Ballard nickte und legte die Papiere auf seinem Schreibtisch ordentlich zusammen. Dann erst erhob er sich und betrat das Büro des Marshals.

»Ja, Sir?«

»Setzen Sie sich, Sergeant!«

O'Niel nahm einen Zug aus seiner Zigarette und deutete auf einen leeren Stuhl. Ballard nahm Platz. O'Niel legte seine Füße auf den Schreibtisch, tat aber sonst nichts. Er saß nur da, starrte zur Decke und rauchte. Schließlich zerdrückte er den Stummel im Aschenbecher.

Ballard hatte schon einen bestimmten Verdacht, was nun kommen würde. O'Niel brauchte nur eine gewisse Zeit, um schließlich die unausweichliche Frage zu stellen.

»Auf wie viele meiner Leute kann ich mich verlassen?«

Ballard rutschte unbehaglich auf seinem Stuhl hin und her, er wünschte sich sonstwohin.

»Ich ... ich weiß es nicht, Sir. Ist eine schwierige Situation.«

O'Niel schlug die Beine übereinander und betrachtete angelegentlich die Decke. Sie bestand aus einem Gewirr von Rohren, Leitungen und Stromkabeln. Lange Zeit schwieg der Marshal, dann sprach er weiter, ohne sein Gegenüber anzuschauen:

»Und was ist mit Ihnen?«

Ballard sagte nichts. Nach einer Weile senkte O'Niel den Blick, schaute dem Sergeant in die Augen.

»Die meisten von uns«, beeilte sich Ballard zu sagen, »die meisten von uns ... wir sind jung. Wir haben Familien.«

»Auch ich habe eine Familie«, erinnerte ihn O'Niel ruhig.

»Ich weiß, Sir. Ihre Familie ist aber ...«

Der Ausdruck in O'Niels Gesicht ließ ihn mitten im Satz verstummen.

»Es tut mir leid, Sir.«

»Ist schon in Ordnung.«

O'Niels Blick wurde für einen Moment abwesend. Dann betrachtete er ausdruckslos den Sergeant.

»Sie haben recht.«

Wieder folgte eine lange Pause. Ballard war noch der beste von allen Beamten, der stärkste und möglicherweise auch der ehrlichste. Aus diesem Grunde hatte er ihn nach Montones Tod zum Sergeant befördert. Von allen Beamten schien Ballard der einzige, der nicht jedesmal schon bei der Erwähnung von Sheppards Namen zu zittern begann. Doch wenn er jetzt nicht klar Stellung bezog, war O'Niels Mühe vergeblich. Des Marshals Stimme klang neugierig, als er weitersprach:

»Beantworten Sie mir eine Frage, doch denken Sie erst genau darüber nach.«

Er deutete zum Wachraum hinüber, in dem gerade ein paar Beamte von ihrer Streife zurückkamen und miteinander redeten und scherzten.

»Würde es einem von euch etwas ausmachen, wenn das Schlechte hier auf Io gegenüber dem Gesetz die Oberhand behielte?«

Welche Gefühle und Reaktionen Ballard im Moment empfinden mochte, er konnte oder wollte sie nicht aussprechen. Er schaute beiseite und sagte nichts, hielt den Blick gesenkt. O'Niel ertappte sich dabei, wie er langsam nickte.

»Nun . . . zumindest wissen wir jetzt alle, wo wir stehen. Ich danke Ihnen, Sergeant. Sie können an Ihre Arbeit zurückgehen. Denken Sie daran, die Diensteinteilung vorzunehmen. Das ist alles.«

Ballard erhob sich, murmelte etwas Unverständliches und verließ das Büro. Er hielt den Kopf gesenkt, vermied O'Niels Blick und vergaß sogar zu grüßen.

Draußen in der Wache begab er sich eiligst an seinen Schreibtisch, holte sich den Dienstplan und begann, die Aufgaben für die nächste Schicht zu verteilen. Die Beamten lauschten aufmerksam. Das übliche Murren oder Spötteln über die einzelnen Befehle blieb diesmal völlig aus. Die meisten hielten ihre Aufmerksamkeit unbeirrt auf den redenden Ballard gerichtet, nur wenige beobachteten die ständig wechselnde Anzeige auf der Anzeigentafel an der gegenüberliegenden Wand. Ein oder zwei wagten es gar, ab und zu einen scheuen Blick in das Büro des Marshals zu werfen.

Doch alle waren erleichtert, als der letzte Tagesbefehl verlesen war, und sie die Wache verlassen konnten . . .

10

Kaum merklich, aber bereits sehnsüchtig erwartet, dämmerte der Morgen herauf. Weit entferntes Sonnenlicht verstärkte die Konturen der Berge und schwefligen Vulkane, verlieh dem skelettartigen Gitterwerk der Mine eine bedrohliche Schärfe. Photonen stürzten auf die hochempfindlichen Sonnenkollektoren, Generatoren begannen zu brummen, Energie zu produzieren und zu speichern.

An der Wand über der Hauptschleuse des Frachthafens verkündete eine Anzeigentafel lautlos:

FÄHRE IM ANFLUG – ANKUNFT IN 40 STUNDEN 18 MINUTEN.

O'Niel schlug den Ball mit aller Kraft gegen die Wand. Er befand sich allein auf dem weiten Spielfeld. Das Echo der Schläge betonte noch seine Einsamkeit. Gerade nahm er einen Ball an, setzte ihn mit der Rückhand, schaffte es aber, ihn zu verpassen. Er spielte lustlos und ohne Kraft.

Der Ball rollte bis zum entfernten Ende des Feldes, blieb dann in einer Ecke liegen. Doch O'Niel dachte anscheinend nicht daran, ihn zurückzuholen. Sinnend schaute er ihm nach.

»Sehr gut«, bemerkte eine scharfe Stimme. »Gegen sich allein zu spielen und trotzdem den Ball zu verfehlen, das ist schon eine Leistung.«

Lazarus schloß den Zugang zum Spielfeld hinter sich und kam näher. O'Niel nahm ihre Anwesenheit nicht zur Kenntnis, schaute nicht einmal auf.

Die Ärztin blieb stehen und beobachtete ihn. Unmerklich runzelte sie die Stirn.

»Sieht ganz so aus, als ob ein Partner Ihrem Spiel guttun würde.«

Sie lächelte zögernd und deutete auf den Ball.

»Ich würde mich ja gern als Partner anbieten, wenn man dieses dumme Spiel im Sitzen spielen könnte.«

Sie suchte sich eine verhältnismäßig saubere Fläche und setzte sich auf den Boden, wobei sie die Beine kreuzte. O'Niel ging an ihr vorbei und holte den Ball zurück. Ihr Blick folgte ihm, als er zur Aufschlagslinie zurückging und sich den nächsten Schlag überlegte.

»Mir geht es gut, danke der Nachfrage!« beantwortete sie die unausgesprochene Frage. »Habe auch reichlich zu tun. Viele Leute scheinen mal wieder von einer seltsamen Krankheit befallen zu sein. Sieht ganz so aus, als ob es ein Virus geschafft hätte, in dieser entseuchten Atmosphäre zu überleben. Die Sammler und Filter saugen ständig alle gefährlichen Bakterien oder Verunreinigungen aus der Luft. Doch dieser hier scheint resistent gewesen zu sein.«

Sie schwieg einen Moment lang. Immer noch sagte O'Niel kein Wort, doch er spielte auch nicht.

»Sie machen sich keine Vorstellung, wie viele Arbeiter am Sonntag wieder krank sind«, fuhr sie in spöttischem Ton fort. »Seltsame Symptome hat diese Krankheit. Sind in meinen Fachbüchern nicht zu finden.«

Das Sitzen auf dem harten Boden schien ihr unbequem. Sie bewegte sich unruhig.

»Kein Fieber, keine laufende Nase, keine Schmerzen, keine Beschwerden. Doch die Augen verraten die Krankheit. Die Leute können ihre Augenmuskeln nicht unter Kontrolle halten. Sie schauen überall hin, nur nicht dem anderen Menschen ins Gesicht.

Als weitere Symptome wären da Atemlosigkeit, hektische Röte und der Drang, so rasch wie möglich aus dem Raum zu stürzen, in dem man sich infiziert hat. Ach ja, eine gewisse Schwäche in den Knien, die sich manchmal bis zum Rückgrat ausdehnt, gehört auch noch dazu.«

Sie kratzte sich am Kopf und grinste O'Niel humorlos an.

»Ja, ist wirklich eine echte Epidemie, die erste, die ich hier auf Io erlebe. Habe noch nie beobachten können, daß ein Virus so schnell um sich greift.«

O'Niel rieb mit der Fußspitze einen leichten Schmutzfleck von dem sonst auf Hochglanz polierten Boden. Doch der Fleck ließ sich nicht beseitigen. Dann sagte er plötzlich:

»Und was ist mit Ihnen? Sind auch Sie am Sonntag krank?«

Lazarus holte tief Luft und stieß heftig den Atem aus. Als sie antwortete, kamen die Worte wie eine Sturzflut. Es war, als habe O'Niel in ihr eine Tür geöffnet.

»Sie wissen, daß ich einmal verheiratet war. Ich weiß, das ist schwer vorstellbar, doch es stimmt. Ein großartiger Mann, klug, anständig, gewitzt, gerade egoistisch genug in seinen persönlichen Wünschen und Abneigungen, um nicht langweilig zu werden.

Acht Jahre lang. Vier Jahre lang waren wir wirklich glücklich, die zwei folgenden waren nicht so erhebend, doch die letzten Jahre wurde es schlimm.« Sie hob den Blick und starrte gedankenvoll zu der emaillierten Decke empor. »Ich erinnere mich noch genau, als wir beschlossen, uns scheiden zu lassen. Es war an einem Samstag. Das Wetter war schön, und wir gingen zu einer Party mit sehr interessanten Leuten, die bei solchen Festen ja nicht gerade häufig sind. Normalerweise haßte ich Partys und hasse sie noch, doch die war anders, sie war richtig schön.

Wir tranken etwas und setzten uns dann zu Tisch. Das Essen war köstlich, sogar der Nachtisch schmeckte. Er schaute mich an, ich schaute ihn an, und wir beide wußten, es war vorbei. Wir tranken Cognac.«

Sie versuchte zu lächeln, doch es mißlang kläglich.

»Unsere Ehe war gut gewesen, doch jetzt war sie vorbei. Er sagte:

›Du weißt, ich werde dich immer lieben. Ich möchte, daß du immer glücklich bist. Ich hoffe, du findest schnell einen anderen Mann.‹« Sie lachte bei der Erinnerung daran. »Klasse. Dieser Mann hatte alle Eigenschaften, die ein Mann haben muß, das kann ich Ihnen sagen.« Sie zeichnete ein unsichtbares Muster auf den Boden. »Und ich schaute ihn nur an, lächelte und sagte: ›Und ich hoffe, daß du nie mehr glücklich wirst, daß du voll auf die Nase fällst.‹ Dann habe ich mich betrunken.«

»Erzählen Sie mir all dies aus einem bestimmten Grund?« fragte O'Niel, doch seine Stimme klang freundlich.

»Natürlich! Oder glauben Sie vielleicht, ich rede mit den Wänden? Sehen Sie, hätte ich das bekommen, was ich brauche, hätte ich auch bestimmt anders reagiert. Dann wäre ich heute niemals an diesem gottverlassenen Ort. Ich würde zwar auch nicht auf der Erde, aber dafür auf Luna arbeiten, in viel größerem Luxus.

Ich wollte mit meiner Erzählung nur andeuten, daß Sie am falschen Ort sind, wenn Sie einen aufrechten Charakter suchen. Auch ich qualifiziere mich nicht dafür.«

O'Niel sagte nichts. Sie beugte sich vor, ihre Stimme klang ernst.

»Hören Sie, wenn Sie der Mann wären, für den man Sie hält, würden Sie auf keinen Fall hierbleiben. Deshalb hat man Sie ausgewählt und hierher geschickt.«

O'Niel antwortete leise:

»Dabei haben sie einen Fehler gemacht.«

Lazarus schüttelte den Kopf, ihre Stimme klang enttäuscht.

»Ich habe befürchtet, daß Sie so etwas sagen würden.«

Sie versuchte, O'Niels maskenhaften Gesichtsausdruck zu deuten, doch sie konnte nicht erkennen, was ihn trieb.

»Glauben Sie wirklich, Sie würden durch Ihren Einsatz etwas ändern?«

Er zuckte die Achseln, ließ den Ball mehrmals auf dem Boden aufspringen und betrachtete prüfend die Wand.

»In Gottes Namen, warum also?«

O'Niel zögerte, schaute ihr dann aber voll ins Gesicht. Seine Haltung war ernst.

»Weil sie vielleicht recht haben könnten. Sie haben mich zu diesem Stück Mist im All geschickt, weil sie glauben, ich gehöre dahin. Ich muß herausfinden, ob sie recht haben.«

Als er weitersprach, zeigte sein Gesicht mehr Bewegung, als sie es jemals für möglich gehalten hätte.

»Lazarus, hier ist eine Maschinerie, eine verdammt stinkende Maschinerie am Werk — und sie funktioniert zu allem Überfluß auch noch, weil jeder, der damit zu tun hat, genau das tut, was man von ihm erwartet. Von mir hat man angenommen, daß auch ich zu dieser Art Menschen gehöre. Doch ich soll etwas sein, das ich nicht sein mag. Aber ich habe alle getäuscht, das war mein kleines Spiel mit dieser verdammten Maschinerie.« Er holte tief Atem, schaute dann zu Boden. »Denn ich mag die Rolle nicht, die man mir zugedacht hat, und ich mag auch nicht die beschissene Maschinerie. Also will ich herausfinden, ob sie recht mit ihrer Einschätzung meiner Person haben.« Er schaute auf. »Was denken Sie darüber?«

Abschätzend betrachtete sie ihn.

»Ich glaube, Ihre Frau ist sehr dumm gewesen.«

O'Niel versuchte zu lächeln, schaffte es auch halbwegs. Für ihn war das irgendwie schon eine Art Sieg.

»Würden Sie sich lieber betrinken?« fragte sie ihn.

Dann deutete sie mit der Hand auf den Schläger.

»Oder wollen Sie lieber Ihre Probleme an dem Ball auslassen, bis er total zerfetzt ist?«

Der Marshal zögerte keine Sekunde und warf Schläger und Ball in eine Ecke. Die Ärztin erhob sich mühselig und ging auf den Ausgang zu. Zum erstenmal, seit sie auf Io war, fühlte sie sich wohl, ohne jedoch zu wissen, warum.

»Wenigstens haben Sie sich einen Rest Gefühl bewahrt.«

»Ist das Ihre Meinung als Arzt?«

»Machen Sie Witze?«

Sie verzog ihr Gesicht zu einem kläglichen Grinsen.

»Als Arzt würde ich sagen, Sie sind größenwahnsinnig. Das andere ist meine persönliche Meinung.«

»Ich persönlich«, antwortete er, während sie das Spielfeld überquerten, »neige dazu, Ihrer ersten Meinung beizupflichten . . .«

In der Mine verging die Zeit quälend langsam. Es war, als hätte jemand den Uhrenlauf beeinflußt. Sie verfolgten zwar unbeirrt ihren stetigen Vormarsch auf den nächsten Tag, doch die Minuten erschienen wie Stunden, die Sekunden dehnten sich zu Minuten.

Die Scherze, Streitigkeiten und Auseinandersetzungen der Miner nahmen gezwungene Formen an. Machte jemand einen Witz, reagierten die anderen, statt darüber zu lachen, mit wütenden oder beleidigten Blicken und Bemerkungen, und der Witzbold hielt schleunigst seinen Mund und tat seine Arbeit.

Doch nicht nur bei den Minern war es so. Jeder in der Mine, vom Verwaltungsangestellten bis zum Sanitäter, war schlecht gelaunt. In der Luft lag eine Spannung, die nicht von einem Leck in einem der Akkus herrührte.

Ging der Marshal über einen belebten Korridor, konnte er diese Spannung regelrecht knistern hören.

Weit entfernt am westlichen Horizont erwachte ein riesiger Vulkan, ein dunkles, schwefliges Gebilde, plötzlich zum Leben. Er stieß eine riesige blau-weiße Wolke in den schwarzen Himmel. Im psychologischen Webmuster der Mine gab es ein Loch, als sich die Aufmerksamkeit aller diesem neuen Ereignis zuwandte.

Seismologen maßen die Heftigkeit der Oberflächenbewegung und versicherten sich, daß der Ausbruch für die Mine und ihre Belegschaft keine Gefahr bedeutete. Jedermann nahm sich die Zeit, die entfernte lautlose Eruption zu beobachten — die neuen Arbeiter nervös, wogegen sich die Oldtimer lässig gegen die bebenden Gerüste lehnten und die Zeit nutzten, einen kleinen Imbiß aus dem Nahrungsspeicher ihrer Anzüge zu sich zu nehmen. Obwohl der Ausbruch sehr stark war, dauerte er nur wenige Stunden. Dann wanderte das Beben, deutlicher Beweis von Ios innerer Instabilität, etwa hundert Meilen südwestwärts davon. Das Entwarnungssignal ertönte, und jeder ging an die Arbeit zurück.

Die Arbeiter waren für diese Unterbrechung nicht gerade dankbar. Es war schlimmer, draußen herumzustehen, ohne zu arbeiten, und sich Gedanken zu machen über Ios explosives Inneres, die spürbare Nähe des tödlichen Raumes und die bedrükkende Gegenwart des Jupiters über dem Kopf, als sich nur um seinen Job zu kümmern. Die Arbeit lenkte ab von den tödlichen Gefahren, die jedem Leben von der unwirtlichen Umwelt drohten.

Außerdem war es die nächsten Tage ohnehin besser, nicht zuviel zu denken.

Auch O'Niel versuchte diese Methode, doch es gab in seiner Routine keine Unterbrechungen, die ihn vom gnadenlosen Countdown der Zeit ablenkten. Tatsächlich gab es weniger Arbeit als normal, weniger Betrunkene und kaum Streitigkeiten unter den Arbeitern. Es schien ganz so, als hätten sie sich untereinander abgesprochen, um keinen Preis aufzufallen. Denn damit zöge man nur die Aufmerksamkeit des Marshals auf sich, und daran war in diesen Tagen niemandem gelegen.

Mehrmals ertappte sich O'Niel dabei, daß er zu der Anzeigentafel an der gegenüberliegenden Wand der Wachstube hinüberschaute.

FÄHRE IM ANFLUG — ANKUNFT IN 22 STUNDEN 15 MINUTEN.

Er rief sich zur Ordnung und wandte sich wieder seiner Arbeit zu.

Es gab Räume zu inspizieren, Schlösser zu überprüfen, kleinere Auseinandersetzungen zu schlichten und Berichte zu schreiben. Damit verging die Zeit, die sich endlos zu dehnen schien, doch ein wenig schneller. Persönlich überwachte er die Beobachtungskameras in der gesamten Mine, sah Berichte durch und suchte nach Unterlagen über die Männer, die Sheppards Schmutzarbeit erledigen sollten.

Doch egal, wie tief er sich in seine Arbeit vergrub, immer wieder erwischte er sich von Zeit zu Zeit dabei, wie er zu der Anzeigentafel hinüberstarrte.

Die Tagschicht ging langsam zu Ende, die Beamten, die Nachtdienst hatten, verließen gerade die Wache. O'Niel saß an seinem Schreibtisch und ignorierte die scheuen Blicke, die die Beamten ihm zuwarfen. Er aß ein Sandwich, das er zu lange auf dem Teller liegengelassen hatte. Es schmeckte wie ein verrotteter Zaunpfahl, nicht wie Brot — ein Vergleich, der durchaus annehmbar war.

Angewidert warf O'Niel das Brot weg und rieb sich die Augen. Dann wandte er sich wieder der Liste auf dem Computerbildschirm zu. Doch die Namen verschwammen vor seinen Augen, schienen eine endlose Kette von Unwägbarkeiten zu bilden. Es war die Liste mit den Personalunterlagen der Station Grün. Irgendwo auf dieser Liste stand auch der Name eines professionellen Killers, vielleicht sogar mehrerer.

O'Niel erwartete nicht, ihn auf diese Weise zu identifizieren. Ein professioneller Mörder würde sich auch professionell absichern und decken. Doch zumindest hatte der Marshal damit etwas zu tun. Trotzdem war es Unsinn. Die Namen verschwammen ihm vor den Augen. O'Niel war erschöpft, sein Körper brauchte Ruhe, auch wenn sich sein Verstand dagegen sträubte.

In seinem Apartment schimmerte ihm die Digitalanzeige entgegen, als er eintrat und das Licht einschaltete.

FÄHRE IM ANFLUG – ANKUNFT IN 9 STUNDEN 37 MINUTEN.

O'Niel hatte einen langen Tag, lange Stunden hinter sich. Er fühlte sich verdammt müde, und die Wohnung war so verdammt leer. Es war so still, daß er die Federung der Couch quietschen hörte, als er sich hinsetzte.

Der Pfeifton des Sprechgerätes war das letzte, was er zu hören erwartete. Über dem Monitor begann ein rotes Licht aufzublinken. In der Stille des Zimmers tönte das Pfeifsignal unwirklich laut.

Einen Augenblick lang saß er wie erstarrt. Der Ruf kam über seine private Leitung, nicht über die Sprechverbindung zu seinem Büro.

Wenn er sich jetzt nicht rasch bewegte, würde er nie wissen, wer ihn da zu sprechen wünschte. Er erhob sich, ging zur Konsole hinüber und beantwortete den Ruf.

Der Bildschirm erwachte zum Leben, übermittelte in großen Buchstaben die Botschaft:

O'NIEL, W. T. SICHTGESPRÄCH VON STATION GRÜN – DIREKTRUF.

Er starrte auf die Buchstaben, als wollten sie sich jeden Augenblick zu einem Schlangenkörper vereinigen, ihn anfallen und ihn beißen.

Mit mechanischen Bewegungen schaltete O'Niel die kleine Videokamera im Oberteil der Konsole ein und richtete sie auf sich. Leise summend erwachte die winzige Kamera zum Leben.

O'Niel setzte sich in den Sessel vor der Konsole und tippte seine Kennung ein. Die Buchstaben verschwanden, wurden ersetzt durch die farbigen Linien herumirrender Radiowellen. Die Linien strafften sich, sammelten sich zu dem Bild einer Frau — Carol! Sie schaute ihn an. Er bemerkte, daß seine eigene Videokamera arbeitete, denn sie beeilte sich, die Besorgnis in ihrem Gesicht durch ein Lächeln abzumildern.

»Hallo dort drüben!«

Einen langen Augenblick antwortete er nicht, sondern starrte sie nur an, saugte ihr Bild förmlich in sich hinein. Ihr Gesicht schien weniger verhärmt als auf dem Videoband, das sie ihm hinterlassen hatte, als sie ihn verließ.

›Denk jetzt nicht daran‹, befahl er sich selbst. ›Dafür ist die Zeit jetzt zu kurz. Denk daran, wie schön sie ist, wie warm und vertraut ihr Anblick. Nicht daran, wie weit entfernt sie ist.‹

»Ja, guten Tag.«

Er verzog das Gesicht zu einem leichten Grinsen. In Wirklichkeit fiel ihm das sehr schwer.

Das verwirrte Carol.

»Schon wieder verpatze ich alles«, murmelte sie unglücklich. »Ich hatte genügend Zeit, mir zu überlegen, was ich sagen wollte. Dabei kam ich mir so verheerend klug vor. Und jetzt sitze ich hier, schaue dich an und weiß nichts mehr zu sagen. Jesus!«

»Wie geht es Paulie?« fragte er.

Sie versuchte ihre Haltung wiederzugewinnen.

»Ihm geht es gut. Ich habe ihm versprochen, ihn mit dir reden zu lassen.«

Sie deutete nach rechts.

»Er ist im Nebenraum, außerhalb des Aufnahmebereiches der Kamera. Ich glaube, er nimmt gerade die Möbel auseinander.«

Ihre Stimme verebbte, zurück blieb ein unbehagliches Schweigen. Doch O'Niel störte sich nicht daran. Er war schon zufrieden, sie nur anschauen zu können.

»Geht es dir gut?« fragte sie schließlich.

IRLOCK OPEN

Besser banale Worte als dieses nervtötende Schweigen!

»Alles okay«, log er.

»Ich . . . ach, Paulie und ich . . . unsere Reservierungen wurden bestätigt. Wir haben einen Flug nach Hause gebucht.«

O'Niel nickte nur. Sie senkte den Blick, gab vor, die Kontrollen des Computers zu überprüfen.

»Die Reservierungen . . . ich dachte, es könnte nichts schaden, wenn ich drei Reservierungen vornehme.«

O'Niel nahm sich eine Zigarette und zündete sie an.

»Das war sehr aufmerksam von dir.«

»Bitte . . .«

Er unterbrach sie sofort mit einem kurzen, heftigen Nicken seines Kopfes und zeigte ihr damit, daß er nicht weiter über diesen Punkt sprechen wollte.

»Ich kann nicht.«

Sie starrte ihn an, ihr Blick war verständnislos.

»Um Himmels willen, warum denn nicht?«

»Ich kann es einfach nicht.«

Er wollte sie ansehen und von ihr wegschauen, sie an sich ziehen und sie wegschicken — alles zur gleichen Zeit.

»Ich wünschte, ich könnte es.«

»Was ist denn so verdammt wichtig?«

Sie machte ihn schon wieder für alles verantwortlich, gab ihm allein die Schuld. Es schien so unfair. Das alles hatten sie schon früher Dutzende Male durchgesprochen, und es war vollkommen unnötig, es zu wiederholen. Der Knoten in seinem Magen war ohnehin schon groß genug. Ein erneuter Versuch, es ihr zu erklären, hatte keinen Sinn und würde alles nur noch schlimmer machen.

Außerdem hatte er andere Sorgen. In sich verspürte er den verzweifelten Wunsch, ihr von Sheppard zu erzählen, von der gefährlichen Situation, in der er sich befand, wollte ihr die Bedeutung der unbarmherzig verrinnenden Zeit erklären. Doch er konnte es nicht, es wäre unfair gewesen, und dafür liebte er sie zu sehr. Also machte er eine wegwerfende Handbewegung und sagte: »Ich bin einfach zu müde, jetzt näher darauf einzugehen,

Carol. Ich kann eben im Moment nicht weg hier.« Er hob hilflos die Schultern. »Das ist alles.«

»Möglich, daß dir das als Begründung genügt, doch mir nicht«, gab sie zurück, war nicht bereit, das Thema fallenzulassen. »Was ist es denn, was dich dort zurückhält? Glaubst du etwa, du seiest etwas Besonderes?« Ihre Frage war eher eine Anklage. »Glaubst du wirklich, du könntest das Universum verbessern? Bist du tatsächlich bereit, dafür deine Familie aufzugeben?«

O'Niel wußte darauf keine Antwort, in all der Zeit ihrer Ehe hatte er noch keine passende darauf gefunden. Also starrte er sie wortlos an, sein Blick war müde und bedrückt.

Sie hatte diesen seltsamen Ausdruck schon häufiger in seinem Gesicht gesehen und seufzte deshalb resignierend.

»Du bist ein ganz sturer Mistkerl.«

»Ja«, pflichtete er ihr bei.

Ein langes Schweigen folgte. Doch plötzlich schien sie in seinem Gesicht noch etwas bemerkt zu haben. Der Klang ihrer Stimme änderte sich, ihr Gesichtsausdruck wurde besorgt.

»Da stimmt doch etwas nicht, oder? Irgend etwas geht dort drüben vor, das du mir nicht erzählen willst.«

»Nein.«

»Du bist in Schwierigkeiten, ich weiß es. Jedesmal, wenn du in Sätzen mit weniger als zwei Worten antwortest, weiß ich, daß du Probleme hast.«

Er schaute sie offen an, zwang sich dazu, seiner Stimme einen beruhigenden Klang zu geben.

»Du irrst dich, mit mir ist alles okay.«

Enttäuscht starrte sie ihn an, dann sagte sie mit zusammengebissenen Zähnen, während ihre Frustration in ihrer Stimme deutlich mitschwang:

»Hol dich doch der Teufel!«

Darauf wandte sie den Kopf zur Seite und rief:

»Paulie! Du kannst jetzt hereinkommen.«

Dann schaute sie ihren Mann an, senkte ihre Stimme und sagte leise: »Ich liebe dich.«

Damit verschwand sie aus dem Bild, wenig später tauchte ein eifriges Kindergesicht auf dem Schirm auf. Es strahlte regelrecht, übermittelte freudige Erwartung und Unschuld — zwei Dinge, die O'Niel in der letzten Zeit nur wenig erfahren hatte.

»Daddy!«

O'Niels Magen schien von einem scharfen Messer durchbohrt zu werden. Der plötzliche Schmerz warf ihn beinahe um.

»He, Paul! Schön, dich zu sehen. Was machst du so?«

»Mir geht es gut. Wir sind auf der großen Station und warten auf unser Schiff. Mami hat mich bis jetzt aufbleiben lassen, weil das Gespräch erst so spät kam. Man sagte uns, daß die Verbindungen nach Outland fast immer besetzt seien.«

Der Junge verlor deutlich seine anfängliche Begeisterung.

»Du fehlst mir.«

»Auch du fehlst mir.«

Das Messer schien sich die empfindlichsten Stellen des Magens ausgesucht zu haben, der Schmerz war beinahe unerträglich.

»Mami sagt, daß du mit uns zusammen nach Hause zurückfliegst, sobald du dort fertig bist.«

»Ja, sobald ich hier fertig bin.«

»Wie ist das so auf der Erde?«

»Es ist wunderschön dort.«

O'Niel war zwar schon lange nicht mehr dort gewesen, doch er hatte keine Mühe, sich genau an seine Heimatwelt zu erinnern.

»Es gibt dort viele herrliche Dinge, und ein Junge wie du findet dort viele Freunde, mit denen er spielen kann. Es wird dir sehr gefallen.«

»Mami sagt, daß man uns während des Fluges für eine lange Zeit in Schlaf versetzt.«

»Nur für eine Weile«, antwortete er. »Es wird dir nicht sehr lange vorkommen.«

»Tut das weh?«

»Überhaupt nicht. Es ist, als wenn du in deinem eigenen Bett einschlafen würdest. Danach erwachst du und bist fast zu Hause.«

Auf dem Gesicht des Jungen standen Zweifel.

»Ich werde also meinen Geburtstag verschlafen, Mami hat es mir gesagt. Wie kann ich an meinem Geburtstag einen Geburtstagskuchen anschneiden, wenn ich schlafe?«

O'Niel lächelte.

»Dafür feiern wir deinen nächsten Geburtstag um so schöner, und du wirst doppelt so viele Geschenke bekommen.«

»Kannst du nicht mit uns nach Hause kommen?«

»Nicht im Moment.«

»Bald?«

»Ja . . . bald.«

»Ich hab' dich gern, Daddy.«

Beinahe hätte er es mit diesen Worten geschafft. Das arglose Flehen eines Kindes kann selbst den willensstärksten Mann schwach werden lassen. O'Niel merkte, daß er krampfhaft schluckte, um die nächsten Worte herauszubringen, doch es gelang ihm, die Beherrschung zu bewahren und das Lächeln auf seinem Gesicht einzufrieren.

»Ich . . . auch ich habe dich sehr gern, Paul. Du mußt jetzt gut auf Mami aufpassen, bis ich euch wiedersehe. Versprichst du mir das?«

»Klar, mache ich. Bis bald, Daddy!«

Das Bild auf dem Schirm verging, wurde zu einem Knoten wogender, hüpfender Linien.

›Das Bild sieht so aus, wie ich mich fühle‹, dachte O'Niel dumpf. Er wunderte sich nicht darüber, daß Carol nicht noch einmal vor die Kamera getreten war. Sie hatte vorher schon ihr stärkstes Argument ausgespielt.

Der Bildschirm erklärte in großen Buchstaben:

ENDE DER ÜBERMITTLUNG.

Doch O'Niel rührte sich nicht, starrte blicklos auf die Worte, ließ die ganze Übertragung noch einmal vor seinem geistigen Auge abrollen. Es dauerte eine Weile, ehe er sich abwandte, und in dieser Zeit verdrängte er das Gespräch, bis nur noch ein schwacher, hoffnungsvoller Traum als Erinnerung zurückblieb.

Der Frachthafen war mit regem Leben erfüllt. Schon seit einigen Stunden hatten sich die Aktivitäten dort gesteigert, die Landemannschaften überprüften ihre Ausrüstungen und die Instrumente, die sie schon bald für ihre Arbeit dringend benötigten. Das Wartungspersonal half ihnen dabei. Die riesigen Erzcontainer wurden in Reih und Glied ausgerichtet, während die großrädrigen Hubfahrzeuge warmliefen.

FÄHRE IM ANFLUG –

übergroß verkündete die Anzeigentafel ihre Nachricht

– ANKUNFT IN 1 STUNDE 55 MINUTEN.

Das Magazin der Waffe war wie die Patronen aus Plastik. Die Strahlpistole hatte zwei Anwendungsmöglichkeiten. Man konnte damit glühende Energiestrahlen und Projektile verschießen. Ein Drehschalter mit einer Skala an ihrer Seite erlaubte dem Benutzer, die Geschwindigkeit und Reichweite des Strahls oder des Geschosses durch genau berechnete Zuteilung von Treibenergie zu regulieren. Auf diese Weise konnte der Schütze sich eines Angreifers auf wirksame und oft tödliche Weise erwehren, ohne gleich Löcher in die vakuum-versiegelten Korridore und Zubringer zu schießen.

Die leeren Magazine lagen neben einer gerahmten Fotografie von Carol und Paul auf dem Beistelltisch in O'Niels Apartment. Daneben stand ein Kistchen mit Patronen.

O'Niel hielt einen Moment in seiner Tätigkeit inne, um das Bild zu betrachten, bemerkte, daß Pauls sonst wirrer Haarschopf zum Zeitpunkt der Aufnahme glatt gekämmt gewesen war. Auch Carol war fantastisch getroffen ... Schnell wandte er den Blick von der Fotografie und kehrte zu seiner Tätigkeit zurück, die Magazine mit Patronen zu füllen. Dabei wirkte er sehr geschäftig. Vorsichtig schob er die Patronen ein, als ob sein Leben davon abhinge, sie nicht zu verkanten. Dann beschäftigte er sich mit der Waffe, die, zu Einzelteilen auseinandergenommen, auf der zweiten Hälfte des Tisches lag. Sorgsam überprüfte er jedes einzelne Teil, bevor er sie zusammensetzte, gab einen Tropfen Öl hinein, entfernte dort ein Staubkorn. Die Waffe besaß fast keinen Lauf, den Feuermechanismus hatte man in den Griff eingearbeitet. Nur der Abzug glich dem einer alten Pistole. O'Niel pustete in die Mündung, hob die Waffe und wechselte sie mehrmals von der einen in die andere Hand. Er runzelte die Stirn und legte die Waffe behutsam auf den Tisch. Mit einem kleinen Werkzeug justierte er ihren Schwerpunkt, verlagerte das Ausgleichsgewicht im Unterteil des Griffs ein wenig nach hinten. Dann wechselte er wieder mehrmals die Waffe von einer Hand in die andere, ließ sie auf der Handfläche balancieren. Schließlich war er zufrieden. Er erhob sich, sammelte die gefüllten Magazine und steckte sie in seine Taschen. Das letzte schob er in die Pistole, dann verließ er die Wohnung.

Dem Lärm nach zu urteilen, war der Club gut besucht. Musikfetzen tönten durch die Gänge.

›Die Tänzer werden jetzt schon Feierabend haben‹, dachte O'Niel, als er den Club passierte. Hätte er sich die Zeit genommen, einen Blick hineinzuwerfen, hätte er feststellen können, daß der Club doch nicht so gut besucht war, wie er angenommen hatte. Nur die Bar war umlagert.

Sheppard trank seinen Kaffee aus — echten Kaffee — und beendete langsam sein Frühstück, das aus Rühreiern mit Schinken bestand. Sein Blick glitt zu der Digitalanzeige, die auf dem Monitorschirm in seinem Schreibtisch die Zeit zeigte. In grüner Schrift verkündete sie:

FÄHRE IM ANFLUG — ANKUNFT IN 1 STUNDE 32 MINUTEN.

Der Speck war wirklich gut gebraten an diesem Morgen. Knusprig und nicht zäh. Sheppard zerteilte eine Scheibe Brot, schaufelte den Rest Rührei darauf und schob sich alles zusammen in den Mund.

Der Gang, den O'Niel sich gewählt hatte, war völlig leer, als er ihn betrat. Er hatte ihn schon lange vorher ausgewählt, weil ihm dort keine Menschenseele begegnet war. Nun spazierte er wie zufällig diesen Gang hinunter. Niemand überholte ihn von hinten, die Schleuse am entfernten Ende blieb geschlossen.

Plötzlich kam Bewegung in die Gestalt des Marshals. Rasch trat er zur Wand an der Westseite des Gangs, öffnete das Paneel, hinter dem der Fluchtgang verborgen lag, versteckte die Waffe darin und verschloß die Öffnung wieder. Dann ging er ruhig weiter bis zur nächsten Abzweigung und kehrte auf einem anderen Weg zu seinem Büro zurück.

In dem Frachtdeck herrschte hektische Geschäftigkeit. Die Landemannschaften testeten den Druck in der Schleuse, um sicherzustellen, daß die kostbare Atmosphäre während der Liegezeit der Fähre nicht entweichen konnte. Die Schleusentüren wurden mehrfach überprüft. Die Ankunft der Fähre war zwar ein gewöhnliches Ereignis, das aber immer wieder außergewöhnliche Sorgfalt erforderte.

Die Offiziersmesse war gut besucht. Immer noch servierte man hier das Frühstück. Riesige Platten mit gebratenen Eiern, Rühreiern oder weichgekochten Eiern wurden zu Tischen getragen, auf denen Schüsseln mit Bisquits, Soßen, Griesbrei, Mais, Speck und Semmeln standen. In der Mitte der Tische waren Flaschenbatterien mit gekühlten Fruchtsäften, Milch und Thermoskannen mit Kaffee oder Tee aufgebaut. Die Servietten bestanden aus imitiertem Leinen, nicht aus Papier.

Im Gegensatz zu dem Lärm im Arbeiter-Speisesaal wurde die Unterhaltung hier in gedämpfter Lautstärke geführt. Die Besucher der Messe versuchten sich mit einer vornehmen Atmosphäre zu umgeben, in die sie ganz sicher nicht hineingeboren worden waren. Sie gab dem Sonntagvormittag-Frühstück ein wenig den Anschein eines Mitgliedertreffens in einem Country-Club auf der Erde. Das sanfte Licht ließ die importierten Speisen noch appetitlicher aussehen, als sie waren. Frauen gesellten sich zueinander und bildeten eigene Gesprächsrunden, während die Männer sich Witze erzählten, die Fördererergebnisse oder dieses oder jenes Problem in der Mine besprachen.

Jedenfalls gelang es allen prächtig, das Problem nicht zu berühren, das allen in Wirklichkeit im Kopf herumging. Über den

Köpfen der Gäste blinkte die Anzeigentafel ihr unausweichliches Signal:

FÄHRE IM ANFLUG – ANKUNFT IN 0 STUNDEN 43 MINUTEN.

Niemand schenkte ihr Aufmerksamkeit. Es war doch nur eine Uhr, außerdem landete die Fähre planmäßig jede Woche.

O'Niel betrat die Messe durch den Vordereingang und schaute sich um. Sheppard war nicht da. Der General-Manager zog es häufiger vor, in der Abgeschlossenheit seines Büros zu speisen. Auch heute machte er da keine Ausnahme.

Es dauerte einige Minuten, ehe man die Anwesenheit des Marshals zur Kenntnis nahm. Doch dann verstummte die Unterhaltung schlagartig, wie der Sauerstoff aus einer Flasche weicht, die man auf Ios Oberfläche öffnete. Alle starrten ihn an. Er stand im Eingang und lächelte ihnen freundlich zu.

Im Frachtdeck erwachte eine Sirene mit auf- und abschwellendem Heulton zum Leben. Lichter blinkten auf, die Landemannschaften und Verlade-Arbeiter begaben sich an ihre Plätze. Fluchend wurden die letzten Schlucke Kaffee hinuntergestürzt, oder man ließ ihn stehen. Die Anzeige blinkte:

FÄHRE DOCKT AN.

O'Niel betrachtete die schweigenden Gäste der Messe eine Zeitlang und sagte dann höflich: »Guten Morgen.«

Nur einige wenige erwiderten leise seinen Gruß. Hände spielten mit Gläsern und Bestecken, doch niemand aß mehr. O'Niel ging zum nächsten Tisch, suchte in der Menge nach einem bekannten Gesicht. Er erkannte eine einzige Person und ging zu ihr hinüber. Sie lächelte ihm gezwungen entgegen.

»Wie geht es Ihnen, Mrs. Spector?«

Die Frau, die ihn bei der Vorstellung damals so herzlich willkommen geheißen hatte, wirkte nervös.

»Oh, danke, Marshal, sehr gut.«

Sie wollte schon die Frage zurückgeben, beherrschte sich aber im letzten Moment.

O'Niel wandte sich an den Mann, der ihr beim Frühstück Gesellschaft leistete.

»Und Sie, Mr. Rudolph? Wie fühlen Sie sich heute?«

»Morgen, Marshal. Danke, bestens.«

Rudolph rührte angelegentlich in seinem heißen Griesbrei. O'Niel hob den Blick, ließ ihn durch den Raum schweifen und schaute den Leuten in die Augen, die ihren Kopf nicht schnell genug gesenkt hatten.

»Ich hoffe, daß sich alle Anwesenden heute morgen wohl fühlen. Ich wünsche allen noch einen schönen Tag.«

Er ging an einem der Büffettische vorbei und betrachtete die Speisen.

»Sieht ja alles sehr gut aus.«

Er nahm einen Apfel von einem Teller und biß herzhaft hinein. Das Geräusch war überlaut in der Stille zu hören . . .

Im Frachtdeck schlossen sich krachend die Schotts. Ein ohrenbetäubendes Zischen ertönte, die Luftschleusen wurden zum Druckausgleich vorbereitet. Die Landemannschaften machten sich zu ihrer schwierigen Aufgabe bereit, Verlademaschinen rollten heran, warteten darauf, die Laderäume des landenden Schiffes mit Containern voll von dunklem Erz zu füllen.

Weit oben an der Oberfläche schalteten die Raumlotsen auf dem Kontrollturm der Station ihre Computerkonsolen ein, ohne diesmal den weit entfernten Vulkanausbrüchen auf Ios Oberfläche Beachtung zu schenken. Dicht über der Station glühte der Jupiter, verstrahlte seine beängstigende orangefarbene Präsenz. Anzeigen übermittelten fortwährend Daten über Veränderungen im mächtigen Magnetfeld des Planeten, seinen Strahlengürtel und die äußere Atmosphäre. Andere wiederum veränderten sich stetig mit dem Anwachsen eines grafischen Symbols für die Fähre auf dem Hauptschirm.

In der Schwärze des Raumes tauchten ein paar weißschimmernde Scheinwerfer auf. Ihre Strahlen gewannen an Kraft, je tiefer sich die Fähre der Oberfläche entgegensenkte. Sie erhellten das gelbliche Antlitz von Io und spiegelten sich mit blitzenden

Reflexen im Gitterwerk der Mine wider. Die Fähre war eine unförmige graue Konstruktion, deren Außenhülle mit offiziellen Beschriftungen und inoffiziellen Beulen und Schrammen versehen war. Das Schiff besaß keine Stromlinienform, wäre also nie in der Lage, in eine dichtere Atmosphäre als die Ios einzutauchen. Große Pylonen verbreiterten sich zu zylindrischen Behältnissen mit der Größe von Gebäuden: die Frachträume des Schiffes. Darüber befand sich ein geometrisches Gebilde, in dem Mannschaft und Passagiere untergebracht waren.

Aus den Antrieben schossen plötzlich Strahlen, als die Fähre über der Mine das Bremsmanöver einleitete. Sie drehte sich in ihrer Gesamtheit nach links und senkte sich langsam herab. Instruktionen gingen zwischen Tower und den Piloten der Fähre hin und her, der Bordcomputer verarbeitete sie blitzschnell, errechnete Geschwindigkeit und Bremsverzögerung und senkte das ungefüge Raumfahrzeug langsam auf das Frachtdeck nieder. Die großen Schotts der Außenschleuse waren weit geöffnet, um es in sich aufzunehmen.

O'Niel aß seinen Apfel und überlegte dabei, ob er noch eine Semmel verzehren sollte. Er stand mitten in der Offiziersmesse und beobachtete die anderen Anwesenden. Plötzlich sagte er:

»Ich möchte ja niemanden stören oder ärgern, aber ich könnte ein wenig Unterstützung gebrauchen.«

Alle lauschten höflich seinen Worten, keiner aß. Die Verwaltungsangestellten, die Aristokratie auf Io, waren alles andere als unerzogen, trotzdem wirkte die Unterschiedlichkeit der Blicke und Gesten, mit denen sie sich gegenseitig bedachten, auf O'Niel beeindruckend. Der Gesichtsausdruck des Marshals änderte sich nicht.

»Das ist jedenfalls meine Meinung«, fügte er hinzu.

Keine Antwort, kein Kommentar erfolgte auf seine Worte. Nur die Nervosität und Unruhe der Leute verstärkten sich.

Als einziger brachte schließlich ein Computer-Spezialist namens Rudd, ein Mann in mittleren Jahren, den Mut auf, sich zu erheben und auszusprechen, was die Allgemeinheit dachte.

»Ihre Aufgabe ist es, uns zu beschützen, Marshal, und nicht umgekehrt. Es ist Ihr Job, nicht unserer. Wir tun unsere Arbeit, also tun Sie auch Ihre!«

Zustimmendes Gemurmel erhob sich unter den Anwesenden, ermutigte Rudd, fortzufahren.

»Sie sind der Polizist. Ich bitte Sie ja auch nicht, mir meine Arbeit abzunehmen. Warum sollte ich Ihnen also bei Ihrer helfen? Ich habe zu diesem Zweck ein paar Assistenten. Wo sind denn Ihre Beamten?«

»Meine Beamten?« Immer noch lächelte O'Niel freundlich. »Meine Beamten sind zu feige.«

Er schaute an Rudd vorbei, als sei dieser nicht vorhanden, und ließ seine Blicke über die Gesichter der anderen Gäste wandern.

»Und was ist mit euch, ihr guten Leute?«

Niemand rührte sich, niemand wagte zu antworten. O'Niel nickte langsam.

»Lassen Sie sich nicht weiter beim Frühstück stören.«

Er wandte sich um und ging hinaus . . .

11

Die Bremsraketen wurden erneut gezündet, verlangsamten noch mehr die Fahrt der riesigen Fähre. Die Bedienungsmannschaften im Innern des Frachtdecks konnten ihre Annäherung deutlich spüren, denn die Schiffsantriebe ließen den gesamten Komplex erbeben.

Im Tower gab man mit ruhiger Stimme die Anweisungen. Die hydraulischen Greifarme, die bis jetzt eingezogen gewesen waren, wurden nun ausgefahren und öffneten sich wie eine monströse Metallblume, um das herabsinkende Schiff aufzufangen. Vier Ladegerüste schwangen beiseite, als sich die riesigen Deflektor-Schirme öffneten, um den Tower und die empfindliche Minenkonstruktion vor dem Strahlantrieb der Fähre zu schützen. Landestelzen fuhren aus dem gewaltigen Schiffsbauch, als die Fähre wenige Meter über der Landemarkierung einschwebte. Sie hing in den hydraulischen Greifarmen genau in der Position, die der Hauptcomputer mit Tower und internem Schiffscomputer abgestimmt hatte.

Wie die dünnen Beine eines unförmigen grauen Käfers senkten sich die Landestelzen auf das Landefeld herab. Durch die Luken in den Schotts konnten die Bedienungsmannschaften im Innern des Frachtdecks nun den unförmigen Schiffsleib erkennen. Sogar durch die geschlossenen Schleusen war das ohrenbetäubende Grollen der Schiffsantriebe zu hören.

Schließlich kam der gewaltige Rumpf zur Ruhe. Zusätzliche hydraulische Stabilisatoren nahmen sein Gewicht auf, eine Maßnahme, die trotz Ios geringer Schwerkraft bei diesen riesigen Massen nötig war.

Die Raumlotsen im Tower bestätigten die erfolgreiche Landung. Im Cockpit der Fähre schalteten die Piloten die Antriebe und alle anderen Landefunktionen aus und bereiteten alles für die Ausschiffung von Passagieren und Ladung vor.

Die Landescheinwerfer wurden schwächer, die Deflektoren sanken zusammen, die Ladegerüste schwangen zurück in ihre ursprüngliche Position. Obwohl das Raumschiff gerade erst gelandet war, trafen die Lotsen im Tower und die Piloten im Cockpit schon wieder Startvorbereitungen.

Im Innern des Frachtdecks verebbte die Vibration, die Landemannschaften und die Arbeiter nahmen ihre Gespräche wieder auf. Menschen und Maschinen drängten sich durch die geöffnete Schleuse zum Rumpf des Schiffes, während die Gabelstapler die Erzcontainer hochhievten, um das Ilmenit in die Frachträume der Fähre zu entleeren.

Die Leuchtschrift auf allen Anzeigetafeln blinkte nicht mehr ständig, sondern verkündete ruhig:

FÄHRE ANGEDOCKT — ENTLADUNG.

O'Niel hetzte im Laufschritt zur Wache. Die Anzeigetafeln bestätigten ihm, was man ihm mitgeteilt hatte. Die Frage, wieso die Fähre eine halbe Stunde früher als erwartet gelandet war, hätte er zu gerne geklärt, doch für solche Nebensächlichkeiten war jetzt keine Zeit. Er bezweifelte ohnehin, daß die Piloten der Fähre ihm darauf eine befriedigende Antwort hätten geben können. Sicher waren alle Spuren, die zu einer Klärung dieser frühen Landung führen konnten, sorgfältig verwischt.

Der Marshal nahm die zweite Strahlwaffe aus ihrer Halterung und stopfte sich mehrere Reservemagazine in die Tasche. Ein rascher Rundblick bestätigte seine Vermutung, die Sicherheits-Sektion war verlassen.

Rasch setzte er sich vor die Computer-Konsole in seinem Büro und tippte eine dringende Anfrage ein.

O'NIEL, W. T. ERBITTE IDENTITÄT ALLER PASSAGIERE AUF EBEN GELANDETER FÄHRE, DEREN TICKETS DREI TAGE VOR ABFLUG GEBUCHT WURDEN. PERSONEN AUCH AUF FRÜHERE VORSTRAFEN ÜBERPRÜFEN!

Die Maschine brummte und antwortete mit der üblichen Schnelligkeit, doch die Antwort war nicht die, die der Marshal erwartete.

KEINERLEI DATEN VERFÜGBAR!

Die letzten Tage hatte O'Niel viel Zeit gehabt, intensiv nachzudenken. In manchen Augenblicken hatte er sich selbst bemitleidet und sich gefragt, ob er nicht die falsche Entscheidung getroffen hatte. Angst war sein ständiger Begleiter geworden. Er hatte sich alle nur erdenkbaren Ereignisse vorzustellen versucht, die nach der Landung der Fähre eintreten konnten: Einige waren fast bizarr in ihrer Grausamkeit, andere wiederum erfreulicher, und nicht wenige hatten sich in Wunschdenken verwandelt ...

Doch jetzt war der Marshal zum erstenmal wirklich ratlos. Computer verwirrten nicht, sie klärten auf! Bisher hatte er sich auf die komplizierte, aber sehr wirksame ›Sicherheits-Maschinerie‹ immer verlassen können, egal, wo er stationiert gewesen war. Sie konnte nicht weglaufen wie seine feigen Beamten hier oder ihm mit zweifelhaften Argumenten ausweichen wie die verlogenen Besucher der Offiziersmesse, die er beim Frühstück gestört hatte. Der einzige Komplice, auf den er voll vertraut hatte, war der Computer.

Mehrere Minuten lang saß er da, unfähig, sich zu rühren. Die

Maschine war nicht in der Lage, wie Ballard den Kopf zu senken. Doch Ballards Reaktion konnte er noch verstehen, der Computer aber enttäuschte ihn zutiefst.

›Versuch's noch einmal‹, sagte er sich. ›Nur keine Zeit verschwenden!‹

Seine Finger flogen mit unheimlicher Präzision über die Tastatur.

O'NIEL, W. T. WIEDERHOLE VORDRINGLICHE ANFRAGE VON VORHIN. – ANTWORT SOFORT!

KEINERLEI DATEN VERFÜGBAR! wiederholte die Maschine stur.

›Ganz ruhig‹, befahl O'Niel sich selbst. ›Denk einmal nach!‹

Die Maschine belog ihn nicht, also mußte diese vernichtende Antwort eine Ursache haben.

›Ruf die Frage ab, wiederhole nicht den Befehl!‹

O'Niel mußte sich selbst zur Ruhe zwingen, als er die nächste Frage eintippte:

O'NIEL, W. T. VORDRINGLICHE ANFRAGE! WARUM ANTWORT NEGATIV?

Prompt bekam er die Erklärung:

KEINE PASSAGIERLISTE VON STATION GRÜN – ABFLUGORT ÜBERMITTELT.

Jetzt verstand O'Niel, wenn er sich auch nicht darüber freuen konnte. Wieder tippte er:

O'NIEL, W. T. VORDRINGLICHE ANFRAGE AN STATION GRÜN – ANGEFORDERTE DATEN SOFORT ÜBERMITTELN!

MÖGLICHKEIT NEGATIV! lautete die Antwort. TON- UND BILDLEITUNGEN NACH STATION GRÜN ZEITWEILIG BLOCKIERT!

GRUND FÜR BLOCKADE? fragte O'Niel.

KEINERLEI DATEN VERFÜGBAR!

O'Niel lehnte sich im Stuhl zurück und starrte benommen auf den Monitor. Ohne brauchbare Antworten auf seine Fragen, ohne die Hilfe des Computers verlor er mit einem Schlag die Unterstützung der einhundertfünfzigjährigen Verfahrensentwicklung im Rechtswesen. Ein einziger gut durchdachter Gegenzug hatte ihn schachmatt gesetzt, ließ ihm nur noch den Rückgriff auf die ursprünglichen primitiven Methoden der Rechtsverfolgung.

Halt, das stimmte nicht ganz! Er war noch nicht gänzlich am Boden. Mit raschen Bewegungen schaltete er die Überwachungskameras in der Mine ein.

Auf einem Schirm erschien das Frachtdeck. Er berührte mehrere Schalter. Wenigstens war er so nicht ganz blind. Ein weiterer Schirm zeigte den Zubringer-Gang von der Fähre zur Frachthalle, andere wiederum die Haupt- und Seitengänge, die von dort ins Innere der Mine führten.

Der Passagieraufzug fuhr gerade seine Rampe von der Spitze des Schiffes herunter. Im Innern der Frachthalle waren die Landemannschaften mit den verschiedensten Aufgaben beschäftigt. Aus den Lautsprechern in O'Niels Computer-Konsole tönte ein lautes Zischen. Über der Hauptschleuse leuchtete eine Warntafel auf:

SCHLEUSE – ACHTUNG! NULL-ATMOSPHÄRE!

Sekunden verrannen, dann sprang die Anzeige um:

SCHLEUSE – DRUCKZUNAHME

und verkündete zuletzt:

SCHLEUSE – NORMALE ATMOSPHÄRE UND SCHWERKRAFT.

Das Zischen verklang, und die Schleuse zur Halle am Ende des Schiffszubringers öffnete sich. Die Passagiere waren noch nicht zu sehen. Sie verließen gerade den Aufzug am entgegengesetzten Ende des Zubringer-Gangs. Mitglieder der Landemannschaften musterten müßig die offene Schleuse, lediglich ein paar überflogen gelangweilt irgendwelche Listen.

O'Niel saß in seinem leeren Büro und beobachtete die Schleuse am Ende des Zubringers aufmerksam. Innerlich war er sehr angespannt. Bald tauchten Schatten auf, hoben sich hart gegen das helle Licht in der durchsichtigen Röhre ab. Langsam konnte man Männer und Frauen unterscheiden.

Einige unterhielten sich angeregt, andere schwiegen, wieder

andere schauten sich in der typischen Art von Leuten, die erstmalig einen unbekannten Ort betreten, neugierig um.

Alle trugen Nylonsäcke in den verschiedensten Farben. Doch die Unterhaltungen verstummten, als die Passagiere das Ende des Zubringers erreichten und das staubige Frachtdeck betraten.

O'Niel beugte sich zum Schirm vor. Genau beobachtete er alle ankommenden Männer und Frauen, versuchte, die gedungenen Mörder unter ihnen ausfindig zu machen. Doch es gelang ihm nicht, sie zu identifizieren. Dem Gespräch nach zu urteilen, das er abgehört hatte, waren sie Profis. Nur durch ihre äußere Erscheinung würde es ihm nicht gelingen, sie von den anderen harmlosen Mitreisenden zu unterscheiden.

Insgesamt waren es zwanzig Neuankömmlinge. Die Abfertigung erfolgte rasch und unbürokratisch. Die Tickets wurden geprüft, die Bestimmungsorte innerhalb der Mine notiert, die Landemannschaften erteilten ihre Anweisungen. Das war schon alles. Die Passagiere gingen ihre Wege. Es gab keinen Anlaß zu genaueren Kontrollen. Wer würde sich schon freiwillig an einen Ort wie Io hineinschmuggeln wollen?

Die zwanzig Personen durchquerten das Frachtdeck und betraten einen hellen Gang, den Hauptzubringer zum übrigen Minenkomplex. An seinem Ende befand sich ein sechseckiger Verteiler, von dem fünf Abzweigungen zu den fünf Hauptsektoren der Mine führten.

O'Niel berührte einige Kontrollen, schaltete die Kameras in diesen Gängen auf die Ankömmlinge. Das neue Bild zeigte deutlich die sechseckige Kreuzung.

Hier teilten sich die Passagiere in kleinere Gruppen. Einige gingen die Gänge hinunter, andere verabschiedeten sich von ihren neuen Freunden, die sie an Bord der Fähre kennengelernt hatten, der Rest unterhielt sich noch eine Weile.

Als letzte erreichten zwei Männer den Verteiler. Sie unterhielten sich angeregt miteinander, und äußerlich unterschieden sie sich in keiner Weise von den anderen Passagieren. Man konnte fast sagen, sie sahen zu normal aus.

Doch plötzlich unterbrachen sie ihre Unterhaltung von einer Minute auf die andere und schauten sich unauffällig nach beiden Seiten um. Anscheinend befriedigt setzten sie ihre Kleidersäcke ab und öffneten sie. Niemand schenkte ihnen Beachtung.

Versteckt unter Kleidern, persönlichen Mitbringseln und Toilettenartikeln schimmerten Metallteile. Einer der Männer zog eines hervor, kramte das nächste aus seinem Sack und fügte es in das erste. Dann war der andere Mann an der Reihe. Die beiden arbeiteten abwechselnd, solange der eine den Lauf an den Kolben schraubte, hielt der andere Wache. Danach übernahm der zweite den Platz des ersten, achtete darauf, daß niemand sie zufällig beobachtete.

Sie arbeiteten präzise und routiniert — ein eingespieltes Team. Die Einzelteile wuchsen zu kompletten Feuerwaffen mit gefüllten Magazinen zusammen.

Als sie fertig waren, warf sich jeder seinen Kleidersack über die Schulter und ging einen anderen Gang hinunter. Kein Wort war zwischen ihnen gefallen, seitdem sie begonnen hatten, ihre Waffen zusammenzusetzen. Auch beim Auseinandergehen sprachen sie keine Silbe.

O'Niel beobachtete sie aufmerksam und merkte sich die Richtungen, in die sie wanderten. Sie gingen gleich schnell: Zügig und gleichmäßig, ohne Zeit zu verschwenden. Der Marshal wechselte die Kameras, um sie nicht von den Schirmen zu verlieren.

Es war zwar schwer zu erkennen, doch der erste Mann schien den direkteren Weg zur Verwaltungs-Sektion zu nehmen. Sobald sie dort ankamen, befanden sich beide in nächster Nähe der Sicherheits-Sektion. Darauf zu warten, bis sie wieder zusammentrafen, wäre schon mehr als dumm gewesen. Der Marshal fällte eine rasche Entscheidung, steckte die Strahlpistole ein und eilte aus dem Büro.

Der Club war überfüllt, die Tänzer wechselten gerade in ihren Zylindern unter der Decke, wo die Ablösung ungesehen vollzogen werden konnte. Als Professionelle waren die Tänzer sehr eigen mit ihrer Privatsphäre. Es machte ihnen nichts aus, bei ihren erotischen Verrenkungen beobachtet zu werden, dafür wurden sie bezahlt. Doch von jedem, der ihnen in ihrer Freizeit begegnete, angesprochen zu werden, hatte nichts mehr mit Kunst zu tun. Für die Zuschauer mochte das kein großer Unterschied sein, doch für die Tänzer hätte das einen Eingriff in ihre Privatsphäre bedeutet.

Während der Ablösung dröhnte die Musik um so lauter, und die Gäste konnten sich fast nur schreiend unterhalten. Die Gespräche hatten etwas Gezwungenes, die übliche Spontaneität fehlte ihnen. Auch wurde nicht so viel getrunken wie sonst.

›Verdammter Papierkrieg‹, dachte Sheppard, als er die Listen auf dem leuchtenden Computerschirm in seinem Schreibtisch durchging.

›Eine Arbeit für einen bornierten Buchhalter, aber nicht für einen General-Manager.‹

Außerdem hielt ihn die Arbeit von seinem Golftraining ab. Er berührte einige Kontrollen. Die Listen veränderten sich, wurden ausgetauscht. Sheppard hatte es eilig, die Morgenarbeit hinter sich zu bringen. Vor seinem Schreibtisch warteten der grüne Kunstrasen und das hübsche Computerbild.

Der erste Killer erreichte den Umkleideraum der Männer. Er benötigte keinen Lageplan, hatte er sich doch den Aufbau der Mine genau eingeprägt, ehe er die Fähre bestieg. Er warf einen Blick auf seinen Chronometer. Wie vorgesehen war der Umkleideraum verlassen, wie immer kurz vor Schichtwechsel. Die Nachtschicht befand sich auf dem Weg zu den Aufzügen, die Männer der Tagschicht standen an den Sauerstofftanks an, um ihre Anzugbehälter mit Luft zu füllen, bevor sie nach unten gingen.

Der Mann betrat einen der Gänge zwischen den Schränken und folgte ihm.

Sein Kumpan kletterte gerade eine Leiter zu einem tiefer gelegenen Durchlaß hinunter. Er verharrte einen Moment lang und rief sich den Lageplan der Mine ins Gedächtnis, ehe er sich schließlich nach rechts wandte. Er folgte einem langen Gang, kletterte wieder eine andere Leiter nach oben und ging geradeaus weiter.

Zwei Arbeiter kamen ihm entgegen. Mit einer blitzschnellen Bewegung ließ der Mann seine Waffe in den geöffneten Gepäcksack gleiten. Die Arbeiter grüßten ihn lächelnd, und er erwiderte den Gruß auf gleiche Weise. Doch kaum waren sie vorbei, verschwand sein Lächeln und die Waffe tauchte wieder aus dem Sack auf. Es war eine kurze, gedrungene Pistole, die nicht schimmerte. Das Metall war brüniert, um Lichtreflexe zu verhindern.

Der Mann ging um eine Ecke, seine Hand lag fest um den Kolben der Pistole. Wie jeder Handwerker handhabte er sein Werkzeug sehr sorgfältig. Niemand begegnete ihm, als er den Wohnsektor der Verwaltung betrat.

Von nun an bewegte er sich sehr vorsichtig, besonders als er in einen bestimmten Gang einbog. Keine der geschlossenen Türen, die auf den Gang mündeten, öffnete sich, trotzdem drückte der Mann sich vorsichtig an jeder vorbei. Sein Interesse galt einer einzigen Tür auf der rechten Seite, der er sich mit jedem Schritt näherte.

Er preßte sich flach an die Wand und betrachtete die Tür. Sie war verschlossen, die Leuchtanzeige des Schlosses zeigte es an. Der Mann griff in die Tasche und holte eine kleine Scheibe von Daumennagelgröße heraus. Er bückte sich und berührte mit der Unterkante der Scheibe den Schlitz des Türschlosses. Es erfolgte kein Alarm, die rote Warnlampe brannte ruhig weiter.

Der Mann atmete tief ein. Dann holte er mit dem linken Bein weit aus und trat heftig gegen die Tür. Krachend flog sie auf, sofort schob der Mann den Pistolenlauf um die Ecke. Doch drinnen blieb alles ruhig. Rasch trat er durch die Tür, sein Finger lag am Abzug der Waffe. Er überflog das Innere, überprüfte die Computer-Konsole, schaute hinter Sofa und Sessel, hob sogar einige der Deckenplatten hoch, um sich zu vergewissern, daß sich niemand dahinter verbarg.

Vorsichtig näherte er sich O'Niels Schlafzimmer und riß die

Tür auf. Doch O'Niel war nicht da. Eiligst überprüfte der Eindringling auch das Badezimmer, durchsuchte nochmals den Wohnraum und vergaß auch die Schränke nicht.

Er war enttäuscht, doch seine Enttäuschung währte nicht lange. Er zuckte die Achseln und verließ die Wohnung, steuerte sein nächstes Ziel an.

Zur gleichen Zeit betrat O'Niel den Speisesaal der Arbeiter. Im Moment war er noch leer, die nächste Mahlzeit wurde erst in einer Stunde ausgegeben. Keine Menschenseele war zu sehen. Die Tische waren sauber, die Stühle noch hochgestellt.

O'Niel hatte noch nie vorher die Cafeteria völlig leer gesehen. Eine seltsame Atmosphäre herrschte hier, als ob die Schatten der Arbeiter, die hier aßen, auch jetzt anwesend seien und unhörbar ihre Witze flüsterten.

O'Niel wanderte zwischen den Tischen hindurch auf den Hinterausgang zu. Sein Blick richtete sich auf die geschlossene Tür.

Ein ohrenbetäubendes Grollen und ein gelblicher Blitz, der ihn blendete, ließen ihn erstarren. Die Decke schien zu explodieren. Glühende Projektile zischten an ihm vorbei, als er sich fallen ließ und abrollte. Splitter und Metallteile regneten auf ihn herab, Querschläger, die von den Metalltischen abprallten, zwitscherten gefährlich nahe vorbei.

Über dem Gitterwerk, in dem die lichtdurchlässigen Deckenplatten aufgehängt waren, erkannte O'Niel die Silhouette des Schützen. Er spähte herunter und versuchte, den sich abrollenden und aus der Schußlinie hechtenden Marshal zu erwischen. Er feuerte durch die Öffnung einer zerbrochenen Deckenleuchte.

O'Niel warf sich herum und feuerte blindlings gegen die Decke. Mit Müh und Not erreichte er im Splitterregen den Ausgang.

Das Gewächshaus war ein guter Ort, um einen Moment Luft zu holen. Es besaß die frischeste, duftendste Luft auf Io. In langen Reihen von Beeten mit Erdreich wuchsen frisches Gemüse und Früchte. Darüber zogen sich lange, fluoreszierende Röhren, die ein bestimmtes Licht und genau berechnete Wärme verströmten. Ein Bewässerungssystem versorgte die Beete mit Wasser, flüssigem Dünger und Nährstoffen. Über der Glaskuppel leuchtete drohend der Jupiter. Der weit entfernte Stern namens Sol erreichte mit seinen schwachen Strahlen zwar die Station und konnte deshalb den Wachstumsprozeß kaum beeinflussen. Computer überwachten den Fluß der Nährlösungen, die Beleuchtung und Wärmezufuhr. Maschinen besorgten die Gartenarbeit und Sauberhaltung. Bei O'Niels plötzlichem Auftauchen reagierten sie nicht. O'Niel überflog mit einem Blick die weite Halle, erkannte nirgends eine Bewegung und blieb stehen, um wieder zu Atem zu kommen ...

Eine Hand justierte ein paar Monitoren in der Polizeiwache. Einige zeigten O'Niel im Gewächshaus, andere verfolgten die wechselnden Standorte der Killer. Die Hand verschwand, ließ aber die Schirme eingeschaltet. Der Wachraum war leer, niemand sah deshalb, wie sich die Tür leise schloß ...

O'Niel betrachtete die weitflächig angelegten Beete und Versorgungsleitungen. Sein Blick wanderte nach oben zum Laufsteg für das Wartungspersonal, der an den Ästen der Obstbäume vorbeilief. Rasch wandte er sich zur Wand, öffnete eine Metalltür, hinter der die Stromschalter des Gewächshauses angebracht waren, und berührte einen Hebel. Im nächsten Augenblick lag das Gewächshaus im Dunkel. Das einzige Licht drang aus schmalen Spalten im Fußbodenbelag.

Der Marshal tastete sich im Dunkeln zur Leiter und begann zum Laufsteg hochzuklettern. Als er nach dem Geländer griff, um sich die letzte Sprosse hochzuziehen, sprühte das Metall plötzlich Funken, ein Splitterregen ging auf O'Niel hernieder. Er verspürte einen heftigen Schlag gegen die Schulter, warm rann Blut aus der Wunde. Der Marshal stürzte die Leiter hinunter, verlor dabei seine Waffe. Irgendwie schaffte er es, sich im Fallen zu drehen. Doch statt auf den Kopf fiel er hart auf die verwundete Schulter und stieß unwillkürlich einen lauten Schmerzensschrei aus.

Taumelnd kam er auf die Füße, hielt sich den verwundeten Arm und rannte auf den Ausgang zu.

In der Dunkelheit hinter ihm fluchte eine Gestalt ärgerlich in sich hinein. Dabei schob sie ein frisches Magazin in die gedrungene Waffe und suchte die dunkle Kuppel mit einem Nachtglas ab. Deutlich waren die verschiedenen Pflanzen und Bäume zu unterscheiden, doch diesmal rührte sich nichts dazwischen.

Der Mann seufzte und verfluchte sein Mißgeschick. Er hatte zu überhastet geschossen. Doch dieser Fehler würde ihm nicht noch einmal unterlaufen. Ruhig kletterte er aus dem Geäst eines Apfelbaumes, in dem er sich verborgen gehabt hatte, und machte sich an die Verfolgung seines verletzten Opfers.

Keuchend taumelte O'Niel den Gang hinab. Mehrmals schaute er über die Schulter zurück, doch hinter ihm blieb alles ruhig. Er wußte, daß diese Ruhe trog, daß sein Verfolger ihn bald schon eingeholt haben würde. Wie Feuer brannte der Schmerz in seiner verletzten Schulter.

Er durchquerte eine Verbindungsschleuse und lief einen anderen Gang hinab. Immer noch zwitscherten keine Geschosse hinter ihm er. Er hatte noch eine Chance.

Dort war das Versteck in der Wand! Er öffnete hastig die Metallplatte und griff erleichtert dahinter ... Die Ersatzwaffe, die er dort sorgfältig verborgen hatte — war verschwunden. Panik schoß in ihm hoch, doch seine Zeitnot erlaubte kein Zögern. Wenn er nicht handelte, starb er, noch während er sich fragte, was mit der Waffe geschehen sein mochte. Die Hand gegen die Schulterwunde gepreßt, lief er schweratmend weiter.

Der Gang mündete in eine weitere Kreuzung. O'Niel blieb mitten darauf stehen und überlegte, welche Richtung er einschlagen sollte. Blut tropfte von seinem Arm.

Eines der Schleusenschotts links von ihm begann plötzlich zu summen. Jemand stand auf der anderen Seite und wollte in den Gang. O'Niel schaute sich verzweifelt um, doch er stand zu weit auf der Kreuzung, um noch eine Deckung zu finden. Jetzt war es gleich, welchen Gang er wählte. Bis sich das Schleusenschott auf seiner Seite öffnete, hätte er gerade die Hälfte eines Gangs durchquert. Jeder Korridor verlief geradeaus, ohne Abzweigungen — er wäre ein leichtes Ziel für seine Verfolger.

Ihm blieb nichts anderes übrig, als sich flach gegen die Wand neben dem Schott zu drücken und zu hoffen, daß sein Verfolger aus der Schleuse hervorstürzte, ohne hinter sich zu schauen.

Diese Möglichkeit war zwar sehr gering, und im stillen hatte der Marshal sich schon aufgegeben. Seine Verfolger hatten ihre Geschicklichkeit zu deutlich bewiesen, um einen solchen Fehler zu begehen. Doch etwas Besseres fiel ihm im Moment nicht ein. Die Verschlüsse rasteten aus, das Schott schwang zur Seite. O'Niel machte sich für den letzten Kampf bereit, hob den Arm, um den Mann mit einem Handkantenschlag in den Nacken außer Gefecht zu setzen.

Mitten im Schlag warf er sich plötzlich zurück. Die Gestalt, die aus der Schleuse trat, sprang erschrocken zur Seite. Es war Lazarus.

»Jesus, O'Niel! Nun mal langsam!«

Der Marshal starrte die Frau benommen an, vergaß einen Moment seine verzweifelte Situation.

»Was, zum Teufel, tun Sie hier?«

»Vielleicht war es dumm von mir«, erklärte sie, »aber ich ging in Ihr Büro, um Ihnen meine Hilfe anzubieten. Ich entdeckte Sie auf den Beobachtungsschirmen. Sie hatten es wohl so eilig, daß Sie vergaßen, sie auszuschalten.«

Sie deutete mit dem Kopf in die Richtung, aus der er gekommen war.

»Sie sind einem von ihnen gerade noch entwischt, wissen Sie das?«

O'Niel berührte mit der Hand die Wunde.

»Nein, Sie machen Witze!«

Sie erwiderte nichts, sondern untersuchte rasch seine Verletzung.

»Sie sehen schlimm aus. Die Wunde ist tief, doch zum Glück ist keine Arterie verletzt. Ich werde die Blutung stoppen.«

»Wie denn? Der zweite hätte mich beinahe in der Cafeteria erwischt. Wenn beide gemeinsam weiter vorrücken, sitzen wir in der Falle und sind vom Hospital abgeschnitten.«

»Junge, sind Sie unbelehrbar! Glauben Sie, ich sei ohne meine Geräte hilflos? Kommen Sie!«

Sie führte ihn in den Schlafraum der Männer. Sorgsam spähte sie in jeden Gang, doch der große Raum war fast gänzlich verlassen. Lazarus trat an eine offene Koje, zerriß einen Kissenbezug und begann seine Schulter zu verbinden. Unterdessen beobachtete O'Niel unentwegt den Eingang, wo die Verfolger jeden Moment auftauchen mußten.

»Haben Sie vielleicht gesehen, welche Richtung sie eingeschlagen haben? Sie dürften inzwischen ziemlich aufgeholt haben.«

Die Ärztin antwortete, ohne ihre Tätigkeit zu unterbrechen:

»Ich glaube, sie bewegten sich auf die Energie-Sektion zu. Sie versuchen wahrscheinlich, Sie von Ihrem Büro abzuschneiden.«

Er nickte nachdenklich.

»Das ergäbe einen Sinn. Sie wissen, daß ich da nicht auf sie warte, und versperren mir den Weg dorthin. Dann drängen sie mich in einen menschenleeren Teil der Mine und machen mich dort fertig.«

Er schwieg und schaute sie an.

»Verriegeln Sie alle Schleusen im östlichen Teil der Mine. Ich muß ihnen zuvorkommen, ehe sie mich in die Zange nehmen und irgendwo ohne Zeugen umbringen.«

»Glauben Sie wirklich, O'Niel, daß solche Burschen sich daran stören, ob sie von Zeugen bei ihrem Tun beobachtet werden?«

»Sollte es nötig sein, würden sie keinen Augenblick zögern, mich mitten im Club zu erledigen, doch wenn sie die Gelegenheit haben, es unbeobachtet zu tun, werden sie sie nutzen. Killer haben immer den perversen Stolz, einen Auftrag *sauber* zu erledigen.«

»Wie wollen Sie an ihnen vorbeikommen? Ich beobachtete beide auf den Schirmen in Ihrem Büro. Keine Maus käme ungesehen an ihnen vorbei.«

»Ich werde nach draußen gehen.«

Der eine Killer ließ sich Zeit. Er wollte die Angelegenheit zwar möglichst schnell hinter sich bringen, doch er hatte schon einmal überhastet gehandelt. Das sollte ihm nicht noch einmal passieren. Geduldiges Abwarten fiel zwar schwer, war aber dafür um so sicherer. Außerdem bewies die Blutspur O'Niels deutlich, daß keine Eile geboten war. Ihr Opfer verlor an Kraft. Die Zeit arbeitete für sie.

Lazarus verband geschickt die Schulterwunde O'Niels und verknotete die Bandage mit einer Schleife. O'Niel begutachtete ihre Arbeit und bewegte leicht den Arm. Er schmerzte zwar noch, doch der Schmerz war erträglich.

»Vielen Dank!«

»Unterschätzen Sie das nicht«, warnte sie ihn und schaute ängstlich zum Eingang hinüber.

»Die Wunde ist nicht harmlos. Das hier ist nur ein Behelf. Die Verletzung muß sehr bald richtig behandelt werden.«

Schwere Schritte näherten sich ihnen. Natürlich konnte es ein Arbeiter sein, der seine Schicht zu früh antrat, doch das war unwahrscheinlich. O'Niel winkte, und Lazarus folgte ihm. Sie schlichen sich an den Kojen entlang, kletterten über eine der Metalltreppen in den Geräteraum darunter und warteten dort. Sie wagten kaum zu atmen, als über ihnen ein Schatten auftauchte, stehenblieb und nach wenigen Sekunden weiterging.

O'Niel beugte sich zu Lazarus hinüber, ließ aber die Metalltreppe nicht aus den Augen.

»Ich gehe jetzt nach draußen. Verriegeln Sie die Schleusen, wie ich es Ihnen gesagt habe! Und machen Sie, daß Sie hier herauskommen!«

Er schlich sich zu den Anzughaltern und suchte sich einen Anzug heraus, der ungefähr seine Größe hatte. Lazarus stand dabei und beobachtete ihn. O'Niel warf ihr einen Blick zu und flüsterte eindringlich:

»Verschwinden Sie!«

»Ich könnte Ihnen noch behilflich sein«, gab sie flüsternd zurück.

Die Anzüge waren so beschaffen, daß man langsam und vorsichtig in sie einsteigen mußte. Doch O'Niel zwängte sich hastig hinein.

»Unsinn! Jetzt ist keine Zeit für Diskussionen.«

Doch sie blieb hartnäckig.

»Ich kann Ihnen helfen.«

Er hielt in seiner Tätigkeit inne und starrte sie fragend an.

»In Ordnung. Der Verbindungsgang zwischen Sektion B und C.«

Sie nickte verstehend, O'Niel schloß den Anzug und eilte zur Aufzugschleuse. Während er auf den Aufzug wartete, schaute er zu ihr zurück, schien etwas sagen zu wollen.

»Nun werden Sie bloß nicht rührselig!« warnte sie ihn.

Er antwortete nicht, sondern drehte sich zum Aufzug um, der inzwischen angekommen war. Die Türen glitten zur Seite, und er trat ein und verriegelte das Schott hinter sich. Mit leisem Surren stieg der Aufzug nach oben.

Wieder ertönten Schritte auf dem Gang über ihr. Lazarus preßte sich flach gegen die Wand, als der Schatten zum zweitenmal über ihr auftauchte.

Der Aufzug stoppte. Die Leuchtanzeige über der Tür glühte auf. EBENE 1.

O'Niel drückte sich eng an die innere Wand, als die Lifttür zur Seite glitt, doch die Plattform draußen war leer. Er verließ den Aufzug, bewegte sich vorsichtig zum Geländer hinüber und spähte in die Tiefe. Hier gab es keine künstliche Schwerkraft mehr, und er mußte seinen Gang den neuen Verhältnissen anpassen. Ein zu großer oder zu hastiger Schritt — und es war aus. Das Gerüst der Mine verschwand weit unter ihm in den schwarzen Tiefen des Kraters, ein beeindruckendes Gitterwerk aus

Stahl und grellen Scheinwerfern. Sektion C lag links von ihm, und er begann, sich an der Gitterkonstruktion hochzuhangeln. In der geringen Schwerkraft schwebte er fast von selbst nach oben.

Vom Dach aus konnte er den gesamten Minenkomplex überschauen: die Kraterwände, die ausgedehnten Gebäude und Sektionen, sogar den Raumhafen. Über dem Gewirr von Gerüsten und Scheinwerfern bedeckte der Jupiter das dunkle Firmament. O'Niel mußte sich dazu zwingen, nicht hochzuschauen, um sich zu vergewissern, daß der Jupiter nicht auf ihn herabstürzte und ihn wie eine Wanze zerquetschte. Es fiel ihm schwer. Er war nicht gewöhnt, draußen zu arbeiten.

Vorsichtig balancierte er über das Dach auf das andere Ende der Sektion zu. Ein Strang aus Metall und Plastik verband Gebäude C mit der Sektion B. Der Verbindungsgang war lichtdurchlässig und innen hell erleuchtet. Überaus vorsichtig kletterte O'Niel an der Seitenkonstruktion des Gebäudes zu ihm hinunter.

Währenddessen schlenderte der eine Killer langsam einen leeren Gang hinab. Er kam dabei dicht an Lazarus vorbei, die sich durch den Duschraum zum hinteren Ausgang zurückzog. Dabei machte sie absichtlich ein leises Geräusch.

Der Verfolger hatte anscheinend ein überaus empfindliches Gehör. Das leise Scharren der Sohlen auf dem Boden erregte seine Aufmerksamkeit. Er blieb stehen, hielt den Atem an und lauschte. Die Waffe lag schußbereit in seiner Hand.

Lazarus tat noch einen Schritt, um sicher zu sein, daß er sie auch hörte, und eilte dann den Zubringer hinunter. Rasch öffnete sie das Schott.

Der Verfolger lief seitlich an den Gängen vorbei und spähte hinein. Er fand nichts. Im gleichen Augenblick ließ Lazarus krachend die Schleusentür ins Schloß fallen.

Doch auch dies konnte den Jäger nicht aus der Ruhe bringen. Vorsichtig ging er dem Geräusch nach und schlich sich durch den Duschraum zum Gang hinüber.

Lazarus lief unterdessen auf das andere Ende des Zubringers zu und öffnete das Schott zur Schleuse. Sie hatte Herzklopfen vor Furcht, doch sie zwang sich dazu, stehenzubleiben und zu warten.

O'Niel stieg immer tiefer an der Außenwand des Gebäudes C hinunter. Nur die geringe Schwerkraft machte den gefahrvollen Abstieg möglich. Glücklicherweise war er schwindelfrei, sonst hätte er niemals diese Wahnsinnstat überlebt. Wenige Zentimeter neben ihm ging es senkrecht viele hundert Meter in die Tiefe.

Er erreichte ein kleines Vordach und sprang leichtfüßig auf den Gang hinunter, der die beiden Gebäude miteinander verband. Beinahe wäre er auf der runden Oberfläche ausgeglitten, doch er fand gerade noch sein Gleichgewicht wieder und arbeitete sich langsam vor. Metallbänder umspannten die Röhre und markierten die Stellen, an denen die vorgefertigten Teile ineinandergefügt worden waren. Langsam wandte O'Niel sich nach dem Gebäude C um und wartete . . .

12

Als der Verfolger die Schleusentür zum Verbindungsgang öffnete, bemerkte er als erstes die Gestalt am anderen Ende. Sie war weit entfernt und verschwommen, reagierte aber bei seinem Auftauchen sofort und betätigte in wilder Hast den Schließmechanismus des Schotts. Der Mann handelte blitzschnell und drückte ab.

Lazarus schlüpfte im letzten Moment durch den Spalt des Schotts, das sich dicht hinter ihr schloß. Die Geschosse prallten wie Fliegen hinter ihr ab, ihre Einschläge klangen im Innern der Schleuse nur wenig lauter als das Pochen ihres Herzens.

Das Geräusch drang auch nicht zu O'Niel hinaus, der außen auf dem Zubringergang stand, doch er sah das Aufblitzen der

Waffe. Die Unförmigkeit des Druckanzugs verfluchend, begann er vorsichtig die Haltebolzen zwischen zwei Teilstücken des Gangs zu lösen.

Der Gegner war langsam in den Gang hinausgetreten. Irgend etwas kam ihm seltsam vor. Die fliehende Gestalt schien ihm kleiner als der Marshal, und doch hatte sie sofort bei seinem Anblick reagiert. Möglicherweise bestand da ein Zusammenhang. Vielleicht war der Marshal bei ihr und hatte nur kurz vor ihr die Schleuse betreten. In diesem Falle war die Jagd bald zu Ende. Doch Sorge bereitete ihm auch die Tatsache, daß man ihm gesagt hatte, der Marshal habe keinerlei Unterstützung, was offensichtlich nicht stimmte.

Der Mann liebte keine Überraschungen. Nicht, daß es im Endeffekt etwas änderte. Ein oder zwei Komplizen konnten O'Niel auch nicht mehr retten.

Die nötigen Erklärungen für zwei Leichen mehr waren schließlich nicht seine Aufgabe. Er hatte nur dafür zu sorgen, daß der Auftrag hier erledigt wurde.

›Wieder zwei Menschenleben mehr‹, dachte O'Niel verbittert. Er sah die Silhouette des Killers im Gang unter ihm auf sich zukommen. Der Verfolger durfte nicht nach oben schauen. Hoffentlich hatte Lazarus seine Aufmerksamkeit genügend abgelenkt. O'Niel besaß keine Möglichkeit, sich zum Gebäude C in Sicherheit zu bringen, wenn der Verfolger ihn frühzeitig hier draußen entdeckte. Er würde sicher nicht so dumm sein, die Strahlwaffe zu benutzen, sondern auf Kleinkaliber-Munition umstellen. Wenn er dann O'Niel mit einem Schuß erledigte, ging er selbst kaum ein Risiko ein.

Inzwischen verriegelte Lazarus die Schleuse. Der Jäger blieb plötzlich im Gang stehen, glaubte einen Schatten über sich wahrgenommen zu haben. Zuerst dachte er, es sei die Fähre, doch es war noch zu früh für ihren Start. So schnell konnte man sie unmöglich beladen haben.

Also war es sicher ein Monteur, der eine Routineüberprüfung des Gangs vornahm. Nur . . . da draußen gab es nichts zu überprüfen. Ein Verbindungsgang enthielt keine lebenswichtigen Leitungen oder Röhren. Er war nur ein Tunnel zwischen zwei Gebäuden. Was machte der Mann also dort?

Sein Blick wanderte zu der Schleuse, die nun verriegelt war, dann schaute er den Weg zurück zur Schleuse, die er selbst vorschriftsmäßig geschlossen hatte. Er erkannte plötzlich die Falle.

Er hatte keine Möglichkeit mehr, eines der beiden Schotts noch rechtzeitig zu erreichen. Ihm blieb gerade noch genügend Zeit, um die aufsteigende Panik in sich zu registrieren. Er hob die Waffe und regulierte rasch die Schußgeschwindigkeit und den Treibstoff für das Geschoß. Ein leises Zischen ließ ihn herumfahren. Mit einem unartikulierten Schrei stürzte er auf die nächste Schleuse zu. O'Niel hatte den letzten Bolzen gelöst.

Die zwei Teilstücke des Gangs klafften einige Zentimeter auseinander. O'Niel fiel rücklings zu Boden, als ein dünner, weißroter Strahl an ihm vorbei in den leeren Raum sprudelte. Das Weiße war gefrierender Sauerstoff, das Rote der Überrest des Menschen, der versucht hatte, ihn zu töten.

O'Niel rappelte sich auf und zerrte an dem Notverschluß, einer schmalen Leiste, die verhinderte, daß der Korridor vom Sog der entweichenden Atmosphäre zerrissen wurde. Die blutigen Überreste des Mörders entschwanden inmitten der weißen Wolke in Richtung Jupiter.

Lazarus lehnte innen an dem verschlossenen Schott. Eine rote Warnlampe blinkte über der Tür, eine Anzeigetafel warnte:

GEFAHR! LECK IM GANG – ATMOSPHÄRE – UNTERDRUCK. NOTVERSCHLUSS EINGERASTET. SOFORT WARTUNGSPERSONAL VERSTÄNDIGEN!

Die Reparatur-Mannschaft mußte eben warten, bis sie wieder zu Atem gekommen war, dachte die Ärztin erschöpft, vielleicht auch noch länger . . .

In der Offiziersmesse saßen die Leute immer noch beim Frühstück. Die Unterhaltung war wieder in Gang gekommen, auch der Appetit hatte sich normalisiert, wie die Köche feststellten. Im Club herrschte Hochbetrieb. Schnaps und andere Getränke flossen in Strömen.

O'Niel hatte den Gang, jetzt durch den Notverschluß gesichert, verlassen und kletterte über die Seitenwand am Gebäude C hoch. Fünf Minuten hatte er sich gegönnt, um wieder zu Kräften zu kommen, und in dieser Zeit soviel Nährflüssigkeit aus der Versorgungskammer des Anzuges zu sich genommen, wie sein Magen vertragen konnte. Von dem ersten Verfolger war keine Spur mehr zurückgeblieben.

Lazarus erreichte die Wache, stürzte hinein und warf rasch einen Blick auf die noch immer eingeschalteten Überwachungsmonitore. An der Computer-Konsole zögerte sie, die Kontrollen waren ihr nicht vertraut. Die Bezeichnungen waren anders, doch insgesamt hatte das System Ähnlichkeit mit ihrem Computer im Krankenrevier. Also versuchte sie es einfach, berührte Tasten und Knöpfe, um den zweiten Verfolger wieder auf den Schirmen einzufangen.

O'Niel hatte inzwischen den Wartungssteg auf dem Dach des Gebäudes erreicht und ging langsam zurück zum Gewächshaus. Wenn seine Vermutung richtig war, hielt sich der andere Bursche irgendwo in dieser Region auf.

In Wirklichkeit war ihm der zweite Killer viel näher, als er ahnte. Er befand sich jetzt am anderen Ende der Glaskuppel, die immer noch im Zwielicht lag, und suchte mit seinem Nachtglas die Beete ab.

Lazarus war mit den Monitoren keinen Schritt weitergekommen, kämpfte immer noch mit der ihr unvertrauten Technik. Plötzlich fiel von hinten ein Schatten über die Schirme. Erschrocken fuhr sie herum, ihre Augen waren vor Entsetzen geweitet.

»Kann ich Ihnen helfen?«

›Glück gehabt, mein Kind‹, dachte sie. ›Noch ist es nicht so weit.‹

Sie erkannte den Beamten. Ballard hieß er. Er war der neue Sergeant. Sie entspannte sich und fuhr ihn wütend an:

»Sind Sie nicht etwas spät dran? Sie haben wohl keinen rechten Sinn für den richtigen Zeitpunkt, was?«

»Besser spät als überhaupt nicht, stimmt's?« konterte der Sergeant.

Er schaute an ihr vorbei, versuchte, einen Blick auf die Schirme zu erhaschen.

»Ist mit dem Marshal alles in Ordnung?«

»Soweit ja. Er hat eine Schußwunde in der Schulter, doch die ist nicht so tragisch.«

Ballard trat zu den Schirmen. Bereitwillig machte die Ärztin Platz.

»Wo ist er jetzt?«

Lazarus' Verstimmung war deutlich in ihrer Stimme zu hören.

»Hölle, wenn ich das wüßte! Ich suche ihn selbst. Er ist irgendwo draußen.«

Ballard runzelte die Stirn.

»Draußen? Wo draußen?«

»Wie, zum Teufel, soll ich das wissen? Ich sagte Ihnen doch, daß auch ich ihn suche.«

Sie deutete auf die Konsole.

»Das da ist doch Ihr Spielzeug, nicht meines. Vielleicht ist er im Gewächshaus. Das liegt in der Nähe der Stelle, wo er nach oben gefahren ist. Außerdem gibt es da noch einen weiteren Ausstieg.«

O'Niel hatte den zweiten Verfolger ausgemacht. Deutlich sah er seinen Schatten im Zwielicht unter sich. Vorsichtig schob er sich über die Außenhülle der Kuppel, bewegte sich langsam, um nicht die Aufmerksamkeit des Gegners auf sich zu lenken. Seine Position war viel gefährlicher als auf der Außenhülle des Verbindungsgangs. Das Dach der Kuppel war hier durchsichtig, nicht nur lichtdurchlässig. O'Niel bot ein gutes Ziel. Nur die Äste und Blätter der größeren Pflanzen verbargen ihn vor den Blicken seines Verfolgers.

Doch sonst war die Situation die gleiche wie vorhin. Der Gegner konnte höchstens ein oder zwei Schüsse abgeben, wenn er sich nicht selbst gefährden wollte. Doch diesmal besaß O'Niel keine Rückzugsmöglichkeit. Der Schütze konnte sich zur Schleuse begeben und von dort aus feuern, er brauchte nicht erst einen langen Gang zu durchqueren.

O'Niel arbeitete sich weiter vorwärts über die Außenhülle der Kuppel zu dem Wartungssteg, der sie der Länge nach überquerte. Genau über der Spitze des Kuppelbogens war eine kleine Plattform in den Steg eingebaut, auf der Reparaturmaterial gestapelt lag. O'Niel hatte eine Idee.

Ballard beobachtete angestrengt die Monitore und wünschte sich, er hätte O'Niels Fähigkeiten in der Bedienung der Überwachungskameras.

»Sie denken also, er ist beim Gewächshaus?«

Lazarus drehte sich unsicher nach ihm um, eine Frage lag ihr auf der Zunge. Doch der Sergeant rannte schon hinaus.

O'Niel verharrte einen Moment lang, um einen Blick in die Tiefe zu werfen. Die niedrigen Arbeitsplattformen tief unter ihm waren nur ein glitzerndes Lichtmeer, das aussah wie ein Beet leuchtender Nachtblumen. In seiner Nähe erkannte er die riesigen Sonnenkollektoren, ein Wall dunkler, geriffelter Flächen, der weit entfernten Sonne zugewandt. Sie wirkten im Verhältnis zur Energie, die sie lieferten, winzig.

Unter ihm schlich sein Gegner vorsichtig durch die Kuppel.

Ballard erreichte die Aufzugplattform und nahm sich einen Druckanzug, der zwar nicht ihm gehörte, ihm aber einigermaßen paßte. Hastig begann er ihn überzustreifen.

O'Niel hatte sich bis zur Plattform im Zentrum der Kuppel vorgearbeitet und zog sich nun hinauf. Der Wartungssteg wirkte von hier wie ein Spinnfaden, den eine riesige Spinne über die Kuppel gezogen hatte. Unter dem sorgfältig gestapelten Reparaturmaterial fand er ein paar flexible, selbstklebende Platten. Man verwendete sie, um kleine Lecks rasch zu versiegeln. Jede Platte maß etwa vierzig Zentimeter im Quadrat. Er nahm eine von ihnen vom Stapel — in der geringen Schwerkraft kein Problem — und überzeugte sich, daß die Heftstreifen an den Kanten nicht freilagen, denn er wollte nicht, daß die Platte kleben blieb. Vorsichtig beugte er sich über das Geländer des Wartungssteges, bis er den Gegner deutlich unter sich erkannte. Dann schleuderte er die Platte auf die Kuppel des Gewächshauses, von der sie abglitt und seitlich hinabrutschte.

Im Gewächshaus hörte der Killer das Scharren über seinem Kopf, wirbelte herum und richtete die Waffe auf das vermeintliche Ziel. Der Bursche war äußerst schnell. Er feuerte nur einen einzigen Schuß auf den dunklen Schatten über seinem Kopf. Dann rannte er auch schon auf die Schleuse zu, während die Luft zischend durch das kleine Loch in der Decke zu entweichen begann.

O'Niel ergriff einen Behälter mit Flüssigkleber und schleuderte ihn mit aller Kraft auf die Platte, die die Kugel durchschlagen hatte. Diesem wuchtigen Aufprall konnte die ohnhin schon gesprungene Platte keinen Widerstand mehr entgegensetzen. Die Hand des Schützen zuckte eine Sekunde zu spät zum Griff der Schleuse. Über ihm zersplitterte das Deckenpaneel, das Zischen der entweichenden Luft verstärkte sich zu einem grollenden Getöse.

Pflanzen, Tröge, Lampen und Bewässerungs- und Heizröhren wurden vom Sog nach oben gerissen und verschwanden im leeren Raum. O'Niel duckte sich eng an das schützende Metall des schmalen Wartungssteges. Sekunden später zerplatzte die gesamte Kuppel unter ihm und sandte einen Splitterregen himmelwärts. Das Licht des Jupiters ließ die Scherben gelblich-orangefarben aufblitzen.

Inmitten entwurzelter Pflanzen und zerstörter Maschinen wurde der Körper des Gegners nach oben gerissen, die freigelegten Knochen seiner Hand hielt er noch immer nach der nun für ewig unerreichbaren Schleusentür ausgestreckt.

O'Niel ließ sich gehen, schlagartig wich alle Anspannung von ihm. Er fühlte nur noch Erschöpfung und — Erleichterung.

Inzwischen hatte Ballard die Anzugtanks mit Sauerstoff gefüllt und betrat den wartenden Aufzug.

Lazarus fummelte immer noch an den Überwachungsschirmen herum und suchte O'Niel, als einer der Schirme plötzlich ganz unerwartet Ballard beim Betreten des Aufzugs zeigte. Sie starrte auf den Schirm, ihre Hände begannen zu zittern. Das ärgerte sie sehr. Die Hände eines Arztes durften nicht zittern, egal, wie verzweifelt die Lage auch sein mochte. Auch der körperliche Zustand und die Kondition eines Arztes hatten besser zu sein.

Sie besaß keine Möglichkeit, die Frequenz von O'Niels Anzugsprechgerät herauszufinden. Die Frequenz wurde immer von dem jeweiligen Besitzer eingestellt. Es gab da Hunderte von Möglichkeiten. Die Wahrscheinlichkeit, daß sie zufällig die Frequenz von O'Niels Helmradio erwischte, war gleich Null.

Am ganzen Körper zitternd, untersuchte sie hastig das Terminal des Sicherheitscomputers. Schließlich entdeckte sie ein Feld mit mehreren Schaltern auf der Konsole, das als NOTWARN-SYSTEM gekennzeichnet war. Zwei Schalterreihen waren unter der Beschilderung angebracht, eine für den Innen-, die andere für den Außenbereich.

Ihr Blick überflog die Schalter. Für jede Sektion der Mine gab es eine Blinkanzeige. Sie fand die Schalter für die Aufzüge und drückte auf einen Knopf, der mit NUMMER 7 beschriftet war.

Eine rote und eine blaue Blinkleuchte begannen am oberen Ende des Aufzugschachtes aufzublitzen. O'Niel richtete sich auf, sah aber die Blinkleuchten nicht, da er mit dem Rücken zum Aufzugschacht saß. Doch auch wenn er sie gesehen hätte, hätten sie kaum seine Aufmerksamkeit erregt. Der Himmel über der Mine war immer erhellt von allen möglichen Lichtern.

Ballards Aufzug schwebte langsam nach oben. Der Sergeant hielt die Strahlpistole schußbereit in der Hand. Er hatte nicht die Ladung zu überprüfen brauchen, denn das hatte O'Niel schon für ihn getan.

Lazarus schlug mit ihrer kleinen Faust heftig gegen die Konsole. Ihre Lippen waren zu einem Strich zusammengepreßt. Schließlich stürzte sie aus dem Wachraum.

Der Aufzug verlangsamte seine Fahrt und stoppte. Die Türen rollten zur Seite. Ballard trat hinaus und schaute sich um. Er befand sich jetzt auf dem höchsten Punkt der Minenkonstruktion. Wer noch höher wollte, mußte schon fliegen. Rechts lag der kleine Raumhafen mit der Fähre. Dampf stieg von dort auf.

O'Niel saß immer noch auf dem schmalen Wartungssteg, den Rücken der blinkenden Warnleuchte zugewandt.

›Wird Zeit, umzukehren‹, dachte er.

Da war noch etwas, das er zu erledigen hatte. Er stand auf, drehte sich um und ging auf den Aufzugschacht zu.

Geschosse umschwirrten ihn plötzlich lautlos. Einige trafen die Sonnenkollektoren, prallten gegen Stromleitungen und Transformatoren. Blaue Energieblitze schossen ins Nichts, elektrische Funken spritzten in alle Richtungen.

Die Geschosse zwangen O'Niel zum Handeln. Der Schütze hatte sich seine Sache anscheinend gut überlegt. Er konnte beliebig in die Gegend feuern und geduldig abwarten, bis ein Geschoß oder ein Querschläger O'Niel traf, ohne selbst entdeckt zu werden. Doch bei dieser Rechnung war ihm anscheinend ein kleiner Fehler unterlaufen. Er hatte nicht bedacht, daß in der Schwärze des Raumes auch die geringsten Lichtreflexe auf den Geschossen die Anwesenheit und das Versteck des Schützen verraten konnten.

O'Niel hatte sich flach auf den Laufsteg geworfen. Jetzt sah er auch die Leuchtanzeige vom Aufzugschacht und wußte, daß ihm jemand gefolgt war. Er fragte sich einen Moment lang, wer wohl die Warnblinker eingeschaltet haben mochte, dann fiel ihm Lazarus ein. Im stillen dankte er ihr und begann vorwärtszurobben.

Ballard blinzelte in die Dunkelheit, die harten Lichtreflexe der Gebäude unter ihm blendeten ihn. Er wußte nicht, ob O'Niel gestürzt war, weil er ihn getroffen hatte, oder ob er nur Deckung gesucht hatte. Der Sergeant richtete sich auf und ging auf den nächsten Sonnenkollektor zu. Nur hier bot sich O'Niel Schutz und Deckung, und hier führte auch der einzige Fluchtweg entlang, sollte O'Niel tatsächlich noch leben.

O'Niel konnte seinen Gegner nicht sehen, doch er wußte in etwa aus der Richtung der Geschosse, daß er sich irgendwo unter ihm befinden mußte. Sein Gegner würde mit Sicherheit nicht lange an einer Stelle verweilen. Geduckt arbeitete er sich zu einem der riesigen Kollektor-Paneele vor und wünschte sich verzweifelt eine Waffe.

Ballard erreichte einen Punkt unterhalb des Laufsteges und zögerte. Dicht neben ihm führte eine Leiter nach oben, doch wenn O'Niel einen Hinterhalt plante, würde er seine Verfolger sicher dort oben erwarten. Im Rand jedes Kollektorfeldes war ein Wartungssteg eingebaut, der eventuelle Reparaturen ermöglichte. Ballard ging zum nächsten Kollektor und begann, zu dem Steg hinaufzuklettern. Der Anblick der zerstörten Gewächshaus-Kuppel machte ihn doppelt vorsichtig. Im Gegensatz zu den beiden angeheuerten Killern kannte er O'Niel gut genug, um zu wissen, daß der Mann zu allem fähig war.

Der Marshal blieb auf dem Laufsteg und passierte rasch die Stelle, an der die Leiter zu dem Kollektor-Paneel vorbeiführte. Er spürte regelrecht die Nähe der Transformatoren unter sich. Seine Haare richteten sich im Helm auf. Blaue Energiebögen spannten sich über die Oberfläche der Kollektoren, die die aufgefangene Energie weiterleiteten in die riesigen Transformatoren.

Ballard kletterte zügig die Leiter empor. Er vermutete den Marshal irgendwo auf dem Laufsteg hinter sich. Damit hatte er halbwegs recht.

Über eine kurze Entfernung kann ein Mann, der von Angst getrieben wird, fast so schnell kriechen wie laufen. O'Niel befand sich genau oberhalb von Ballard. Der Wartungssteg war hier kaum einen Meter breit, zu eng, um sich irgendwie darauf zu verbergen. O'Niel riskierte einen Blick über die Seite. Ballards Helm zeigte in die Richtung, in der sein Gegner ihn noch immer vermutete. Es war die Stelle, auf die er zuerst gefeuert hatte. O'Niel wartete, bis der Mann genau unter ihm war. Dann schwang er sich über das Geländer des Steges und ließ sich fallen. Heftig wedelte er mit den Beinen ...

Ballard wollte sich gerade umwenden, als O'Niels Fuß heftig gegen seinen Helm krachte. Der Sergeant drehte sich um die eigene Achse, die Wucht des Stoßes ließ ihn taumeln und stürzen. Die Strahlpistole entglitt seiner Hand. O'Niel selbst wurde durch den harten Tritt weit zurückgeschleudert. Er fluchte innerlich und schaute sich blitzschnell nach einem Halt um. Doch es gab nirgends einen, und im Zeitlupentempo taumelte er an der Seite des Kollektors entlang in die Tiefe.

Weit unter sich sah er, wie die Pistole auf einem anderen Kollektor aufschlug und einen Funkenregen auslöste, der jedoch rasch in der Leere des Raumes zerstob. Von der Pistole war nichts mehr zu erkennen.

Verzweifelt versuchte O'Niel, sich an der Kante des Kollektors festzuklammern, drehte sich in der Luft, um nicht mit den Füßen die unter Hochspannung stehende Kollektorfläche zu berühren. Ballard war genau auf den Rand gestürzt und richtete sich jetzt auf. O'Niel hatte seinen Gegner erkannt. Als dieser sich jetzt umwandte, entdeckte er O'Niel, der verzweifelt nach einem Halt an dem breiten Kollektorrand suchte. Ballard stürmte auf ihn zu und versuchte mit dem Fuß, O'Niels Sichtplatte im Helm einzutreten. O'Niel klammerte sich an seinem Bein fest. In der geringen Schwerkraft wurden alle Bewegungsabläufe grotesk verlangsamt . . .

Verbissen kämpften die beiden Männer miteinander. Unter ihnen lagen die Energiezentrale und die übrigen Teile der Mine.

Ballard stieß mit Händen und Füßen nach seinem Gegner, während sich O'Niel mit einer Hand an seinem Bein und mit der anderen am Rand des Kollektors festklammerte. Schließlich warf er sich nach vorn und zerrte mit beiden Händen am Bein des Sergeanten.

Ballard verlor das Gleichgewicht, beide Männer stürzten dicht neben dem gefährlichen Spannungsfeld des Kollektors in die Tiefe. Krampfhaft suchten ihre Hände nach irgendeinem Halt.

O'Niels ausgestreckte Hände schlugen gegen etwas Festes. Sofort schlossen sich seine Finger darum und bremsten seinen Sturz. Er wußte, daß es kein stromführendes Teil des Kollektors sein konnte, sonst wäre er auf der Stelle tot gewesen. Als er aufschaute, erkannte er, daß es einer der Stützpfeiler des Kollektors war.

Ballard hatte sich ebenfalls an ihm festgeklammert. Gegenseitig versuchten sie nun, den andern von dem schmalen Träger hinabzudrängen.

O'Niels verwundete Schulter schmerzte höllisch, seine Kräfte erlahmten. Er konnte sich nicht mehr mit beiden Armen festklammern. Ballard, der sich inzwischen in eine sitzende Position auf die Strebe hinaufgeschwungen hatte, rutschte zu ihm hinüber und zerrte an der einen Hand, mit der sich O'Niel festhielt. Der Marshal hatte nicht mehr die Kraft, zu kämpfen und sich gleichzeitig festzuhalten. Er fühlte, wie sich sein Griff immer mehr lockerte. Mit letzter Kraft stieß er mit der freien Hand nach Ballard.

Der Sergeant hatte die Beine um die Strebe geschlungen und versuchte mit beiden Händen, O'Niels Hand von dem rettenden Halt zu lösen. Er hatte es beinahe geschafft, als O'Niels freie

Hand ihr Ziel erreichte: den Regler für die Luftzufuhr im Rükkenteil des Anzugs seines Gegners. Heftig schlug er dagegen.

Ballard holte tief Luft, doch da war keine. Er verschluckte sich und begann zu husten. Augenblicklich ließ er von O'Niel ab und hantierte an seinem Anzug herum.

O'Niel klammerte sich mit beiden Händen an der Strebe fest, zog sich etwas hoch und stieß mit den Beinen nach Ballard, der mit beiden Händen die Luftzufuhr seines Anzugs wieder in Gang zu setzen versuchte. Der Stoß kam unerwartet. Er war zwar nicht sehr stark, reichte aber aus, um den Sergeant das Gleichgewicht verlieren zu lassen. Er kippte von der Strebe und stürzte.

Sein rechter Fuß streifte das Spannungsfeld eines tiefergelegenen Kollektorpaneels. Ein riesiger, blauweißer Funkenregen sprühte auf — ein Feuerwerk vor dem dunklen Himmel. Ballards Körper verkrümmte sich, als die ungeheure Spannung in seinen Körper einschlug. Dann berührte sein Rücken den isolierten Rand des Paneels, und der Körper verglühte in einem wahren Energiesturm.

In der Energie-Sektion der Mine sank für Sekundenbruchteile die Spannung, doch ihr Verfall war so kurz, daß er von den Technikern gar nicht bemerkt wurde.

Die Reste von Ballards Körper glitten an dem Paneel hinab in die Tiefe, die ungeheure Spannung ließ sie gespenstisch aufglühen. Dann rutschten sie über den Rand und begannen ihren langen Sturz in die Finsternis des Kraters.

O'Niel starrte erschrocken nach unten, die Arme hatte er eng um die Stützstrebe gelegt. Unter ihm erlosch der Funkenregen.

O'Niel war zu Tode erschöpft. Im Moment wäre es ihm sogar gleichgültig gewesen, wenn über ihm irgendwo noch ein Verfolger auf ihn gelauert hätte. Doch todmüde zu sein, war immer noch besser, als tot zu sein ... Er schloß die Augen.

Lazarus stürzte in den Club — ein Ort, den sie sonst nie besuchte. Er war ihr fremder als die Oberfläche von Io. Wenn sie sich gelegentlich betrank, tat sie das lieber in der Abgeschlossenheit des Hospitals. Die Leute, die sie kannten, musterten sie daher erstaunt und machten ein paar spöttische Bemerkungen. Doch niemand störte sich ernstlich an ihrer Anwesenheit. Im Club herrschte die übliche Hektik, die Bar war wie stets umlagert. Die Tische waren fast alle besetzt, und die Tänzer verrenkten sich schwitzend in ihren zylindrischen Käfigen zur Musik aus den versteckten Lautsprechern.

Eine Gestalt tauchte im Eingang auf. Ihre Schulter war dick verbunden, doch der Verband starrte nur so von Schmutz. Das Gesicht des Mannes zeigte Flecken und Schweißspuren. Er stand nur da und schaute sich suchend um.

Es dauerte einige Sekunden, bis die Gäste in der Nähe O'Niel bemerkten. Sofort brach ihre Unterhaltung ab. Halb erhobene Gläser wurden nicht zum Mund geführt, die Stille breitete sich schlagartig im ganzen Raum aus und erreichte schließlich wie eine Brandungswelle die Bar. Die Tänzer hörten auf zu tanzen, standen schweratmend in ihren Zylindern, Schweiß perlte ihre halbnackten Körper hinab, während sie regungslos zum Eingang starrten.

Lazarus hatte sich wie alle anderen umgewandt. Als sie die Ursache für die plötzliche Stille erkannte, lächelte sie.

Sheppard saß an seinem gewohnten Platz an dem für ihn reservierten Tisch. Er runzelte verwundert die Stirn. Es war doch sonst nie so still im Club. Er erhob sich, und seine Augen folgten dem Blick der anderen. Als er den Marshal erkannte, öffnete er entsetzt den Mund, seine Augen weiteten sich . . .

O'Niel bahnte sich seinen Weg durch die Menge auf den General-Manager zu. Er hatte starke Schmerzen und bewegte sich deshalb schwerfällig vorwärts. Doch er biß die Zähne zusammen und steuerte stur auf sein Ziel los. Schließlich stand er vor Sheppard.

Der Manager sagte nichts. Offensichtlich hatte O'Niels Erscheinen ihm die Sprache verschlagen.

»Sheppard . . .«

O'Niel zögerte. Dann schüttelte er den Kopf.

»Ach . . . verdammt!«

Der Schlag hob den General-Manager von den Füßen und ließ

ihn quer über einen Tisch krachend gegen die Wand segeln. Im Fallen riß er einen Vorhang herunter, der ihn unter sich begrub.

O'Niel seufzte, doch sein Gesicht war ausdruckslos, als er sich abwandte. Langsam ging er aus dem Club. Fast fünfhundert Augenpaare hefteten sich auf seinen Rücken. Doch er schenkte den Menschen keinerlei Beachtung.

Langsam kam die Unterhaltung wieder in Gang, doch nur gedämpft und irgendwie schuldbewußt.

Lazarus wandte sich an einen der Barkeeper:

»Einen Bourbon mit Soda, Freundchen, und ein bißchen Tempo, wenn ich bitten darf. Ich habe einen Grund zum Feiern!«

Erschöpft betrat O'Niel die Wache. Dort war schon die nächste Schicht versammelt, und die Beamten fragten sich, wo Ballard blieb. Als sie O'Niel sahen, begannen sie leise zu flüstern. Er schenkte den Leuten nicht die geringste Beachtung. Niemand wagte ihn anzusprechen. Statt dessen verschwanden die Beamten nach und nach und ließen ihn allein.

Die Computer-Konsole erwartete ihn. Nachdenklich starrte er auf die eingeschalteten Schirme, dann tippte er kurz entschlossen:

NACHRICHT FÜR O'NIEL, CAROL G. — STATION GRÜN — VON O'NIEL, W. T. — IO. BIN BIS ZUM ABFLUG BEI EUCH. HALTE DAS TICKET WARM! AUFGABE ERLEDIGT. KÜSS PAUL VON MIR. SEHNE MICH DANACH, IN DEINEN ARMEN EIN JAHR LANG ZU SCHLAFEN. O'NIEL W. T. — ENDE DER NACHRICHT.

Er blieb noch eine weitere Stunde im Büro und programmierte ein Band. Als er damit fertig war, schob er es in einen Aufnahmeschlitz im Vorderteil der Konsole. Dann erhob er sich und durchquerte das Büro zum letztenmal ...

Das Band rutschte in den Sender der Sicherheitsabteilung. Der Automat setzte die Worte auf dem Band in ein regelmäßiges Muster elektronischer Impulse um. Die Impulse wiederum verwandelten sich in einen Strom von Photonen, der in das Vakuum hinausgejagt wurde.

Relaisstationen nahmen den Photonenstrom auf, starke Laser erneuerten die Energie der Botschaft und schleuderten sie weiter durch den leeren Raum zum nächsten Relais. Schließlich erreichte die Botschaft einen Polizei-Empfänger, der den Photonenstrom schluckt und in elektrische Impulse umwandelte. Ein Computer wurde damit gefüttert und entschlüsselte die Botschaft — eine lange Botschaft, ausführlich und detailliert. Leute kamen, um die Botschaft zu lesen. Sie begannen sofort, darauf zu antworten, langsamer zwar als die Impulse, doch trotzdem schnell.

Energie wurde ausgestrahlt. Immer neue Muster reisten hin und her durch das Sonnensystem. Viele Menschen erhielten die Nachricht. Auch sie reagierten sofort, wenn auch aus sehr unterschiedlichen Motiven.

Diese ›Outland-Rufe‹ durchquerten den Asteroidengürtel, während sie über Kurzwelle von einer Station zur nächsten weitergestrahlt wurden.

Schließlich erreichte dieser neue Informationsstrom das zentrale Sicherheits-Depot auf Station Grün, dem Zentrum für Trans-Jupiter-Operationen.

Auch der Empfänger dort vollbrachte das Wunder, wandernde Lichtstrahlen in elektrische Impulse zu verwandeln. Diese aktivierten einen Computer, dessen Schirme die diensttuenden Beamten mit gedruckten Worten über gewisse interessante Fakten aufklärten.

DATEN-ANALYSE, ERSTELLT VON O'NIEL W. T., MARSHAL A. D. LETZTER DIENSTORT IO, MINE DER CON-AMALGEMATED.

ERGEBNISSE: 1.) EMPFEHLE ÜBERNAHME LAZARUS,

MARIAN L. DOKTOR. ARZT IM KRANKENREVIER IO, NACH LUNA, GENERAL-HOSPITAL KOPERNIKUS. 2.) ERHEBE ANKLAGE WEGEN VIELFACHER VERBRECHEN GEGEN: SHEPPARD, MARK B. – IO
APUNRA KUNRAT – GANYMED
VELMAR, GWEN L. – STATION GRÜN
JURGENSON, KNUT S. – KOPENHAGEN, NORDEUROPA, ERDE
NENDOZA, JORGE X . . .

Es war eine sehr lange Liste, an der sich die Beamten auf Station Grün fast ebenso erwärmen konnten wie der schlafende O'Niel an der in seinen Armen ruhenden Frau während der langen Wochen des Heimfluges . . .